악마는 사랑하면 안 된다고 누가 그랬어

KB176780

악마는 사랑하면 안 된다고
누가 그랬어

초판 인쇄 2021년 7월 14일
초판 발행 2021년 7월 20일

지은이   장시진
펴낸이   진수진
펴낸곳   책에반하다

주소   경기도 고양시 일산서구 대산로 53
출판등록 2013년 5월 30일 제2013-000078
전화   031-911-3416
팩스   031-911-3417
전자우편 meko7@paran.com

장시진 장편소설

악마는 사랑하면 안 된다고 누가 그랬어

Contents

01

성전

태초에 세상은 선과 악으로 존재했다. 그리고 지금 또한 선과 악은 존재한다.

한때 엘로힘에게 도전했던 자가 있었다. 그는 빛의 아들이라고 불리는 천사 루시퍼였다. 그는 천상 세계에서 엘로힘 다음으로 가장 강력한 존재였다.

천사 중에서도 가장 아름다웠던 루시퍼는 교만하기 짝이 없었다. 그는 천사들을 설득하여 자신의 군대를 만들었다. 그리고 그 힘만을 믿고 엘로힘에게 반기를 들었다. 하지만 엘로힘의 전격적 후원을 받아 힘을 얻은 천사장 미가엘의 칼과 창에 루시퍼는 맥없이 무너지고 말았다.

그 후로 타락천사 루시퍼와 일행은 지옥의 끝, 어둠의 세계로 쫓겨나는 처량한 신세가 되었다. 그들은 이후로 천상에 단

한 발짝도 발을 들여놓을 수가 없었다. 정작 천상의 주인임에도 불구하고 패자라는 멍에 때문에 어둠 속에서 수치심과 복수의 일념으로 살아가야 했다.

그들이 곧 사탄이다.

타락천사이자 사탄의 제왕인 루시퍼의 아들 가아프는 그 어둠뿐인 세계에서 태어났다.

가아프의 준수한 얼굴과 수려한 외모는 아버지인 루시퍼를 판에 박은 듯 보였다. 그런 가아프를 흠모하는 사탄들이 수를 헤아릴 수 없는 것은 당연한 일이다. 하지만 가아프는 그 누구에게도 마음을 주어 본 적이 없었다.

천상의 아름다움이란 도대체 무엇일까?

가아프는 항상 그런 생각에 빠져 있었다. 단 한 번도 천상을 보지 못한 그로서는 어쩌면 당연한 일인지도 모른다. 가아프는 어둠뿐인 사탄의 세상을 단 한 번도 벗어나 본 적이 없었다.

어느 날인가 모험심이 강한 가아프는 결코 가까이 가서는 안 되는 그 길을 걷고야 말았다. 평소와 같은 호기심이 발동한 것이다.

어느 순간 알 수 없는 힘이 가아프를 가로막고 있었다. 하지만 그 힘이 가아프는 그다지 불쾌하지 않았다. 언젠가 느꼈었던 익숙한 기분이었다. 너무도 자연스럽게 가아프는 투명한 결계의 벽을 넘어서고 말았다.

사탄이라면 그 결계의 벽에 닿기도 전에 흔적도 없이 불타 버렸을 것이다. 그랬기 때문에 사탄들은 그 결계에 가까이 가려하지 않았음은 물론이려니와 두려움의 대상이었다. 하지만 가아프는 그렇지 않았다. 아마도 그의 천진한 성격과 선한 마음 때문이었을 것이다.

결계를 뚫고 안으로 들어서는 그 순간 가아프는 처음으로 접하는 따스함과 온화함을 가슴으로 느낄 수 있었다. 가아프는 그것이 천상의 관문이라고 생각했다.

가아프는 어느새 사탄의 접근을 금하는 천상의 결계를 넘어 천상의 영역으로 들어갔다.

한순간 밝은 빛이 가아프의 눈앞을 가로막았다. 가아프는 눈이 부셔 그만 눈을 감고 말았다. 동시에 그의 입에서 고통의 신음이 쏟아져 나왔다.

일순간 두려웠지만 그는 다시 용기 내어 눈을 스르르 떴다. 동시에 푸르스름한 광채가 그의 눈을 편안하게 해주었다.

그 순간 가아프는 놀라지 않을 수 없었다.

너무도 아름다운 세상이 눈앞에 펼쳐져 있었다. 사탄의 세계에서는 상상도 하지 못할 그런 환상적인 광경이었다. 그리고 가아프를 더욱더 가슴 설레도록 만든 것은 바로 얼굴에 밝고 화사한 웃음을 가득 담은 채 뛰어노는 한없이 깨끗하고 순수하게만 보이는 천사였다.

가슴까지 내려오는 가녀린 머릿결과 수줍음, 천진난만한 소년의 모습은 그의 가슴을 한순간 뒤흔들어 놓았다.

너무도 짧은 순간이었다.

가아프는 자신도 모르게 근처에 있던 사랑의 나무 뒤로 몸을 숨겼다.

천사의 눈과 마주친 가아프는 잠시 잠깐이기는 했지만 알 수 없는 행복감에 도취되었다.

"이제 그만 가야겠어."

"그래, 엘로힘이 화내실 거야. 에밀리아 이제 돌아가야 해."

"할 수 없죠, 우리 다음에 다시 놀러와요."

가아프와 눈이 마주쳤던 천사가 말했다.

에밀리아는 외모뿐 만이 아니라 목소리 또한 청순하고 상냥했다. 가아프는 에밀리아의 뒷모습을 유심히 지켜보았다.

바로 그때였다. 에밀리아가 이상했던지 살며시 뒤를 돌아다보았다. 그렇게 다시 한 번 에밀리아의 맑고 투명하며 순결하기만 한 눈과 가아프의 눈이 맞닿았다.

가아프는 또다시 자신을 감추고 말았다. 왠지 그래야 할 것만 같았다.

'보지 못한 걸까, 만약 보았다면 어쩌지?'

가아프는 내심 걱정이었다. 하지만 그가 할 수 있는 것은 아무것도 없었다. 나무에 기댄 채 그는 꼼짝도 하지 않았다.

가아프가 에밀리아와 천사들이 서 있던 곳을 바라다보았을 때는 이미 그들이 가고 난 뒤였다.

그들이 가고 난 뒤에 가아프는 나무에 기댄 채 편안한 자세로 앉아 에밀리아를 생각하며 넋을 잃고 말았다.

'에밀리아, 아, 에밀리아.'

가아프의 귓가에 자꾸만 그 이름이 들려왔다. 그는 어느새 에밀리아에게 마음을 송두리째 빼앗겨 버리고 말았다.

사탄의 세상과 천상의 세계는 너무도 대조적이었다. 가아프는 이해가 되지 않았다. 왜 자신이 어둠뿐인 세상에만 존재해야 되는지.

천상은 한없이 황홀하고 풍요로웠다. 생명의 나무와 영혼의 나무, 그리고 빛의 나무와 불의 나무, 사랑의 나무, 물의 나무, 그 나무들에 풍성하게 달려 있는 먹음직스러운 과실들. 그리고 티 하나 없이 맑디맑은 넓은 공간들.

구름 위를 걷는 것 같은 촉촉함과 어디에선가 들려오는 영혼을 감미롭게 뒤흔드는 멜로디. 융단처럼 깔려 있는 기쁨의 잔디들과 성스럽게 얼굴을 드러낸 희망의 꽃들. 그 한쪽으로 지혜와 행복의 시냇물이 흐르고 있었다.

사탄의 세상엔 시커멓게 타 들어간 앙상한 나무와 생명의 기운이란 전혀 없는 척박함뿐이었다.

천상은 이미 가아프에게는 동경의 대상이 되어 버렸다. 그리고 다른 한편으로는 어둠 속에서 살아가고 있는 자신의 존재가 초라하다는 생각을 했다.

얼마 동안 가아프는 그곳에 앉아 한숨을 내쉬었다. 그렇다고 변할 것은 아무것도 없었다.

가아프는 별 수 없이 자리에서 일어나 아쉽지만 어둠의 세계로 발길을 되돌렸다.

돌아오는 가아프의 얼굴엔 근심이 잔뜩 서려 있었다. 만약 자신이 천상의 세계에 발을 들여놓은 것을 루시퍼가 알게 된다면 꾸지람을 듣게 될 것이기 때문이다.

천상의 세계와 어둠의 세계는 어쩔 수 없는 앙숙지간이 아닌가. 루시퍼는 천상의 전쟁 때 자신이 당한 치욕과 수모를 언젠가는 꼭 갚아주겠다며 이를 갈고 있었다. 아직 엘로힘에게 대항할 힘이 모자란 지라 루시퍼는 그 힘을 축적해 가고 있었다.

그런 그에게 가아프가 천상의 세계에 발을 들여놓았다는 사실이 알려진다면 무서운 벌을 받게 될 것이 분명했다.

가아프는 그 사실을 어느 누구에게도 말하지 않겠다고 다짐했다.

그 일이 있은 후로 가아프는 넋을 잃고 있는 날이 많아졌다. 그것은 천상 세계에서 보았던 에밀리아 때문이었다.

에밀리아가 몹시 보고 싶었고, 견딜 수 없이 그리웠다. 가아프는 당장이라도 에밀리아에게 달려가고 싶었다.

가아프는 자신을 억제할 수가 없었다. 에밀리아를 보지 않고서는 견딜 수가 없을 것 같았다. 가아프는 자신도 모르게 천상으로 발길을 옮기고 있었다.

천상으로 향하는 가아프의 발걸음은 가벼웠다. 가아프는 에밀리아를 다시 볼 수 있다는 기쁨에 사로잡혀 있었다.

가아프는 오직 에밀리아의 영혼과 만나고 싶다는 생각뿐이었다. 그러나 에밀리아는 눈을 씻고 찾아보아도 보이지 않았다.

어찌 된 일일까.

가아프의 기대감은 그렇게 무너지고 말았다. 그렇지만 가아프는 어둠의 세계로 돌아가고 싶지 않았다. 가아프는 천상 세계를 배회하며 에밀리아에 대한 기억을 되살리고 있었다.

"에밀리아도 함께 왔으면 좋았을 텐데."

문득 가아프의 귀에 천사들의 대화가 들려왔다.

영혼의 나무 밑에 앉아 있던 가아프는 그 순간 귀를 쫑긋 세웠다.

"엘로힘은 너무하셔."

"그래, 맞아. 엘로힘은 에밀리아만 찾으신다니까. 솔직히 에밀리아보다는 내가 노래를 더 잘한다고."

"천상에서 에밀리아만큼 노래를 잘하는 정령의 사자는 없을 걸."

"그건 나도 인정해. 난 엘로힘이 에밀리아만 찾으시니까 샘이 나서 그러는 거야."

천사들의 얘기를 들으며 가아프는 안타까운 생각이 들었다.

천사들이 돌아가고 난 뒤에 가아프도 실망스러운 표정으로 발길을 돌려야 했다.

그 후로도 가아프는 에밀리아를 찾아 천상을 몇 번 다녀왔지만 번번이 실패로 돌아가고 말았다.

에밀리아를 한 번만이라도 볼 수 있다면, 그럴 수 있다면 여한이 없을 것만 같았다. 가아프는 날로 수척해졌고 안타깝게 시들어 가고 있었다.

루시퍼가 원망스러웠다.

자신이 천상 세계의 정령의 사자였다면, 그랬다면 항상 에밀리아의 곁에 있었을지도 모른다는 생각을 하면서 가아프는 한숨을 내쉬었다.

에밀리아는 그의 모든 것이었다. 그의 속에서 에밀리아는 점점 더 그리움의 대상으로, 가까이 다가서고 싶은 영혼으로 존재하고 있었다. 에밀리아를 보지 못한다면 가슴이 갈기갈기 찢길 것만 같았다.

가아프의 마음을 채워줄 수 있는 것은 오직 에밀리아의 그

맑고 순결한 눈과 청순함뿐이었다.

왜 이렇게 고통스러운 것일까.

가아프는 이제 천상으로 향하는 길에 익숙해져 있었다.

'오늘도 에밀리아를 만날 수 없는 걸까?'

가아프의 얼굴이 시무룩해졌다. 하지만 그것은 너무 섣부른 판단이었다. 어디에선가 감동의 소용돌이로 이끄는 듯한 형언할 수 없이 가슴 벅찬 노랫소리가 들려왔다. 가아프는 그 소리를 따라가기 시작했다.

얼마를 그렇게 따라갔을까, 그곳에 에밀리아가 있었다.

아, 에밀리아!

가아프는 기쁨에 넘친 나머지 하마터면 에밀리아에게 달려갈 뻔했다.

다시 정신을 차린 가아프는 행복의 나무에 기대고 앉아 에밀리아가 부르는 노래를 작은 소리로 따라 부르기 시작했다. 에밀리아는 청순한 자태와 부드러운 손길로 치터를 연주하며 노래를 부르고 있었다.

에밀리아의 노래를 따라 가아프의 영혼이 춤을 추기 시작했다. 근심 걱정은 어디론가 사라지고 가아프의 가슴은 행복해졌다.

'이것이 행복이던가.'

그렇게 오래도록 가아프는 에밀리아의 곁에 있고 싶었다.

잠시 에밀리아의 노래가 멈추었다.

"숨어서 보지 말고 이리 가까이 와요."

가아프가 숨어 있는 행복의 나무를 바라보며 에밀리아가 말했다. 에밀리아의 말에 가아프는 깜짝 놀라며 행복의 나무에 몸을 바짝 붙였다.

"왜 그렇게 용기가 없어요."

"……."

가아프는 나서고 싶지 않았다. 에밀리아가 자신의 모습을 보면 실망할지도 모른다는 생각 때문이었다. 그렇게 된다면 아마도 에밀리아를 다시는 보지 못할 것 같았다. 그렇게 될 바에는 나서지 않는 것이 차라리 나을 것이다.

"내가 그리로 갈까요?"

"아……아니, 그렇게는 안 돼요."

"그럼 언제까지 그러고 있을 거예요?"

여전히 에밀리아는 행복의 나무를 바라보고 있었다.

그 순간이 가아프에게는 비극이었다. 또다시 그는 루시퍼를 원망하고 있었다. 천상의 전쟁만 아니었다면 언제든 에밀리아에게 자신을 보여줄 수 있었을 텐데.

"난 에밀리아 앞에 나설 수 없어요."

"날 알고 있군요. 난 그쪽을 모르는데……."

"가아프, 난 가아프예요."

여전히 행복의 나무에 자신의 몸을 숨긴 채 그가 말했다.

"가아프, 천상에서 처음 듣는 이름 같은데요."

"그럴 거예요."

"그럼 가아프 님은……?"

"에밀리아, 나에 대해서 당신이 알게 된다면 당신은 실망하게 될 거예요. 난 그것이 두려워요. 그로 인해서 다시 에밀리아를 보지 못하게 된다면 난 견딜 수 없을 거예요. 나도 에밀리아 곁에 당당하게 나서고 싶지만 그럴 수는 없어요. 에밀리아를 잃고 싶지 않아요. 이런 나의 마음 이해해 주었으면 해요."

"지금 가아프 님은 슬프군요."

"……."

"너무 슬퍼하지 말아요, 가아프 님. 가아프 님의 따스한 영혼이 느껴져요. 가아프 님이 어떻든 난 실망하지 않을 거예요."

"아, 에밀리아. 처음 에밀리아를 볼 때부터 난 에밀리아가 날 이해해 줄 거라고 믿었어요. 지금은 너무도 행복해요. 이렇게라도 에밀리아 곁에 있을 수 있는 나 자신이 감격스러워요."

가아프의 가슴이 터질 것처럼 부풀어 올랐다. 하지만 여전히 에밀리아에게 자신의 모습을 보일 용기는 없었다.

"난 이제 가봐야 해요."

"에밀리아, 좀 더 같이 있으면 안 될까요?"

"미안해요. 나도 가아프 님과 함께 있고 싶지만 그럴 수는 없어요. 엘로힘께서 찾으실 거예요."

에밀리아를 볼 수는 없었지만 가아프는 에밀리아의 모습을 상상해냈다.

"다시 에밀리아를 만나려면 어떻게 해야 하죠? 에밀리아를 보지 못하면 내 영혼이 괴로울 것만 같은데."

"가아프 님이 원하시면 언제든지 나를 만나실 수 있을 거예요."

"에밀리아, 나의 에밀리아……."

가아프는 에밀리아가 간 뒤에도 계속해서 에밀리아를 부르고 또 불렀다. 대답 없는 에밀리아, 하지만 그녀를 다시 볼 수 있다는 생각에 가아프는 더 없이 행복했다.

언젠가는 에밀리아에게 자신을 보여주어야 할 것이다.

가아프는 용기를 내기 시작했다. 다음에 그녀를 만나게 되면 자신을 숨김없이 내보일 거라고 그는 마음먹었다.

"가아프 님, 어떻게 된 거죠. 요즘에는 통 얼굴을 볼 수 없으니 말이에요."

"……."

가아프는 에밀리아의 생각에 빠져 리베크의 말을 듣지 못했다. 리베크는 벌써 오래전부터 가아프의 곁에 있었지만 그는 안중에도 없었다.

리베크에게 가아프는 흠모의 대상이었다. 하지만 가아프는 그런 리베크에게 단 한 번도 눈길을 준 적이 없었다. 그럴수록 리베크는 조바심을 냈다.

가아프가 보이지 않을 때면 리베크는 불안하기만 했다. 그럴 때면 리베크는 어둠의 세계를 이 잡듯이 뒤지고 다녔다.

리베크가 다가서려 하면 가아프는 늘 저만치 도망치곤 했다. 그런 가아프가 원망스러웠지만 그에 대한 사랑을 리베크는 포기할 수 없었다. 가아프가 자신을 돌아봐 줄 때까지 리베크는 변함없이 그 자리에 있을 참이었다. 언젠가 자신을 돌아봐 주며 환하게 웃어줄 그 날을 리베크는 기다리고 있었다.

기다림, 하지만 그 기다림은 야속하기만 했다. 리베크의 짝사랑은 어둠의 세계에서 모르는 이가 없었다. 사탄의 제왕 루시퍼마저도 리베크의 그런 마음에 안타까워할 정도였다.

"가아프 님, 가아프 님?"

"언제 왔어?"

"정말 심상치 않아요. 혹시 무슨 일을 꾸미고 있는 것은 아닌가요?"

"일은 무슨 일."

"가아프 님, 무슨 일인지 말해줄 수 없나요? 요즘 가아프 님한테서 심상치 않은 기운이 느껴져요. 루시퍼 님도 걱정이 여간 아니에요. 오늘도 루시퍼 님이 가보라고 해서 온 거예요."

리베크가 그에게서 무엇인가를 캐내려는 듯 얼굴을 뚫어지게 쳐다보았다.

"내가 어때서?"

"가아프 님은 많이 변했어. 예전의 가아프 님이 아니에요."

"내가 변하였다고. 그럴 리가……."

가아프가 피식 웃어넘겼다. 그러면서도 한편으로는 자신이 천상을 출입하고 있다는 사실을 리베크가 알아차릴까 봐 걱정되었다.

"남들은 속일 수 있어도 나는 속일 수 없어요."

"……."

"도대체 가아프 님의 마음을 빼앗고 있는 것이 무엇인가요? 혹, 사랑하는 이가 생긴 건가요?"

"……."

"가아프 님, 말해 주세요?"

"난 예전과 같이 변한 게 없어. 예전의 가아프야. 그러니 귀찮게 하지 말고 혼자 있게 내버려둬. 자꾸 이러면 화낼지도 몰라."

"가아프 님은 변했어요. 예전 같았으면 벌써 화를 내도 열

번은 더 내셨을 거예요. ……그래요, 말하기 싫으면 안 하셔
도 좋아요. 하지만 난 꼭 밝혀내고 말 거예요. 가아프 님의 마
음을 이끌리게 하는 것을……."

그 말을 남긴 채 리베크는 힘없이 축 처진 어깨로 돌아갔
다.

리베크가 다녀간 이후로 가아프의 행동은 조심스러워졌다.
자칫 잘못했다가는 자신이 천상을 출입한다는 사실이 밝혀질
지도 모르는 일이기 때문이었다.

─하지만 난 꼭 밝혀내고 말 거예요.

리베크의 말이 자꾸만 가아프의 마음을 거슬리게 만들었다.
그러면서도 가아프는 천상에 가야 한다는 생각뿐이었다.

에밀리아는 가아프의 일상이기도 했다. 그에게 에밀리아 없
는 존재란 무의미할 뿐이었다.

위험부담을 느끼면서도 가아프는 천상으로 향했다. 천상으
로 향하는 그에겐 이미 어둠의 세계와 천상의 세계의 구분은
필요치 않았다.

"에밀리아, 에밀리아가 오지 않으면 어쩌나 하고 걱정했는
데."

"가아프 님, 이곳에 오면 가아프 님을 만날 수 있을 것 같은
기분이 들었어요."

청순한 에밀리아는 금색의 치터를 연주하고 있었다. 그 음

색은 가아프의 영혼을 사로잡았다. 가아프의 입에서는 탄성이 쏟아져 나왔다.

처녀성을 지닌 소녀의 수줍음과 때 묻지 않은 소년의 해맑음이 에밀리아에게서 느껴졌다. 사방으로 울려 퍼지는 치터의 음색은 청순하고 수수하며 때론 순박하고 성스러웠다.

가아프는 영혼의 나무 밑에 앉아 연주에 여념이 없는 에밀리아의 모습을 지켜보고 있었다.

에밀리아는 환상적인 정령의 사자였다. 에밀리아만큼 아름답고 매혹적인 정령의 사자는 천상의 그 어디에도 없을 것이라고 가아프는 생각했다.

영혼의 나무에 매달려 있는 과실들도 더덩실 춤을 추고 있는 것 같았다.

"에밀리아 없는 나는 존재할 수 없을 거예요. 에밀리아에 의해 난 다시 태어나고 있는 것 같아요."

어둠의 사자인 가아프의 입에서 사랑의 기쁨이 주저 없이 흩어져 나왔다. 그의 가슴은 한없이 부풀어 올랐다.

"저도 즐겁답니다. 가아프 님의 모습은 볼 수 없지만 가아프 님의 마음이 정령의 바람을 타고 에밀리아에게 전해져 오는 것을 느낄 수 있어요. 가아프 님의 마음이 언제까지나 에밀리아에게 변함없이 다가왔으면 해요."

"에밀리아에게 나의 모습을 보여줄 수 없는 게 유감스럽군요.”

“가아프 님, 왜 슬퍼하시는 거죠?”

“난 에밀리아 앞에 나타날 수 없는 존재요. 아니, 이 세계에
존재해서는 안 되는 이방인이오.”

영혼의 나무에 등을 기댄 채 가아프가 한숨을 길게 내쉬었
다.

“아니요, 그렇지 않아요. 가아프 님은 이렇게 에밀리아의
곁에 존재하시잖아요. 에밀리아는 이미 가아프 님의 영혼을
읽었어요. 그리고 가아프 님에게 에밀리아의 영혼을 보여드
리고 싶어요.”

“그러면 안돼요. 난 에밀리아를 슬프게 만들고 싶지 않아
요. 슬픈 건 나 하나로 족해야 합니다.”

“가아프 님이 슬프다면 에밀리아도 슬플 거예요. 에밀리아
를 위한다면 더더욱 슬퍼하지 말아요. ……망설이지 마세요.”

에밀리아의 얼굴에서 푸른 광채가 나는가 싶더니 이내 에밀
리아의 얼굴이 수심으로 가득해졌다.

“나를 원망할 거예요. 난 너무도 초라하니까.”

“그렇지 않아요, 가아프 님. 가아프 님의 모습이 아무리 추
하고 혐오스럽더라도 에밀리아는 결코 가아프 님을 저버리지
않을 거예요.”

“난 ……사탄이요. 타락한 천사. 그래도 좋단 말이요?”

"아! 그랬군요. 그래서 가아프 님이 그토록 슬퍼하셨던 거군요."

에밀리아는 이미 짐작했었다는 듯 그다지 놀라지 않았다.

"천상의 전쟁이 원망스러워요. 그 전쟁만 없었다면 에밀리아와 난, 우리의 만남은 이토록 비극적이지 않았을 텐데."

"왜 비극이라고 생각하시는 거죠. 에밀리아는 그렇게 생각하지 않아요. 아마 그 전쟁이 없었다면 에밀리아와 가아프 님의 만남은 이루어지지 않았을지도 몰라요. ……가아프 님의 모습을 보고 싶어요. 가아프 님의 그 슬픈 마음을 이 에밀리아가 치유시켜 드리고 싶어요."

에밀리아는 사랑을 기다리는 순박하고 수줍은 소녀의 모습으로 변해가고 있었다.

남성도 여성도 아닌 정령의 사자. 가아프의 사랑의 마음이 정령의 사자에게 비로소 여성을 부여시킨 것이었다.

"우린 불행해질 거예요. 그래도 좋단 말이오?"

"이미 에밀리아는 가아프 님을 선택했어요. 후회하지 않아요. 가아프 님이 에밀리아의 곁을 떠나지만 않으신다면 언제까지나 에밀리아는 행복할 거예요."

"우리에겐 사탄의 세계와 천상의 세계가 가로놓여 있어요. 에밀리아, 그걸 어떻게 극복할 수 있단 말이오. 우린 이렇게 만나는 것만으로 만족해야 할지도 몰라요."

"그건 너무 슬퍼요, 가아프 님."

에밀리아의 눈에서 금방이라도 눈물이 쏟아져 내릴 것만 같았다.

"에밀리아! 에밀리아가 나를 보고 싶다면 에밀리아에게 내 모습을 보여드리겠어요."

"그래요, 가아프 님. 천상의 세계든 사탄의 세계든 에밀리아는 연연하지 않겠어요."

"눈을 감아요, 에밀리아. 내가 에밀리아 곁으로 가겠어요."

에밀리아는 가아프가 시키는 대로 눈을 감았다. 에밀리아의 모습은 기쁨과 기대감으로 충만했다.

가아프는 망설이던 마음을 진정시키고 에밀리아가 앉아 있는 곳으로 걸어가기 시작했다. 에밀리아는 지혜와 행복의 시냇물이 흐르는 쪽에 앉아 있었다. 에밀리아의 옆에는 성스러운 희망의 꽃들이 활짝 펴 있었다. 에밀리아의 아름다움은 그 꽃들에 비할 바 아니었다.

가아프는 융단처럼 깔린 기쁨의 잔디를 소리 없이 걸어가 에밀리아의 앞으로 다가가 섰다. 에밀리아는 여전히 눈을 감고 있었다.

가아프는 처음으로 에밀리아의 얼굴을 가까이에서 볼 수 있었다. 순간 가아프의 숨이 멎을 것만 같았다.

에밀리아의 얼굴은 너무도 성스럽고 청순해 보였으며 눈이 부실 지경이었다.

"나의 사랑 에밀리아, 이젠 눈을 떠도 좋아요. 그리고 나의 모습이 너무 추하다면 다시 눈을 감아도 난 에밀리아를 원망하지 않을 거예요."

"그런 일은 없을 거예요, 가아프 님."

에밀리아가 눈을 스르르 떴다.

가아프의 눈과 에밀리아의 눈이 맞닿았다. 그 순간 둘은 어둠의 사자도 정령의 사자도 아니었다. 오직 둘의 사이엔 영혼의 만남만이 존재했다.

"에밀리아, 나의 영혼이 에밀리아로 인해 깨끗해지는 것을 느껴요."

"가아프 님의 말이 틀렸군요. 가아프 님은 추하지 않아요. 그렇다고 혐오스럽지도 않고요. 이제 에밀리아의 영혼은 가아프 님 거예요."

"에밀리아, 내 영혼 또한 에밀리아의 소유예요. 하지만 우리의 사랑이, 우리의 만남이 불행해질지도 모른다는 생각을 하면……."

"두려워하지 말아요. 우린 이제 두려워할 것이 없어요. 에밀리아는 가아프 님을 얻었고 가아프 님은 에밀리아를 얻었으니 말이에요. 가아프 님, 언제까지나 변함없이 이 에밀리아를 지켜주세요."

"에밀리아! 에밀리아를 이렇게 부를 수 있다는 것이 마치 꿈만 같아요. 언제까지나 난 에밀리아 곁에 있을 거예요. 그 어떠한 시련이 닥치더라도 난 결코 에밀리아를 슬프게 만들지 않을 거예요."

"아! 가아프 님."

"에밀리아, 나도 에밀리아의 영혼을 볼 수 있겠소?"

"……."

에밀리아는 대답 대신 가아프에게 사뿐히 안겨들었다. 가아프의 가슴이 곧 에밀리아의 가슴과 맞닿았다.

둘은 누가 먼저랄 것 없이 눈을 감았다.

그러자 서로의 모든 것이 느껴지기 시작했다.

어둠 속, 그 어둠 속에 가아프가 있었고 푸른 광채의 저편에서 에밀리아가 다가서고 있었다. 가아프는 잠시 머뭇거렸지만 이내 에밀리아를 받아들이기 시작했다. 가아프는 점점 따듯함과 포근함을 느낄 수 있었다.

하얀 깃털처럼 에밀리아의 영혼은 가볍고 보드라웠다. 가아프의 영혼은 에밀리아에 의해 평온을 느낄 수 있었고 에밀리아의 영혼이 이끄는 곳으로 따라 움직였다.

이제 감출 것이 없었다. 이제 감추어야 할 이유가 없었다. 가아프는 모든 것을 보여주고 또 모든 것을 에밀리아에게 남김없이 줄 수 있을 것만 같았다. 그렇게 에밀리아와 공유할 수 있다는 것이 가아프에게는 행복이었다. 에밀리아 또한 자신을 불태우듯 가아프에게 자신의 모두를 내보이고 있었다. 정녕 그렇게 자신의 몸을 태워 시들어 버리더라도 가아프를 향한 마음을 남김없이 보여주고 싶었다.

가아프와 에밀리아의 영혼의 만남은 그렇게 시작되어 끝이 없을 것만 같았다.

−에밀리아, 에밀리아, 어디에 있는 거야?

어디에선가 에밀리아를 찾는 목소리가 들려왔다.

에밀리아가 먼저 가아프의 품에서 벗어났다. 가아프는 뜻하지 않은 방해꾼의 등장이 아쉽기만 했다.

"엘로힘이 찾고 계신가 봐요."

수줍은 얼굴로 에밀리아가 말했다.

"에밀리아!"

"가봐야 해요."

"언제쯤 다시 만날 수 있을까요, 에밀리아?"

"언제든 가아프 님이 에밀리아를 보고 싶다면 만날 수 있을 거예요. 우리의 사랑은 영원할 테니까요. 그리고 에밀리아도 가아프 님을 변함없이 생각하고 있을 거예요. 마음에 영원히 간직할 거예요. 가아프 님은 에밀리아를 사랑으로 일깨워주신 분이니까요. 우리가 서로 원한다면 항상 이 자리에 있을 거예요. 가아프 님, 다시 만날 때까지 오늘을 기억해요."

"아! 에밀리아, 나의 사랑."

가아프가 에밀리아의 손등에 입을 맞추었고 에밀리아는 아쉬움을 뒤로한 채 가아프의 앞에서 사라졌다.

가아프의 부풀고 여린 가슴은 에밀리아가 가고 난 뒤에도 안정을 찾을 수 없었다.

어둠의 세계로 돌아와서도 가아프는 들떠 있었다. 그렇지만 이내 천상으로의 밀행을 들키지 않으려고 평소처럼 행동했다.

가아프는 사랑에 눈이 멀었다. 이제 그에겐 어둠이든 천상이든 중요치 않았다. 그에게 가장 소중한 것은 오로지 에밀리아 뿐이었다.

"가아프 님, 오늘은 어디에 가셨던 거예요?"

"그……냥 돌아다녔어."

"어디를요?"

"어디 어디를 다녔는지 꼬치꼬치 리베크에게 보고해야 하는 거야?"

가아프가 짜증을 내며 리베크를 쳐다보았다. 그러자 리베크가 다른 때와 달리 가아프를 빤히 쳐다보았다.

"가아프 님, 요즘 좋은 일이 있는 것 같아요? 요즘 들어 항상 웃는 얼굴이니 말이에요. 루시퍼 님이 가아프 님을 찾아오라고 해서 이곳저곳 어둠의 세계를 찾아다녔는데 없더군요.

도대체 어디에 가셨던 거죠?"

가아프의 짜증에도 리베크는 태연하게 캐어물었다. 다른 때 같았으면 리베크로서는 엄두도 내지 못할 그런 용기였다.

리베크의 물음에 가아프는 머뭇거렸다.

"……."

"왜 대답을 못하시는 거죠?"

"암흑의 늪에 있었어."

"정말 인가요? 가아프 님은 그곳에 가는 것을 싫어하셨잖아요."

"산책하러 갔을 뿐이야."

"그 오랜 시간 동안 산책을 해요, 그것도 암흑의 늪으로……?"

"리베크, 돌아가."

안 되겠다는 듯이 가아프가 리베크를 차갑게 쏘아보았다. 그러자 리베크도 더는 캐묻지 못하고 한 발짝 뒤로 물러섰다.

"혹시……."

"……."

벌써 화를 내고도 남았을 텐데, 하지만 가아프는 왠지 화를 낼 수가 없었다. 그랬다. 그는 에밀리아를 만난 이후로 단 한 번도 화를 낸 적이 없었다. 아마도 가아프는 에밀리아에게 동요되어가고 있는지 모른다.

"알겠어요. 루시퍼 님에게 그렇게 말씀드리겠어요. 이것만 알아두세요. 너무 위험한 일은 하지 말아요. 가아프 님이 불행해지는 것이 싫어서 하는 말이에요. 가아프 님이 불행해진다면 리베크도 불행할 테니까요. 그러니 이젠……."

리베크는 채 말을 끝내지 못하고 돌아갔다.

가아프는 리베크의 말을 그냥 흘려버릴 수 없었다. 리베크는 무언가 알고 있는 것이 분명했다. 아니, 어쩌면 너무 과민 반응을 보이는 것인지도 모른다.

한동안 리베크의 말을 되새기다가 가아프는 괜한 걱정을 하고 있다는 생각에 훌훌 털어 버리고 말았다.

어둠의 세계는 가아프에게는 따분한 곳이었다. 가아프는 에밀리아가 있는 천상을 자꾸만 떠올렸다. 천상을 떠올리는 것이 즐거웠고 그곳에 있는 에밀리아를 그리워하는 것이 그의 낙이었다.

가아프는 차라리 천상과 어둠의 세계가 아닌 곳으로 에밀리아와 함께 도망치고 싶다는 생각을 했다. 둘의 사랑을 키울 수 있는 방법은 오직 그 뿐이었다. 그들에게는 어둠과 천상의 구분 없이 둘만의 사랑을 나눌 수 있는 그런 공간이 필요했다.

가아프는 에밀리아를 만나게 된다면 그런 제안을 해볼 생각이었다. 그렇게 작정을 하고 나니 더 이상 미룰 여지가 없었다.

그는 에밀리아를 만나기 위해 천상으로 향했다.

그가 천상의 결계로 다가설 때였다.

"가아프 님!"

리베크였다. 리베크의 얼굴이 백지장처럼 하얗게 질려 있었다. 가아프의 몸은 순간 얼음장처럼 경직되었다.

"……."

"가아프 님은 그동안 천상을 출입하고 계셨던 거예요?"

"이렇게 밝혀지는군."

"천상은 위험해요. 우리 같은 어둠의 사자에게는 독약과도 같은 곳이 천상이라고요. 가아프 님의 몸은 점차 시들어 끝내는……."

리베크의 눈에서 금방이라도 눈물이 쏟아져 나올 것 같았다.

"그렇지 않아, 천상은 원래 우리의 고향이었어. 그리고 난 이 어둠의 세계보다는 천상의 세계가 더 좋아."

"가아프 님, 다시 한번 생각해 보세요."

"말려도 소용없어."

"그럼 저도 할 수 없어요. 루시퍼 님에게 말할 거예요."

"리베크가 어쩌든 난 상관없어. 천상에는 나의 에밀리아가 있으니까."

"에밀리아, 정령의 사자를 말하는 건가요?"

"그래."

"그 정령의 사자를 사랑하나요?"

"그래."

"오직 그 사랑 때문에 모든 걸 포기하겠단 말인가요? 가아프 님의 존재마저도 희생하겠단 말인가요?"

"난 이미 결심했어."

"가아프 님을 이대로 보내드릴 수는 없어요. 왜 가아프 님은 저에겐 단 한 번도 사랑의 따뜻한 마음을 주시지 않는 거죠? 이렇게 아픔을 주시는 게 전부인가요?"

리베크의 눈에서 참았던 눈물이 주르륵 흘러내렸다.

가아프는 차마 리베크의 눈을 마주 볼 수 없었다. 자신으로 인해 아파하는 리베크에게 가아프는 아무것도 해줄 수 없었다.

"……."

"가아프 님, 지금도 늦지 않았어요."

"리베크, 나의 마음을 이해해 줘. 나도 어쩔 수가 없어. 에밀리아 없는 나의 존재란 있을 수가 없어. 난 다시는 이곳으로 돌아오지 않을 거야. 아니 리베크에게 들켰으니 다시는 돌아올 수 없겠지. ……루시퍼 님에게 죄송하다고 리베크가 대신 전해줄 수 있겠지? 그리고 리베크, 나를 잊어. 리베크에게는 나보다도 더 멋진 사랑하는 이가 꼭 나타날 거야."

말을 마치고서 가아프는 천상의 결계로 걸어 들어갔다.

"가아프 님, 돌아오세요. ……기다리고 있을 거예요. 그리고 루시퍼 님에게도 가아프 님이 천상을 출입하고 있다고 고자질하지도 않을 거예요. 그러니 돌아오지 않겠다는 생각만은……."

리베크가 애원을 했지만 가아프는 망설이지 않았다.

이젠 돌아가고 싶어도 돌아갈 수 없는 어둠의 세계였다. 자신의 고향이기도 했던 어둠의 세계를 등져버린 가아프의 마음은 미련이 남아 허전하고 답답하기만 했다.

가아프는 이젠 두 세계의 그 어디에도 설자리가 없었다. 천상에서 자신은 이방인일 뿐이었다. 그리고 어둠의 세계에서는 배신자였다. 하지만 에밀리아가 있다는 것이 가아프에겐 위안이었다.

한참을 기다려도 에밀리아는 나타나지 않았다.

영혼의 나무 밑에서 에밀리아를 기다리는 가아프의 얼굴에 걱정과 조바심이 가득 깃들어 있었다.

'어찌 된 일일까?'

가아프는 혹시 에밀리아에게 무슨 일이 생기지는 않았을까 하는 불길한 생각을 하며 발을 동동 구르고 있었다.

그렇게 얼마를 더 기다렸을까, 수심이 가득한 에밀리아의 모습이 보였다.

"에밀리아!"

반가움을 억누르지 못하고 가아프가 에밀리아에게 달려갔다.

"가아프 님, 미안해요. 친구들을 떼어놓고 오느라 좀 늦었어요."

"에밀리아 무슨 일 있는 거예요?"

에밀리아의 얼굴을 가늠하며 가아프가 말했다.

"친구들이 눈치챈 것 같아요. 엘로힘도 그렇고요."

"에밀리아 후회하는군요."

"아니에요. 그렇지 않아요. 에밀리아는 가아프 님이 옆에 있으니 그것으로 족해요."

"에밀리아, 실은 나도 이젠 어둠의 세계로 돌아갈 수 없어요. 그렇다고 이곳에 있을 수도 없는 노릇이고. ……방법이 없는 건 아니지만."

"가아프 님, 혹시……."

"그래요. 나는 결심했어요. 에밀리아도 나와 함께 미계로 갑시다. 미계에선 누구의 눈치도 보지 않고 우리의 사랑을 꽃 피울 수 있을 테니까."

"가아프 님, 가아프 님의 생각이 그렇다면 에밀리아도 따르겠어요."

"아! 에밀리아. 나를 믿어줘서 고마워요. 난 이제 에밀리아의 영혼과 하나를 이룰 수 있을 것 같아요."

그 말과 함께 가아프가 에밀리아를 지긋이 끌어안았다.

"가아프 님을 확인하고 싶어요."

"……."

가아프가 가녀린 에밀리아의 머릿결을 귀 뒤로 쓸어 넘겼다. 가아프의 손길이 닿음과 동시에 에밀리아는 살며시 눈을 감았다.

가아프에 의해 여성으로서 새롭게 태어난 에밀리아는 그의 손길을 오래전부터 기다리고 있었다.

가아프의 뜨거운 입술이 촉촉한 에밀리아의 입술로 다가갔다. 단지 입술과 입술의 마주함이 아니었다. 어둠의 사자와 정령의 사자가 비로소 하나를 이루는 것이었다. 그 하나 됨은 엘로힘도 그렇다고 루시퍼도 막을 수 없는 의미를 지니고 있었다.

숨김없이, 아낌없이 둘은 서로에게 자신을 내맡겼고 하나의 진실함을 깨닫고 있었다. 그렇게 에밀리아와 가아프는 사랑으로 형성된 정령의 과실을 키우고 있었다. 천상의 그 어디에도 없는 그 과실을 키우며 그들은 서로의 소중함을 느낄 수 있었다.

"미계에선 우리의 영혼이 하나로 태어날 수 있을 거예요."

"그래요, 가아프 님. 우리의 사랑에 의해 존재하게 될 정령에게 에밀리아는 최선을 다할 거예요. 비록 이 천상을 보여줄 수는 없겠지만……."

곧 천상을 떠나야 함에도 에밀리아는 그것이 두렵지 않았다. 에밀리아는 여전히 가아프의 품에 안겨 있었다.

"이젠 천상을 볼 수 없을 거예요. 그러니 미계로 떠나기 전에 천상의 아름다움을 기억해 두도록 해요, 에밀리아."

에밀리아의 수줍은 볼에 살짝 입을 맞추며 가아프가 말했다.

에밀리아는 다시는 보지 못할 천상의 곳곳을 가슴으로 소중하게 담고 있었다. 그 어디에도 소중하지 않은 것이 없었다. 모두가 익숙한 것들이었고 모두가 에밀리아의 친구인 정령들이었다.

생명의 정령, 영혼의 정령, 빛의 정령, 사랑의 정령, 물의 정령, 기쁨의 정령, 희망의 정령, 지혜의 정령, 행복의 정령 그리고 엘로힘.

－에밀리아 어디에 있는 거야? 에밀리아, 에밀리아! 큰일 났어. 엘로힘께서 모든 걸 알았어.

가아프는 영혼의 나무 뒤로 숨었다.

"라미에, 엘로힘께서 모든 걸 알았다니 그게 무슨 소리야?"

상기된 얼굴로 에밀리아가 말했다.

"제르스가 엘로힘에게 일러바쳤어. 에밀리아와 가아프 님이 함께 있는 걸 제르스가 봤나 봐. 지금 천상은 발칵 뒤집혔어. 이러고 있을 시간이 없어. 어서 도망쳐야 해. 그러지 않았다가는…….”

라미에는 안절부절못했다.

“에밀리아 서둘러야겠어요.”

에밀리아와 라미에의 대화를 듣고 있던 가아프가 영혼의 나무 뒤에서 뛰어나오며 말했다.

“에밀리아 어서…….”

“고마워요, 라미에.”

인사도 나눌 시간 없이 가아프가 에밀리아의 손을 잡아끌었다.

“가아프 님 에밀리아를 잘 부탁해요.”

가아프와 에밀리아를 향해 손을 흔들며 라미에가 소리쳤다.

그들은 허둥지둥 기쁨의 잔디 위를 달리기 시작했다. 그런데 얼마 가지 않아 에밀리아가 그 자리에 멈추어 섰다.

“왜 그래요, 에밀리아?”

“이미 늦었어요. 엘로힘께서 아셨다면 도망칠 수 없을 거예요. 그러니 가아프 님만이라도 어서 도망치세요.”

“그렇게는 할 수 없어요, 에밀리아. 당신을 두고서 나 혼자 떠날 수는 없어요.”

“엘로힘께서 아셨다면 금방이라도 저를 찾아내실 거예요.

그렇게 된다면 가아프 님은……. 가아프 님 곁에 제가 있으면 짐만 될 뿐이에요. 그리고 우리의 사랑은 미계에서 우리의 정령에 의해 영원히 이루어질 거예요. 에밀리아는 믿어요. 에밀리아가 없더라도 가아프 님이 우리의 정령을 잘 보살펴 주세요. 미계엔 우리의 꿈이 있잖아요. 어서요. 서둘지 않으면 천상을 빠져나가실 수 없을 거예요."

에밀리아는 가아프를 간절하게 달래고 있었다.

가아프는 그런 에밀리아를 남겨둔 채 도망칠 수 없었다. 자신은 그렇게 도망쳐 버리고 그 모든 걸 에밀리아 혼자 감당하게 할 수는 없었다. 그보다 더 비열한 짓은 없을 것이다.

가아프는 정정당당히 엘로힘 앞에 나서서 에밀리아와의 부끄러움 없는 사랑을 밝히리라 마음먹었다.

"걱정하지 말아요, 에밀리아. 난 엘로힘에게 말할 거예요. 에밀리아를 사랑하고 있다고……. 그리고 앞으로도 영원히 변함없이 에밀리아를 사랑할 거라고. 난 비겁하지 않아요. 에밀리아가 나에게 용기를 준 것처럼 엘로힘에게 나설 거예요. 나에게 이 보다 행복했던 적은 없었어요. 에밀리아 사랑해요."

"아! 가아프 님."

둘은 마지막이 될지도 모르는 열정의 입맞춤을 했다. 그리고 그 열정의 입맞춤이 끝났을 때 둘은 엘로힘에게 소환

당했다.

높이 들린 옥좌에 엘로힘이 근엄한 표정으로 앉아 있었다. 그리고 성전의 곳곳에는 어둠의 사자를 주눅 들게 하듯 위엄이 육중하게 배어나오고 있었다.

엘로힘의 바로 아래에는 용사의 모습을 한 가브리엘이 서 있었다. 가브리엘은 천상에서 엘로힘 다음으로 가장 강력한 권력을 가진 천사였다. 그리고 그 앞에는 사탄의 제왕 루시퍼를 무너뜨렸던 미가엘이 칼과 창을 들고 있었으며 치유의 천사 라파엘과 우리엘 등의 4대 천사가 보위하고 있었다.

또한 천상의 문지기 가마엘이 갑옷을 걸치고 긴 칼을 찬 병사의 모습으로 서 있었다. 영혼의 선도자 라미엘과 천사의 감시자 라구엘, 죽음의 천사인 이스라펠과 사리엘도 나란히 서 있었다.

그 아래로 가아프와 에밀리아가 꿇어앉아 있었다.

"어둠의 사자여 그대의 잘못을 알겠느냐?"

좌정하고 있던 엘로힘이 가아프에게 다그쳤다. 가아프의 얼굴은 경직되어 있었다.

"엘로힘이시여 모두가 이 에밀리아의 잘못이에요. 벌을 내리신다면 저에게 내려주세요. 가아프 님은 아무런 잘못이 없어요."

에밀리아의 눈에서 눈물이 글썽거렸다.

"에밀리아 넌 가만히 있거라. 난 너에게 물은 것이 아니라 어둠의 사자에게 물었느니라. 어둠의 사자여 그대는 정작 잘못이 없단 말이더냐?"

"엘로힘이시여 저는 잘못이 없습니다."

묵묵히 입을 다물고 있던 가아프가 대답했다. 그러자 엘로힘의 표정이 불쾌하게 일그러졌다.

"그대는 구원할 수 없는 대상이구나. 그 오래전 루시퍼가 나에게 도전했듯이 그대 또한 나에게 도전하는 것이냐?"

"아닙니다. 전 단지 에밀리아를 사랑하고 있을 뿐입니다. 그것이 잘못이란 말입니까? 그것이 잘못이라면 마땅히 벌을 받겠습니다."

고개를 들고 가아프가 엘로힘에게 당당히 말했다.

"무엇이라고? 어둠의 사자들은 천상에 올 수 없게 되어 있고 또한 정령의 사자와도 사랑을 해서는 안 된다는 것은 내가 말하지 않아도 그대가 더 잘 알진데 잘못이 없다니 말이 된단 말이냐? 그대는 천상을 침입했고 게다가 에밀리아 마저 사랑이라는 허울로 교묘하게 유혹해 타락의 늪으로 이끌었다. 그리고 천상의 금기를 흐트러뜨렸으며 평온하던 천상을 혼란하게 만든 장본인이 아니란 말이냐?"

엘로힘이 불호령을 내렸다. 엘로힘은 금방이라도 가아프를 향해 벌을 내릴 것처럼 단호해 보였다.

겁을 먹은 가아프였지만 그렇다고 가아프는 자신의 사랑을, 자신에게 무엇보다도 소중한 에밀리아를 포기할 수 없었다.

"엘로힘이시여. 사랑이 죄가 된단 말씀이십니까. 천상의 전쟁 이후로 이곳에서 쫓겨나기는 했지만 어둠의 사자도 본래에는 정령의 사자처럼 이 천상의 주인이었습니다. 지금도 어둠의 세계에 살고 있는 어둠의 사자들 중에는 이곳에 오고 싶어 하는 선한 이들이 많습니다. 엘로힘께서는 그들이 루시퍼 님과 동조하여 천상의 전쟁을 주도했다는 이유로 그들을 구원의 대상에서 제외시켰습니다. 그들도 뼈저리게 반성하고 있습니다. 그리고 전 루시퍼 님을 원망하고 있습니다. 물론 엘로힘을 원망하는 것도 마찬가지입니다. 천상의 전쟁은 저와 에밀리아의 싸움이 아니었습니다. 에밀리아와 전 하나 됨을 원합니다. 천상의 전쟁이 있기 이전처럼 말입니다. 그것은 에밀리아와 저의 희망입니다. 에밀리아와 전 사랑하기 때문에 그 무엇도 두렵지 않습니다. 엘로힘도 그렇다고 루시퍼 님도 두려워하지 않습니다. 천상과 어둠의 세계의 금기를 흐트러뜨리기는 했어도 저는 에밀리아를 포기할 수 없습니다. 에밀리아와 전 사랑하고 있기 때문입니다. 그것이 무슨 죄가 된다는 말씀이십니까. 천상이든 어둠의 세계에서든 사랑을 막을 권리는 아무도 없습니다. 사랑은 사자들의 자유입니다."

가아프가 말을 끝마치고서 옆의 에밀리아를 쳐다보며 손을 잡았다. 가아프는 불안하지 않았다. 에밀리아가 옆에 있는 것으로 그는 용기를 지닐 수 있었으며 에밀리아에게서 힘을 얻을 수 있었다.

에밀리아도 가아프와의 사랑을 후회하지 않았다. 사랑으로서 둘은 두려움을 지우고 있었다.

"사악한 마음은 어쩔 수 없구나. 누구에게 그 사악함을 교묘히 이용하여 설득하려 한단 말이냐. 그대가 천상의 전쟁을 들먹거릴 위치란 말이냐. 내가 본시 천상의 전쟁 이후 타락 천사 루시퍼를 암흑의 끝으로 쫓아 버린 것은 교만과 사악함이 도에 지나쳐 구원할 수 없었기 때문이었다. 하지만 루시퍼는 지금도 그 죄를 사하지 못하고 나에 대한 복수의 기회만을 엿보고 있지 않더냐. 그대 또한 에밀리아를 유혹하여 거짓된 사랑과 사악함으로 천상을 물들이고 있는 장본인이지 않은가?"

"에밀리아를 향한 저의 사랑은 진정 거짓이 아닙니다."

"엘로힘이시여 노여워하지 마세요. 가아프 님과 저의 사랑은 거짓일 수 없습니다. 우리의 사랑을 인정해 주세요."

에밀리아가 엘로힘에게 간절히 애원했다. 그러나 엘로힘의 노여움은 쉽사리 수그러들지 않았다.

"무엇이라고!"

엘로힘이 버럭 소리를 질렀다. 엘로힘의 눈에서 금방이라도 불길이 쏟아져 나올 것만 같았다.

잠자코 있던 미가엘이 엘로힘의 노여움을 대신하듯 육중한 창으로 성전의 바닥을 내리쳤다. 가아프는 그 소리에 잔뜩 주눅 들어 초조해졌다.

"에밀리아 네가 나를 이렇게 실망시키다니 믿을 수가 없구나. 모두가 어둠의 사자 때문이라고 나는 믿고 싶다. 에밀리아 너는 이제 천상의 유배지에서 고통을 감내하며 살아가게 될 것이다. 그리고 너의 잘못을 뉘우칠 때 비로소 너의 죄를 사하여 천상으로 돌아올 수 있게 되리라."

"엘로힘이시여 너무하십니다."

가아프가 그 자리에서 일어서며 말했다.

"가아프 님 진정하세요. 에밀리아는 엘로힘을 따라야 해요."

"에밀리아, 에밀리아는 나와 함께 간다고 하지 않았소? 엘로힘이시여 그렇다면 저도 에밀리아와 함께 유배지로 떠나게 해 주십시오."

다시금 엘로힘 앞에 무릎을 꿇고 가아프가 말했다. 그러나 엘로힘은 근엄한 표정으로 고개를 가로저었다.

"자 어서 떠나거라."

"안 돼 에밀리아!"

"……."

가아프와 에밀리아의 눈이 맞닿았다. 가아프의 젖은 눈이 에밀리아를 안타깝게 만들었지만 그렇다고 에밀리아는 엘로힘을 거역할 수 없었다. 자신이 엘로힘을 거역한다면 필시 가아프에게 더 가혹한 벌이 내려지리라 에밀리아는 생각했다.

"가아프 님, 미계엔 에밀리아가 없더라도 우리의 믿음이 있을 거예요. 가아프 님, 우리의 약속을 잊지 말아요. 가아프 님 사랑해요, 영원히."

그 말이 끝나기가 무섭게 에밀리아의 모습이 점점 사라지기 시작했다.

"에밀리아! 난 에밀리아를, 에밀리아를 꼭 찾아갈 것이오. 그때까지 꼭 참고 기다려야 해요. 아! 나의 사랑 에밀리아."

가아프의 슬픔은 성전의 위엄을 송두리째 몰아내고 있었다. 에밀리아를 향해 달려간 가아프가 보내지 않으려는 듯 에밀리아를 끌어안았지만 그의 품에서 에밀리아는 흔적 없이 사라고 말았다.

가아프는 그만 그 자리에 힘없이 주저앉고 말았다.

"엘로힘이시여 사랑이 죄란 말입니까?"

눈물이 범벅된 눈으로 가아프가 엘로힘을 쏘아보았다.

"나를 원망하느냐?"

"그래요, 당신을 원망합니다. 당신은 진정 사랑이 무엇인지 모르는 허상의 근본입니다. 당신에겐 모두가 거짓일 테지만……. 난 당신을 증오할 겁니다. 난 당신을 영원히 용서하지 않을 겁니다. 난 당신에게 나를 보여 줄 겁니다."

"그래도 그 사악함은 여전하구나."

엘로힘이 보좌에서 일어서며 버럭 소리를 질렀다. 그 소리는 천상의 곳곳으로 위엄 있게 울려 퍼졌고 엘로힘의 진노는 그칠 줄 몰랐다.

그러나 가아프는 한 점 흐트러짐이 없었다. 그의 눈에선 복수의 불길이 타 오르고 있었다.

"난 결코 이 순간을 잊지 않을 겁니다. 당신에게 지금 내가 겪었던 수모를, 루시퍼 님이 겪었던 그 수치스러움을 당신에게 꼭 느끼게 할 겁니다. 엘로힘, 당신은 분명 지금의 진노를 후회하게 될 겁니다."

"무엇이라고……!"

용사 가브리엘이 순간 가아프에게로 뛰어와 자신보다 크고 기다란 칼을 빼내어 가아프에게 휘두를 참이었다.

"강한 힘의 소유자 가브리엘이여 그만 하거라."

칼을 휘두를 것만 같은 기세의 가브리엘은 엘로힘의 말에 그만 칼을 내리고 말았다.

"사탄이여 그대는 빛을 보지 못하리라. 또한 어둠의 세계로도 돌아가지 못하리라. 지옥보다도 더 깊은, 어둠보다도 더 짙은 암흑으로 떨어지리라. 그대의 죄를 영원히 사하지 않으리니 그대는 고통과 죄악과 자멸로 결코 돌아올 수 없는 길을 걷게 될 것이리라. 그리하여 그대는 굴복하게 될 것이며, 후회하게 될 것이며 나에게 용서를 구할 것이나 이미 돌이킬 수 없는 일이 되어 영광이란 다시 찾지 못하게 될 것이리라. 그대와 그대의 죄를 봉인하나니 그 누구도 나의 명을 거룩하게 여길 것이리라. 어둠의 사자여, 사악한 사탄이여 그대는 나에게 봉인되어 돌아올 수 없는 곳의 저주받은 철창으로 떠날 것이리라!"

"엘로힘이여 당신을 원망하오. 사랑이 죄라면 정작 죄가 아닌 것이 무엇이란 말이오. 죄가 아닌 것이 있을 수 있단 말이오. 나에게 고통이 주어진다 해도 당신에게 주어질 고통에 비하면 내 고통은 아무것도 아닐 것이오. 난 당신을 기억할 것이오. 그리고 다시 돌아와 당신의 그 무지함을 어둠과 천상에 고할 것이오. 당신은 나를 잊을 수 없을 것이오. 나의 존재가 항상 당신의 기억 속에 남아 있을 테니까. 나의 사랑과 분노가 당신을 몰아낼 때까지 나를 잊지 마시오. 거룩하고 성스러운, 아니 자신이 거룩하고 성스럽다고 여기는 잘난 엘로힘이여!"

가아프의 눈은 악에 받쳐 있었다. 그러나 그의 입가엔 미소가 깃들어 보는 이들을 섬뜩하게 만들었다.

그의 발끝부터 온 몸으로 봉인이 이루어지기 시작했다. 그에겐 봉인이 이루어지면서부터 고통이 시작되었다.

엘로힘에게 고통스러워하는 모습을 보이지 않기 위해 가아프는 꿋꿋하게 참아 내었다.

봉인이 얼굴로 이루어질 때에 고통을 끝내 참지 못한 가아프는 숨을 몰아쉬었다. 그것이 비명으로 변하여 입 밖으로 쏟아져 나왔다.

"아! 에밀리아 나를 용서하세요. 당신과의 약속을 지킬 수 없는 나를, 나의 추악함을 용서하세요."

성전에는 가아프의 마지막 말이 먹먹하게 남아 있었다.

가아프와 에밀리아의 사랑은 뜻을 이루지 못하고 천상과 어둠의 세계를 서글프게 돌아다닐 뿐이었다.

02

마녀사냥

999년 12월 31일.

교회와 성지 예루살렘은 기도자와 순례자들로 넘쳐 났다. 로마의 베드로 성당과 이스탄불의 성 소피아 교회, 클뤼쉬 수도원, 샤르트르 대 성당 등으로 몰려든 수많은 군중들은 마지막 심판의 날에 대한 불안으로 혼란스러웠다.

종말론자들은 지구의 종말을 주장했고 자포자기 심정으로 폭력과 도둑질 그리고 살인 등의 잔인한 짓을 일삼았다. 그리고 그 모든 책임을 마녀에게 떠넘기며 잔혹한 마녀사냥에 나섰다.

말을 못 한다는 이유로, 아이를 낳을 수 없다는 이유로, 기형아를 낳았다는 이유로, 혹은 마을에 전염병을 일으킨다는 말도 안 되는 명목으로 어린 소녀에서부터 노파들에 이르기까지 의심 가는 여자들은 모조리 마녀로 몰아버렸다.

그 틈을 타 또 다른 광신자들이 나타났으며 그들의 신도들은 스스로 자해를 하거나 목숨을 끊는 집단 참극의 죄악을 서슴없이 행했다.

종말의 날은 더더욱 혼란스러웠으며 온 세상은 혼돈으로 가득했다. 악마의 사악함이 온 세상을 뒤덮었으며 증오와 절망감은 미계의 인간들을 스스로 암흑의 수렁으로 빠져들게 만들었다.

왕과 제후 그리고 영주들에게 반기를 들거나 습격하는 폭도들이 생겨나기도 했다. 또한 일부 영주들은 심판의 날에 좋은 판결을 받기 위해 농민들에게 관용을 베풀기도 했으며 호화만찬을 몇 달째 벌이고 있기도 했다.

악마의 유혹은 그것으로 그치지 않았다.

때에 맞춰 무서운 질병이 지방 곳곳을 휩쓸고 지나갔다. 그것은 인간들에게 마치 지구의 종말을 예언하기라도 하듯 확신을 불러일으켰다. 인간들은 온갖 추악한 짓이란 짓은 서슴없이 저질렀고 그들의 추악함은 끝이 없을 것만 같았다. 종말은 인간 스스로 이단과 타락에 빠져들게 하는 죄악의 근원이었다.

세상은 죽음과 죄악이 충만한 땅일 뿐이었다.

샤르트르 대성당에서 얼마 떨어지지 않은 봉건 영주의 성에서는 그 심판의 날을 발판으로 새롭게 태어나려 하는 자가 있었다.

광신자들의 울음과 아우성이 온 성안을 비참하게 떠돌고 있었다. 광신도들의 우두머리는 영주인 카알이었다.

카알은 선량하기보다는 악독한 사람이었다. 그의 악함이 도에 지나쳐 민심이 흉흉한 편이었으나 그에게 도전하려는 사람은 아무도 없었다. 그가 다스리는 토지의 농노들은 경작한 곡식의 거의 전부를 세금으로 그에게 빼앗겼고 나머지 소량의 곡식만으로 겨우 삶을 연명해야 했다.

카알은 거두어들인 세금으로 자신 휘하의 군사들을 모집하고 훈련시켰으며 영주들 사이에서는 가장 강력한 군사력을 보유하고 있었다. 폭도와 농노들이 그에게 대적할 수 없었던 이유는 거기에 있었다.

그는 사냥을 좋아했으며 술과 여자를 몹시 밝혔다. 방탕한 생활이 그의 일상이었지만 무예를 즐겨 기사와의 혈투를 좋아했다.

기사 사이에는 기사도라는 규율이 엄격하게 존중되고 있었다. 두터운 신앙과 무용을 찬양하며 약한 자와 여성들을 돕는 것이 기사 중에는 가장 중요한 덕목이었다. 그러나 영주이며 기사인 카알은 기사도에는 전혀 무관한 사람이었다.

기사가 되기 위해서는 용기와 지혜, 인자함 등을 갖춘 귀족이 일정 기간 동안 엄숙한 의식과 수양을 쌓아야 한다. 그렇게 어른이 되어서야 비로소 기사의 작위를 받게 되는 것이다. 하지만 카알에게 지혜와 인자란 전혀 찾을 수 없었다. 본래부터 조금의 인정도 없으며 차갑고 매정한 사람이었다. 그는 피도 눈물도 없는 사악한 존재였다.

그런 그가 언제부턴가 여자와 술을 끊었으며 근래에 들어서는 말도 없었다. 어두운 곳만을 좋아했고 낮이면 창문을 가려 빛이 실내로 들지 않도록 했다. 그것은 그가 흑마법에 심취하면서부터였다.

"악마여 내게 나타나소서. 그대의 그 전능한 힘을 나에게 보여주소서. 나 어둠에게 묻노니 그대의 힘이 무한함을 알도다."

카알이 어둠의 주문을 외웠다.

그는 벌써 몇 주째 악마를 불러내려 애를 쓰고 있었다. 그렇지만 그의 뜻대로 악마는 좀처럼 그의 앞에 얼굴을 내비치지 않았다.

그런데 그날은 달랐다.

칠흑 같은 그믐의 어둠 속에서 음산함이 바람을 타고 성안으로 이끌려 들어왔다. 카알이 켜 놓았던 촛불은 갑자기 불어온 바람에 힘없이 꺼지고 말았다.

"그대가 나를 불렀나?"

어둠의 사자였다.

금발의 긴 머리와 앳되어 보이면서도 성숙해 보이는 아름다운 여자가 카알의 뒤에서 말했다.

깜짝 놀란 카알이 순간 뒤를 돌아다보았다. 카알의 얼굴은 조금 긴장한 편이었다. 하지만 그의 성격이 말해주듯 그는 이내 긴장을 풀었다.

"악마 치고는 너무 예쁘군."

카알이 배시시 웃었다.

"나를 불렀다면 용건이 있을 텐데?"

어둠의 사자는 그에 아랑곳하지 않았다. 오히려 그의 버르장머리 없는 말투가 어둠의 사자에게는 익숙했다.

"난 흑마법을 얻고 싶어."

"흑마법, 어둠의 사자만이 쓸 수 있는 그 힘이 왜 필요하지?"

어둠의 사자가 딴청을 피우며 흘깃 카알을 넘겨보았다.

"그건 알 필요 없잖아."

"알 필요 없다고……. 알 필요 없겠지. 어차피 난 너에게 흑마법을 주고 싶지 않으니까 말이야."

어둠의 사자가 돌아가려는 듯이 검은 도포 자락으로 몸을 감추었다.

"자, 잠깐만!"

"왜? 아직도 할 말이 남았나?"

"흑마법만 얻게 해준다면 뭐든지 주겠어. 난 흑마법으로 이 세상을 내 것으로 만들고 싶거든. 내가 이 세상의 주인이 된다면 네가 원하는 것은 뭐든지 해 줄 수 있을 거야. 이 정도 조건이면 만족하겠지?"

"아니 그 정도로는 부족해."

어둠의 사자의 입가에 음흉한 미소가 깃들었다.

"그럼 흑마법의 대가로 무얼 원하지?"

"내가 원하는 걸 일개 미계의 인간으로서 충족시켜 줄 수 있다고 생각하나?"

"……."

"한 가지 원하는 게 있기는 해."

"그게 뭐지?"

"너의 목숨!"

어둠의 사자가 딱 잘라 말했다.

"이런 요녀!"

화가 머리끝까지 치솟아 오른 카알이 칼을 뽑아 들고는 어둠의 사자를 향해 휘둘렀다. 칼날은 허공과 어둠을 가르며 어둠의 사자의 머리에서부터 몸통으로 날카롭게 내리 꽂혔다. 그러나 어둠의 사자는 그 자리에서 꼼짝도 하지 않은 채 카알을 향해 음산한 웃음을 퍼부었다. 카알이 몇 차례 더 칼을 휘둘렀지만 어둠의 사자에게는 아무런 상처도 입히지 못했다.

"죽어라 이 악마야!"

칼을 휘두르던 카알이 꺼낸 것은 성수가 담겨 있는 호리병이었다.

성수가 어둠의 사자에게 뿌려졌지만 어둠의 사자는 여전히 꿈쩍도 하지 않았다. 그러자 카알이 당황하며 뒷걸음질 쳤다.

"나를 화나게 하지 마."

"성수……."

"그 따위 걸로 나를 무너뜨릴 수 있다고 생각했나. 어림없는 소리. 너같이 악한 마음을 가지고 있는 사람에게는 성수 자체는 썩은 물에 불과하지. 네가 아무리 수를 써도 넌 나를 이길 수 없어."

"……."

"흑마법을 얻고 싶다고 했나?"

"……."

어둠의 사자의 말에 카알이 말없이 고개를 끄덕였다.

"좋아, 흑마법을 얻게 해주지."

"그 말이 정말입니까?"

카알의 말이 공손해졌다.

"그런데 조건이 있어."

"조건이라니요?"

"들어줄 수 있겠나?"

"제 목숨을 바치는 것만 아니라면 무엇이든 들어 드릴 수 있습니다."

카알은 주저하지 않았다.

그의 눈에는 야심이 가득 차 있었다. 그는 오로지 흑마법을 얻는 욕심뿐이었다. 흑마법을 이용하여 세상을 자신의 손아귀에 넣고 싶다는 욕심이 그를 악마와의 거래로 이끌었다.

"네 목숨은 필요치 않아. 그럼 거래를 해볼까."

"……."

"간단히 말하지. 난 너를 시험할 거야. 아니 시험이 아니라 나의 요구지. 그 요구를 충족시킬 때 너에게 흑마법을 주겠어. 미계의 인간과는 이번이 두 번째 거래야."

"두 번째라면……?"

"과히 칭찬할 만한 폭군이 있었지. 로마의 네로라면 잘 알거야. 그도 흑마법을 얻고 싶어 했어. 욕심 많고 타락한 인간이었지. 나의 환심을 사기 위해서 폭군이 되었지. 사악한 인간, 인류의 파괴자. 곳곳은 피로 얼룩졌고 피비린내로 숨을 쉴 수조차 없을 지경이었어. 시체에서는 구더기가 기어 다녔고 썩어 들어가는 역한 냄새가 온 세상에 진동했어. 하지만 그는 자질이 부족했어. 거의 흑마법을 손에 넣을 뻔했는데 말이야. 안타깝게도……."

"저에게 기회를 주십시오. 뭐든지 시키는 대로 하겠습니다."

"네가 할 수 있을지 의문이 가기는 하지만……. 한 번 믿어보기로 하지."

"감사합니다."

"피가 필요해."

"피?"

"666명의 순결한 피!"

"……."

"소녀의 피. 때 묻지 않고 순결한 여성의 피. 그들의 피를 모아야 해. 660명의 피를 모아 나머지 6명을 660명의 피로 목욕을 시키고 제단을 세워서 흑미사의 의식을 올리는데 제물로 받치도록 해."

"660명씩이나……."

"왜 자신이 없나?"

"아……아닙니다. 하지만……."

"네로는 그보다 더 한 짓도 했어. 흑마법을 그렇게 쉽게 얻을 수 있다고 생각했던 것은 아니었겠지. 너는 선택의 여지가 없어."

"알겠습니다."

"넌 선택받은 거야. 한 가지 더, 660명의 피를 모으는 일은 꼭 밤에만 이루어져야 해. 낮에 모은 피는 별 도움이 되지 않거든. 그리고 너는 이 순간부터 낮에는 활동하지 않도록 해. 흑마법을 얻기 위해서는 양기보다는 음기가 필요하니까. 흑마법은 어둠에서 비로소 진가를 발휘할 수 있는 마법이야. 흑마법을 쓰는 자는 곧 어둠의 사신이야. 그 정도 노력도 하지 않는다면 흑마법을 얻을 자격이 없겠지. 명심해 흑마법은 너에게, 네가 원하는 것을 얻게 해줄 테니까."

"약속은 지키는 거지요?"

"지키지 않을 거래는 하지 않아. 흑미사의 의식은 세기의 마지막 날이 좋겠군. 그 날이 아니면 소용이 없으니까."

"그게 전부인 가요?"

"……."

어둠의 사자가 말없이 고개를 끄덕였다.

"그렇다면 당신이 얻는 건 뭐지요."

"난 친구를 기다려. 흑미사가 시작되면 그가 올 거야. 난 그를 만나고 너는 흑마법을 얻는 거야."

"그럼 당신을 만나고 싶을 때는 어떻게 하면 되죠?"

"오늘처럼 주문을 읊어."

그 말이 어둠의 사자의 마지막 말이었다. 어둠의 사자는 카알 앞에 나타날 때처럼 소리 없이 짙은 어둠을 타고 사라졌다.

사탄의 유혹에 넘어간 카알은 먼저 자신의 창고에 쌓아 두었던 곡식과 옷으로 호위와 관용을 베풀며 사람들을 끌어 모았다. 카알의 변화를 사람들은 의아해했지만 인정 많게 변한 것은 반가운 일이기도 했다.

카알의 약속은 그렇게 차근차근 진행되고 있었다.

카알은 밤에 사람들을 모아놓고 교회와 교황의 존재를 실추시키는 발언을 스스럼없이 떠들고 다녔다. 그리고 그들을 적대시하며 어둠을 찬양했고 어둠의 신앙을 믿음으로 내세웠다. 그는 그렇게 교회에 대한 반감을 적절히 이용했다. 그의 유혹과 설득, 그리고 권유를 사람들은 마다할 수 없었다.

교황의 권위와 왕과 제후, 그리고 영주들의 과다한 세금 징수 등으로 인해 고통받고 있던 사람들에게 카알의 어둠의 신앙은 너무도 매혹적인 것이었으며 찬양의 대상이기도 했다.

"신은 죽었다. 우리에겐 새로운 신이 나타날 것이며 그 위대한 신은 곧 우리를 아침으로 인도할 것이다. 우리가 살길은 오직 그 뿐이다."

카알은 어둠은 곧 무를 의미하며 그 어둠 속에서 새로운 세상이 잉태된다고 말했다. 그와 같은 어둠의 진리는 곧 신앙의 발판이 되었다.

카알은 왕과 제후, 영주 등의 일부에 한정된 모든 권위와 특권을 무시했다. 카알은 세상 모든 사람이 동등하며 빵과 곡식을 마음껏 소유할 수 있다고 제시했다.

카알이 제시하는 어둠의 신앙은 세기말의 위기와 종말론에 입각하여 사람들에게 강한 지지를 받기 시작했다. 심지어 그의 신앙을 따르는 자들 중에는 자신의 목숨을 어둠의 제단에 대가 없이 내어놓는 사람들도 있었다.

카알의 입에 발린 신앙은 곧 평화가 충만한 세상이었다.

카알의 신도들은 교회와 성당, 수도원 등을 습격해 사제들을 닥치는 대로 살해했다. 사제들이 살기 좋은 어둠의 신앙을 모독한다는 이유에서였다. 그들에게 교회는 철저한 배척의 대상이었다.

그들은 어둠이 지배하는 세상이 곧 올 것이며 그 세상에서 살아남기 위해서는 어둠의 신앙을 믿어야 한다고 생각했다. 그들은 다가올 어둠의 세상을 이끌어 갈 선택된 어둠의 제후를 기다리고 있었다.

카알은 어둠의 사자와 약속한 660명의 피를 모으기 시작했다.

순결한 660명의 소녀를 찾아 피를 모으는 일이란 결코 쉬운 일이 아니었다. 그렇다고 660명의 하녀를 사들일 수도 없는 노릇이었다.

카알은 자신의 휘하의 병사들을 시켜 소녀를 납치해 오는 자에게는 상을 내렸다. 그 일은 주로 밤에 이루어졌으며 철저

히 비밀로 진행되었다. 그 비밀을 누설하는 자는 카알의 칼에
가차 없이 처단되었다.

신도들 중에는 스스로 자신의 어린 딸을 카알에게 바치는
자도 생겨났다. 그리고 가난한 사람들은 자신의 딸을 카알에
게 팔아넘기기도 했다. 그 소문이 알게 모르게 퍼지면서 소녀
를 구하는 일은 그리 어렵지 않게 되었다.

그의 성은 피비린내로 진동했다. 밤이면 그의 성 주위에는
피비린내를 맡고 몰려든 짐승들의 울부짖음으로 잠을 이루지
못할 정도였다.

카알은 들떠 있었다. 이제 몇 시간 후면 흑 마법을 손에 넣
을 수 있기 때문이었다.

어둠을 밝히는 것은 오직 촛불뿐이었다.

제단 주위로 촛불이 둥글게 밝혀져 있었다. 제단은 둥근 원
형, 악마의 문양으로 이루어져 있었다. 그리고 별 문양의 공
간에는 각각 다섯 개의 나무 침대가 놓였고 중앙으로는 한 명
이 누울 수 있는 나무 침대가 놓여 있었다.

"이제 우리의 신을 맞이할 때이다."

제단 앞에 서서 카알이 소리쳤다.

제단의 주위로 검은 옷을 입은 사람들이 무릎 꿇고 감격의
흐느낌으로 절규하고 있었다. 그들의 입에서는 어둠의 찬양
이 끝없이 흘러나와 곳곳을 더욱 짙은 어둠으로 물들이고 있

었다.

"얼마 남지 않았다. 이제 그가 올 것이다."

카알이 양손을 높이 들어 외쳤다. 동시에 그의 검은 도포 자락이 바람에 소리 없이 흩날렸다.

어둠의 신도들도 덩달아 카알의 행동을 따라 하며 소리쳤다. 악마의 유혹이 없더라도 인간 스스로 악의 사자가 되어 있었다.

"이곳은 성스러운 곳이다. 죄 많은 자는 그 자리에서 일어나 자결하라. 죄를 사하려는 자 또한 그 자리에서 자결하라. 그리하면 어둠의 신께서 너희의 죄를 사하여 다시 태어나게 하리라. 지금도 늦지 않았다. 어둠은 곧 우리의 세상이다. 두려워하지 말라."

제단을 등지고 서서 카알이 신도들을 향해 외쳤다. 그러자 신도들 중에서 몇몇 사람이 혀를 깨물거나 칼로 자결을 하며 땅바닥에 얼굴을 처박았다. 하지만 그 누구도 그들을 말리는 사람은 없었다.

옆에서 누군가가 죽어가고 있다는 것도 잊은 채 그들은 광적으로 어둠의 신을 외치고 있었다. 흑미사의 의식은 그렇게 시작되었다.

"모두 엄숙하라."

카알이 제단을 등지고 뒤돌아서서 손짓을 보내자 한쪽에서

대기하고 있던 어둠의 신도들이 발가벗겨진 소녀들을 제단으로 끌고 나오기 시작했다.

발가벗겨진 소녀들은 겁에 잔뜩 질려 있었다. 소녀들은 제단으로 끌려 나가지 않기 위해 발버둥 쳤지만 소용이 없었다.

소녀들은 피로 목욕을 한 터라 몸에서 피비린내가 역겹게 풍겨 나왔다. 소녀들은 일렬로 제단 앞에 세워졌다. 카알이 흡족한 눈으로 소녀들의 온몸 곳곳을 살폈다. 그러고 나서 카알은 신도중의 한 사람에게서 술병을 받아 소녀들에게 마시도록 했다.

소녀들은 반항할 수 없었다. 그 엄숙하고 스산한 분위기 속에서 거절했다가는 무슨 봉변을 당할지도 모른다는 두려운 생각에 꼼짝도 할 수 없었다.

술을 마신 소녀들은 얼마 지나지 않아 나른함을 느꼈다. 그리고 곧 몸을 가누지 못하고 바닥으로 쓰러지고 말았다. 술에는 강력한 수면제가 섞여 있었기 때문이었다.

소녀들이 깊은 잠에 빠져들자 카알이 제단의 가장 높은 곳에 빨간 머리의 소녀를 안아다가 눕혔다. 나머지 다섯 명의 소녀들도 마찬가지로 제단의 낮은 곳에 눕혀졌다. 피로 목욕을 한 소녀들의 몸은 검붉었으나 여전히 순결한 자태가 남아 있었다.

여자들은 악마의 제물로서 부족한 점이 없었다.

카알은 우선 신도들 중에 가장 나이가 어린 소년을 제단 앞으로 불러냈다. 그의 부름에 소년은 망설이지 않고 제단 앞으로 뛰어나왔다.

"소년이여, 고개를 숙이라. 그리고 우리 신의 부름을 받으라."

카알이 그 말을 마침과 동시에 칼을 뽑아 순식간에 소년의 목을 내리쳤다. 동시에 소년의 몸에서 선명한 핏줄기가 터져 나오기 시작하자 카알은 그 피를 받아 포도주와 섞었다. 그리곤 자신이 먼저 피 섞인 포도주를 마셨고 나머지 신도들에게도 포도주를 먹도록 했다.

사람들은 그렇게 자멸의 구렁텅이로 빠져 들어가고 있었다.

피 섞인 포도주를 마다하는 사람은 없었다. 마치 그것이 당연한 의식처럼 여겨졌으며 개중에는 한 방울이라도 더 마시려고 안달하는 사람들도 있었다. 그 피 섞인 포도주를 모두 마시고서야 신도들은 진정되었다.

"어둠의 신이여 깨어나소서."

카알이 제단 앞에 서서 고개를 뒤로 젖히며 악마를 깨우기 시작했다. 신도들 모두가 그런 카알의 행동을 따라 했다.

"여기 순결한 여자의 피가 있나이다. 여기 그대를 기다리는 자들이 있나이다. 여기 그대의 잠을 깨울 수 있는 666명의 영혼이 있나이다."

주문을 외우듯 큰 소리로 외치던 카알이 순간 칼로 제단 가장 낮은 곳에 잠들어 있는 소녀의 심장에 칼을 내리꽂았다. 그러자 역시 찢긴 소녀의 심장에서 피가 용솟음치듯이 쏟아져 나와 카알의 검은 도포를 물들였다.

자신들이 카알의 희생양이라는 것도 모른 채 신도 들의 광기는 걷잡을 수가 없을 정도로 달아오르고 있었다. 신도들의 광적인 아우성은 봉인되어 있는 어둠의 사자를 서서히 깨어나게 하고 있었다.

"그대를 따르노니 나에게 힘을 주소서. 그대를 믿음으로 따르며 그대의 복음을 온 세상에 퍼지게 하노니 그대의 힘은 영원히 불변함이라."

또다시 그의 칼날이 소녀의 심장을 관통했다.

소녀의 심장에서 쏟아져 나온 피는 여지없이 카알의 얼굴과 옷을 적셨다. 카알의 온몸은 피비린내로 역겨울 지경이었다.

신도들은 급기야 흐느끼기 시작했다. 신을 맞이하는 감격의 눈물과 사악함은 메아리로 변하여 온 성을 음침하게 떠돌아다녔다. 악의 광란이었다.

"그대의 힘은 곧 우리의 영광이라."

카알의 사악한 칼날은 서슴없이 다음 소녀의 심장을 꿰뚫었다. 동시에 어둠 속에서 바람이 불어 나와 카알의 도포자락을 휘감았다. 심상치 않은 바람이었다. 바람에는 살기가 가득 담겨 있었다. 카알의 얼굴에 추악한 미소가 깃들어지기 시작했다. 흑미사의 의식이 끝나고 나면 악마에게 흑마법을 얻을 수 있다는 기대와 기쁨이 카알을 더더욱 잔혹하게 만들었다. 인간으로서는 할 짓이 아니었다. 카알은 이미 악마에게 자신의 의지와 영혼을 빼앗긴 것 같았다.

"어둠의 사자여 그대는 우리의 존재이며 우리의 주인입니다."

역시 그 말과 함께 카알이 칼을 휘둘렀다. 오직 그가 원하는 것은 어둠뿐이었다. 어둠으로, 어둠의 소생으로 흑마법을 얻으려는 간교한 술수는 멈추지 않았다.

소녀의 몸에 칼을 꽂자 하늘에서 천둥 번개와 함께 곳곳으로 벼락이 내리쳤다. 벼락은 굉음과 함께 온 세상으로 요동쳤다.

"신의 노여움이 아직 풀리지 않았도다. 어둠의 신이여 순결한 여자의 피를 바치나이다. 노여움을 푸소서."

5번째 소녀의 심장을 그가 겨누었다.

그런데 바로 그때였다.

"위대하신 카알 영주님."

"누구냐 이 의식을 방해하는 자가. 너의 목숨이 아깝지도 않단 말이냐."

그가 화를 버럭 내며 뒤를 돌아다보았다. 그의 뒤에는 초췌

한 표정의 병사가 서 있었다. 병사의 얼굴은 하얗게 질려 있었다.

"영주님 큰 일 났습니다. 국왕 로버트 2세의 군대가 성문 밖까지 진격해 와 있습니다. 영주님을 잡아 화형에 처하라는 국왕의 엄명이랍니다. 영주님, 이곳을 피하셔야 합니다."

"나의 군사들을 성문에 대치시켜라. 그들이 성안으로 들어오게 해서는 안 된다. 이제 곧 그가 오면 그들은 나를 막지 못할 것이다."

그가 병사에게 명령을 내렸다.

병사가 가고 난 뒤에 그가 다시 제단을 등지고 섰다.

"이 의식을 방해하는 자가 있다. 그들은 성문 앞까지 진군해 와 있다. 싸워야 한다. 그들을 물리쳐야 한다. 우린 강하다. 그 누구도 우리를 훼방하지 못할 것이다. 신의 사제들이여 맞서 싸워라. 그리하면 어둠의 신께서 너희에게 축복을 내릴 것이다."

카알의 말이 끝남과 동시에 신도들이 함성을 질러댔다. 그들은 어둠의 사제이며 전사들이었다. 악마에게 혼을 빼앗겨 황폐해진 타락한 인간들이었다.

전쟁이 시작되었다.

국왕 로버트 2세의 군대는 성으로 진격해 들어오려 했고 어둠의 전사들은 수적으로는 불리했지만 그들과 맞서 필사적으로 싸웠다.

온통 피바다였다.

피비린내와 신음소리가 성 안팎에 난무했다. 어둠의 전사들은 자신들이 왜 싸우는 줄도 모른 채 자신들의 목숨을 무참히 내던졌다. 국왕의 군대는 죽음을 두려워하지 않고 달려드는 어둠의 전사들에게 점차 밀리기 시작했다. 그러나 국왕의 군대 역시 뒤로 밀렸다가도 다시금 필사적으로 달려들었다.

카알의 흑미사는 계속되고 있었다.

"어둠의 신이여 노여움을 풀고 모습을 나타내소서."

카알은 빨리 의식을 끝내야 한다는 생각뿐이었다.

그의 칼이 여자의 피를 불러내었다. 동시에 지진이라도 난 듯 땅이 진동하기 시작했다. 마치 온 세상이 진동하는 것 같았다.

이제 남은 것은 제단의 가장 높은 곳에 있는 빨간 머리의 소녀뿐이었다.

카알은 그 소녀의 앞에 서서 잠시 머뭇거렸다. 잠시 생각에 잠겨 있던 그는 곧 주문을 외우기 시작했다.

"어둠의 사자여 내게 나타나소서. 그대의 그 전능한 힘을 나에게 보여주소서. 나 어둠에게 묻노니 그대의 힘이 무한함을 알도다."

그의 주문은 처음 어둠의 사자와 만났을 때의 주문이었다.

역시 카알의 주문이 끝나기가 무섭게 어둠의 사자가 소리 없이 그의 앞에 나타났다. 카알이 어둠의 사자를 불러 낸 것은 다시금 다짐을 받기 위함이었다. 자신이 의식을 끝마쳤을 때 어둠의 사자가 약속을 지키리라는 보장은 없었기 때문이었다.

"의식을 왜 중단했지?"

어둠의 사자가 카알을 다그쳤다.

"다시 한번 확인하고 싶습니다."

"무얼 확인하겠다는 거지?"

"이 의식을 끝내고서 당신이 흑마법을 준다는 보장이 없지 않습니까."

"나를 믿지 못하겠다는 것이냐?"

어둠의 사자가 카알을 싸늘하게 쳐다보았다. 하지만 카알은 아랑곳하지 않고 어둠의 사자를 마주 보고 섰다.

"나 자신도 믿지 못하는데 어떻게 당신을 믿겠소. 지금 이 자리에서 나에게 흑마법의 능력을 주시오."

"그렇게는 안 돼."

"왜 안 된다는 말이오?"

"몰라서 묻나. 네가 말했듯이 나도 마찬가지야. 너를 어떻게 믿지. 고양이에게 생선을 맡기는 격이지."

"흐흐흐, 지금 이 의식으로 불러내려는 자가 누군지는 몰라도 당신에게 절실한 자라는 걸 알아. 당신이 흑마법의 능력을 나에게 주지 않는다면 난 더 이상 이 의식을 진행할 수 없어.”

카알은 양보할 마음이 조금도 없었다. 그 순간에도 국왕의 군대와 어둠의 전사들의 싸움은 계속되고 있었다. 서로 밀고 당기는 싸움은 끝이 없을 것만 같았다. 더 이상 시간을 지체할 수는 없었다.

“그럼 할 수 없지.”

“흑마법의 능력을 주겠다는 말이오?”

“난 너에게 기회를 주었어. 흑마법을 너에게 얻게 해 줄 수도 있었는데 넌 그걸 마다했어. 넌 거래를 어긴 거야. 나의 거래는 공정했어. 한때 로마의 황제 네로도 그랬지. 녀석도 너처럼 나를 믿지 못했어. 그 대가는 당연했지. 하지만 지금은 그때와는 달라. 너는 아주 쓸모 있는 녀석이거든. 잠시 동안이기는 하지만 너의 목숨을 연명해 주겠어. 아주 잠깐 동안……. 그게 내가 베푸는 최소한의 배려지. 나를 원망해 봐야 이젠 소용없어. 그리고 자신을 후회하고 자책해 봤자 비참할 뿐이고.”

“그……그게 무슨 말이지?”

“…….”

어둠의 사자가 카알의 앞으로 한 발짝씩 다가갔다. 반대로 카알은 겁에 질린 표정으로 뒷걸음질 쳤다.

"내가 아니고서는 이 의식을 계속할 수 없을 텐데."

"그건 걱정할 필요 없어. 이제 시간이 됐거든."

"시간이라니?"

"미계의 인간들이 만들어 놓은 어둠의 진리. 너희들은 지금 사악함과 분노, 고통과 배신, 살인 등으로 어둠의 사자인 우리들이 가장 활동하기 좋은 시간대를 형성해 주었지. 너희들이 아무것도 모른 채 종말이란 혼란의 불씨를 일으켜서 우리의 힘은 그 어느 때보다도 강해져 있어. 쉽게 말해서 너 하나쯤은 내가 마음먹은 대로 조정할 수 있다는 말이야."

"그……그럴 수는 없어. 그렇게는 안 돼!"

카알이 칼을 뽑았다.

"소용없어. 네가 그러면 그럴수록 너의 영혼은 더욱 고통스러울 뿐이야. 애초에 나를 불러낸 것이 너의 실수였어."

어둠의 사자는 칼을 휘두르려는 카알의 눈을 뚫어지게 쳐다보았다. 그러자 카알의 몸이 경직되었다. 더 이상 카알은 자신의 의지대로 몸을 움직일 수가 없었다. 자신의 의지를 내세우려 하면 할수록 공포와 두려움이 엄습해 왔다. 카알의 입에서 저절로 처절함의 비명이 쏟아져 나왔다. 카알은 점점 어둠의 사자에게 장악되어 갔다. 카알의 몸은 더 이상 자신의 몸이 아니었다. 그의 몸은 어둠의 사자에 의해 조정되고 있었다. 그의 의지와는 달리 번쩍 치켜들었던 칼은 서서히 어둠의 사자가 유도하는 데로 따라 움직였다.

"시간이 얼마 남지 않았어. 지금 그를 깨울 수 없다면 다시 천년을 기다려야 해. 그렇게 그를 내버려 둘 수는 없어."

어둠의 사자가 혼잣말로 중얼거렸다.

카알은 제단의 가장 높은 곳으로 걸어갔다. 역시 그의 의지는 아니었다. 그에겐 의지란 있을 수 없었다. 그는 어둠의 사자에게 영혼을 저당 잡힌 노예일 뿐이었다.

성문은 국왕의 군대에 의해 무너지기 일보직전이었다. 그만큼 어둠의 전사들의 저항도 만만치 않았지만 시간이 흐르면서 어둠의 전사들은 약해져만 갔다. 피비린내가 진동하는 역겨운 싸움이었다. 칼과 창이 허공중에서 섬뜩한 마찰음을 냈고 그와 함께 사람들의 비명 소리가 곳곳으로 메아리쳤다.

"서둘러야 해. 그들이 올 거야. 그들이 오기 전에 의식을 끝마쳐야 해. 조금 더 힘을 내야겠어."

어둠의 사자가 걱정하고 있는 것은 국왕의 군대가 아니었다. 어둠의 사자는 천사장 미가엘이 이끄는 천사 군단을 걱정하고 있었던 것이다. 천사 군단이 온다면 모든 것은 허사로 돌아가고 말 것이다. 거의 다 된 밥에 재를 뿌릴 수는 없었다. 어찌하든 그를 빨리 깨어나게 하는 수밖에는 없었다.

카알은 제단 맨 위의 빨간 머리 소녀 앞에 섰다.

"엘로힘에 의해 봉인된 그대여 이제 잠에서 깨어나라. 엘로

힘의 힘은 더 이상 그대를 봉인할 수 없을 지어다. 어둠의 힘
이 지배하는 지금이 그대가 깨어날 때이다. 사탄의 제왕 루시
퍼의 이름을 빌어 명하나니 그대는 자유를 얻게 되리라. 그대
어둠의 사자여 그대는 다시금 힘을 얻게 되리라."

어둠의 사자가 말했다. 어둠의 사자가 한 말은 곧 카알의
입을 통해 다시금 읊어졌다. 그리고 어둠의 사자의 힘에 의해
카알은 손에 들고 있던 칼을 높이 치켜들었다. 칼은 여지없이
제단 위에 누워 있는 소녀의 심장을 향해 거리낌 없이 내리
꽂혔다.

소녀의 가슴을 관통하자마자 천지가 뒤흔들렸다. 거센 비
바람이 몰아쳤고 벼락이 사방으로 내리쳤다. 어둠의 음산함
은 마치 종말을 이룬 것만 같았다. 그리고 곧 어둠의 세계가
도래할 것만 같았다. 온 세상이 혼돈의 소용돌이 속으로 빨려
들어갈 것만 같았다. 고통을 이겨내지 못한 듯 하늘이 요란한
소리로 울음을 토해냈다.

어둠의 전사와 국왕 군대의 싸움은 그 순간 멈추어지고 말
았다. 그러나 아주 잠시 뿐이었다.

"악마들을 소탕하라! 악마의 사악함에 하나님이 진노하셨
다. 악마들을 남김없이 처단하라. 그들의 목을 베어 하나님
앞에 바치리라."

국왕 군대를 지휘하는 기사 중 한 사람이 칼을 치켜들었다.

그러자 싸움은 다시 시작되었다.

흑미사를 올리고 있던 제단이 반으로 갈라졌다.

"빨리……. 그들이 오고 있어."

어둠의 사자는 조급했다. 어둠의 사자는 천사장 미가엘이 이끄는 천사 군단이 벌써 가까이에 다가와 있다는 것을 직감할 수 있었다.

"어둠의 사자여 사탄의 제왕 루시퍼의 명을 받아 깨어나라!"

이제 모든 주문이 끝났다. 그리고 그 주문과 함께 소녀들의 시체가 허공으로 떠오르기 시작했다. 얼음장처럼 차갑게 굳은 카알은 자신의 눈을 의심하지 않을 수 없었다. 반으로 갈라진 제단의 바닥에서 검붉은 연기가 치솟아 올라왔다. 동시에 어둠 속의 절규와 분노가 천지를 뒤흔들었다.

"그래 이제 됐어!"

어둠의 사자는 그 순간의 전율에 감격해 있었다. 그 얼마나 기대하고 고대했던 그와의 만남이란 말인가. 그렇게 다시 그를 볼 수 있다는 것이 제단 앞에 서 있는 어둠의 사자에게는 꿈만 같은 일이었다. 아직 형체를 알아볼 수는 없었지만 분명 그라는 것을 어둠의 사자는 알 수 있었다. 어둠의 사자의 눈에서 금방 구슬 같은 눈물이 흘러내릴 것만 같았다. 그를 만나게 되면 어떤 표정을 지어야 하나, 어둠의 사자의 가슴이 뜻 모르게 두근거리기 시작했다.

"아악!"

어둠의 형체에서 일순간 비명이 터져 나왔다.

형체가 점차 선명해지기 시작했다. 그는 다름 아닌 가아프였다. 엘로힘에 의해 저주의 땅으로 봉인되었던 바로 그 가아프. 지옥보다도 더 깊은, 어둠보다도 더 짙은 어둠의 봉인을 풀고 가아프는 미계에서 새롭게 태어난 것이다.

"누가 나를 엘로힘의 봉인에서 풀었느냐?"

가아프의 목소리는 초췌하고 힘이 없었다. 하지만 가아프의 눈은 복수의 일념으로 불타오르고 있었다.

"으아아악!"

성난 용이 포효하듯 가아프의 울부짖음은 범상치 않았다. 가아프는 예전의 가아프가 아니었다. 선하고 때 묻지 않았던 가아프의 모습은 그 어디에서도 찾아볼 수가 없었다. 가아프는 엘로힘에 대한 분노와 증오로 일그러져 있었다. 정령의 사자 에밀리아와의 사랑도 복수의 일념 앞에서는 무의미하기만 했다.

"엘로힘이여, 그대에게 그 수모를 꼭 갚아 주리라. 내가 존재하는 한 엘로힘 당신은 불안하여 잠을 이루지 못하리라. 내가 느꼈던 그 고통을 엘로힘 당신에게도 꼭 느끼게 해주리라."

가아프는 엘로힘에게 봉인될 때의 그 분노를 잊지 않았다. 아니 영원히 잊을 수 없을 것이다.

"가아프 님!"

어둠의 사자가 가아프의 앞에 나섰다. 어둠의 사자의 얼굴에는 기쁨과 반가움이 가득 서려있었다.

"리베크?"

"맞아요, 가아프 님!"

리베크가 감격을 참지 못하고 가아프에게 달려들었다. 가아프는 그런 리베크를 자신도 모르게 끌어안아 주었다.

"그럼 리베크가 나를……?"

"그래요 가아프 님. 가아프 님은 여전히 변함이 없으시군요. 가아프 님을 얼마나 보고 싶었는지 몰라요."

"리베크 고마워."

"가아프 님. 이러고 있을 시간이 없어요. 빨리 서둘러야 해요. 천사장 미가엘이 가아프 님을 다시 봉인시키러 오고 있어요."

리베크는 가아프의 품에서 벗어나 소녀들의 순결한 피와 포도주를 섞기 시작했다.

"……."

"지체할 시간이 없어요. 어서 이 포도주를 마셔요?"

"……?"

"가아프 님은 오랫동안 엘로힘의 봉인으로 인해 많이 쇠약해져 있어요. 이 포도주를 마시면 예전처럼 어느 정도의 힘은 되찾을 수 있을 거예요. 그리고 어서 이곳을 떠나셔야 해요. 미가엘이 오게 되면 모든 게 허사가 되고 말아요. 오늘이 지나기 전에 천사장 미가엘에게 잡힌다면 가아프 님은 다시 봉인되어 영원히 그 봉인을 풀 수 없게 될 거예요."

리베크가 포도주 잔을 가아프에게 건네며 말했다. 포도주는 소녀들의 순결한 피와 혼합되어 검붉은 색을 띠었다. 가아프는 그것을 단숨에 마셨다. 그러자 몸에서 힘이 다시금 샘솟는 것 같았다. 가아프의 창백했던 얼굴은 서서히 예전의 혈색을 찾아가고 있었다.

"가아프 님 어서 인간의 몸으로 들어가세요."

"그건 왜지?"

"인간의 몸속으로 들어가면 아무리 천사장 미가엘이라고 하더라도 가아프 님을 쉽게 찾지는 못할 거예요. 시간이 없어요."

그러며 리베크가 카알을 가리켰다. 리베크가 카알의 목숨을 빼앗지 않고 살려둔 이유는 바로 거기에 있었다. 카알이 뒷걸음질 치자 리베크가 양팔을 벌려 카알을 끌어당겼다. 카알은 저항도 하지 못하고 리베크의 앞으로 자석에 끌리듯 끌려왔다. 뒤이어 리베크는 카알의 몸에서 영혼을 빼내기 시작했다.

"아악!"

카알의 영혼이 몸에서 빠져나오지 않기 위해 발버둥 쳤다.

"너의 영혼을 내가 거두리라. 저항하지 마라 그러면 그럴수록 너의 영혼은 고통스러울 뿐이다. 나약한 존재여."

뒤이어 카알의 검은 영혼은 리베크의 손 안으로 빨려 들어갔다.

"가아프 님 지금이에요."

리베크가 재촉했다.

가아프는 선택의 여지가 없었다. 가아프는 카알의 몸속으로 서둘러 들어갔다. 처음은 익숙하지 않았지만 가아프는 이내 카알의 몸에 익숙해져서 몸을 자유자재로 움직일 수 있었다.

악마의 전사들이 무너지고 있었다. 국왕 군대가 성문을 부수고 안으로 진격해 들어오고 있었다.

"그들이 왔어요. 천사장 미가엘이 이끄는 천사 군단!"

리베크의 얼굴이 하얗게 질렸다.

"가자 리베크."

"안 돼요. 저는 갈 수 없어요. 가아프 님이 이곳을 벗어날 때까지 이 리베크가 시간을 끌겠어요. 어서 떠나세요, 가아프 님."

리베크가 가아프를 떠밀었다. 그러나 가아프는 리베크만을 남겨두고서 그곳을 떠날 수가 없었다.

"리베크, 같이 가자."

"시간이 없어요."

"리베크 혼자서 천사장 미가엘을 상대로 맞설 수는 없어. 그렇다면 나도 이곳에 남아서 맞서 싸우겠어."

"가아프 님 제발. 다시 또 가아프 님을 잃고 싶지 않아요. ……제게 만약 무슨 일이 생긴다면 가아프 님이 제 복수를 해 주세요."

리베크는 단호했다.

"그렇게는 할 수 없어."

"가아프 님, 저를 또 슬프게 하실 건가요."

"……."

리베크의 눈과 마주친 순간 가아프는 할 말을 잃었다. 가아프는 여전히 리베크가 자신을 사랑하고 있다는 것을 알 수 있었다. 리베크의 눈은 어느새 촉촉이 젖어 있었다. 슬픈 모습을 보이지 않기 위해 리베크가 돌아섰다. 더 이상 가아프를 잡아 둘 수 없다는 것을 리베크는 알고 있었다. 가아프도 말 없이 돌아섰다. 가아프는 리베크의 고집을 꺾을 수 없다는 것을 알고 있었다. 가아프는 이제야 비로소 리베크의 사랑을 이해할 수 있었다. 그 긴긴 시간 동안 고집스럽게 간직해 왔을 리베크의 사랑을 받아들일 수 있을 것 같았다. 가아프는 자신을 위한 일이라면 그 어떤 일도 마다하지 않았던 리베크가 고마웠다. 그리고 사랑스러웠다. 하지만 내색을 할 수는 없었다. 지금 가아프가 할 수 있는 일은 리베크가 원하는 대로 그곳을 빨리 벗어나는 일뿐이었다. 대가 없는 리베크의 사랑에 가아프의 가슴이 동요되었다.

"리베크 미안해. 그리고 고마워!"

"가아프 님!"

"……."

가아프가 리베크를 돌아다보았다. 그러나 리베크는 여전히 가아프에게 등을 보인 채 서 있었다.

"가아프 님 부디……. 가아프 님 저를 잊지 마세요. 전 언제까지나 가아프 님을 바라보고 있을 거예요."

터져 나오려는 울음을 꾹꾹 삼키며 리베크가 말했다.

"리베크 너를 잊지 않을 거야. 아니 잊지 못할 거야. 그래 리베크 난 너의 사랑을 외면하기만 했어. 하지만 이젠 달라. 너의 마음을 알 수 있을 것 같아. 리베크 너에게 미안하다는 말밖에……. 리베크 조심해야 돼. 그리고 리베크……."

가아프는 말을 끝까지 잇지 못했다. 리베크는 가아프의 말이 눈물겹도록 고마웠다. 비로소 자신을 이해하는 가아프에게 리베크는 당장이라도 달려가 안기고 싶은 심정이었다.

"가아프 님!"

리베크는 차마 소리 내어 그를 부를 수가 없었다. 리베크는 마지막으로 가아프의 모습을 확인하고 싶었지만 애써 외면했다. 다시 또 떠나가는 가아프의 뒷모습을 보고 싶지는 않았다.

가아프가 떠난 뒤 리베크의 가슴은 허탈하기만 했다. 리베크의 눈에 맺혀 있던 눈물이 주르륵 흘러내렸다. 그러나 언제까지 이별을 슬퍼하고 있을 수는 없었다.

어둠의 전사들은 국왕의 군대에 점점 밀리고 있었다. 성안을 진동케 하는 피비린내로 보아 사상자가 엄청나다는 것을 알 수 있었다.

"어둠의 사자여!"

천사장 미가엘의 군단이었다. 미가엘이 집채만큼 큰 창을 들고 리베크의 앞에 나타났다. 미가엘의 창은 시퍼렇게 날이 서 있었다. 그것에 비해 리베크의 칼은 너무도 형편이 없었다.

"그대가 엘로힘의 봉인을 풀었는가?"

"그렇다. 엘로힘의 봉인도 형편없던 걸."

리베크가 미가엘을 향해 비웃었다.

"너를 심판하러 왔다."

그 말과 함께 미가엘이 창을 바닥에 내리꽂았다. 세 번을 내리꽂았고 그때마다 천지가 진동했다.

"어디 한번 해 보시지. 잘난 미가엘. 네가 이쯤에서 물러난다면 용서해 줄 용의도 있다, 미가엘."

"어림없는 소리. 그 말은 내가 할 소리 같은데. 어둠의 사자 여 나 미가엘은 엘로힘의 전능하신 힘을 받아 너를 심판하리라."

천사장 미가엘이 창을 휘둘렀다. 리베크는 미가엘의 창을 피해 이곳저곳으로 날아다녔다.

"그런 둔한 솜씨로 어쩌겠다는 거야. 자 이젠 나의 차례다."

리베크는 겁 없이 미가엘에게 달려들었다. 리베크의 칼이 미가엘의 창과 마주치자 꿍음과 함께 번쩍 빛이 났다. 힘으로 는 미가엘을 무너뜨릴 수 없다는 것을 리베크도 알고 있었다. 리베크는 민첩함으로 승부를 걸 요량이었다. 하지만 어찌 된 일인지 미가엘의 둔한 놀림이 리베크가 공격하면 할수록 재빨 라졌다.

"너의 영광을 모두 사하리라. 영원히 너를 멸하리라."

그 말과 함께 미가엘이 리베크를 향해 창을 휘둘렀다. 너무 도 눈 깜짝할 사이였다. 리베크는 미가엘의 창이 날아오는 것 을 미처 알아차리지 못했다.

미가엘의 단 일격에 리베크는 힘없이 무너지고 말았다. 미 가엘의 앞에 처참하게 무릎을 꿇었지만 리베크는 비굴하지 않 았다. 리베크는 여전히 미가엘을 노려보고 있었다. 그리고 그 어떤 신음소리도 리베크는 토해내지 않았다. 리베크는 자신의 초라한 모습을 잘난 천사장 미가엘에게만큼은 보이고 싶지 않았다. 그래야만 가아프에게 부끄럽지 않을 수 있을 것 같았다. 미가엘의 창에 무너진 리베크의 몸이 점점 사라지기 시작했다. 하지만 리베크는 끝까지 당당함을 잃지 않았다.

"아아! 가아프 님!"

끝내 리베크의 입에서 비명이 쏟아져 나왔다. 동시에 리베크는 흔적도 없이 사라졌다. 그리고 리베크의 비명소리가 성 곳곳을 맴돌다가 아련히 사라졌다.

가아프의 귓전에 리베크의 목소리가 어렴풋 들려왔다. 그 순간 가아프는 그것이 리베크의 최후라는 것을 직감적으로 알 수 있었다. 가아프는 자신을 책망했다. 자신이 천상을 출입하지만 않았어도 이런 일은 벌어지지 않았을 것이다. 그랬다면 리베크도 그렇게 미가엘의 창에 짓밟히지는 않았을 것이다. 가아프는 리베크에 대한 죄책감에서 헤어 나올 수가 없었다.

천사와 사탄의 싸움은 그렇게 끝이 나고 말았다. 어둠의 전사들은 모두가 국왕의 군대에 의해 몰살당하고 말았다. 그들의 시체는 제단이 있는 성의 한 가운데에 모아져 처참하게 불태워졌다.

성에서 시커먼 연기가 치솟아 오르는 것이 가아프의 눈에 보였다. 가아프의 가슴속에서 분노가 일기 시작했다.

"엘로힘 당신을 후회하게 만들겠어. 당신에게 고통이 무언지, 분노가 무언지 기필코 절실히 깨닫도록 해 주겠어."

가아프는 성을 벗어나 마을로 들어서며 이를 악물었다. 그리고 리베크의 희생을 헛되이 하지 않겠다고 다짐하고 또 다짐했다.

마지막 날의 자정이 가까워지고 있었다. 가아프는 되도록 미가엘에게서 멀리 도망쳐야 한다고 생각했다. 지금은 이렇게 도망치지만 언젠가는 리베크를 무너뜨린 미가엘과 엘로힘을 자신이 처참하게 응징하겠다고 결심했다.

가아프는 마을의 중앙 광장을 지나가고 있었다. 그곳에는 성난 마을 사람들이 모여 있었다.

"죽여라! 죽여."

"마녀를 화형에 처하라!"

성난 군중들이 광장 한복판 장작더미 위에 묶여 있는 소녀를 향해 제각각 한 마디씩 내뱉었다. 이른바 마녀 사냥이었다. 군중들의 표적이 된 마녀는 다름 아닌 앳된 소녀였다. 소녀는 겁에 질려 벌벌 떨고 있었다. 성난 군중들의 아우성은 좀처럼 가라앉을 것 같지 않았다.

"못된 마녀!"

급기야 화를 참지 못한 누군가가 소녀를 향해 돌멩이를 던졌다. 그러자 군중들은 너도나도 할 것 없이 소녀를 향해 돌멩이를 던지기 시작했다. 그 누구도 소녀를 동정하거나 가여

위하는 이는 없었다. 심지어 어른들과 섞여 있던 어린아이들까지 소녀에게 돌팔매질을 했다. 그들이 던진 돌멩이는 어린 소녀의 얼굴과 온몸을 무참히 짓밟았다. 어린 소녀의 얼굴은 온통 피투성이였다. 만신창이가 된 소녀의 모습은 차마 눈을 뜨고 보지 못할 정도였다. 돌멩이에 얻어맞은 소녀의 얼굴이 퉁퉁 부어올랐다. 소녀의 입에서 신음이 터져 나왔지만 분노한 군중들의 함성에 주눅 들어 시들고 말았다. 그 모습을 지켜보고 있던 가아프는 가여운 생각이 들었다.

세기의 종말론이 군중들을 사악하게 만들었다. 군중들은 종말의 위기를 마녀에게 돌렸다. 그리고 잔악한 마녀사냥을 자행했다. 그들이 만들어낸 사슬에 본의 아니게 얽혀든 소녀는 철저한 배척의 대상이었고 희생양이었다. 그들은 마녀를 죽여야만 종말이 없을 것이라도 믿었다. 그 어느 누구도 그 살인에 대한 죄책감을 가지는 사람은 없었다. 종말만 면할 수 있다면 그 어떤 짓도 그들은 서슴없이 저지를 것 같았다. 그들은 자신들이 죄악을 범하고 있는지도 모른 채 소녀를 죽이지 못해 안달이었다.

어린 소녀는 자신이 무슨 죄를 지었는지도 모른 채 그들의 심판을 기다리고 있었다. 소녀는 자포자기 상태였다. 돌멩이가 날아들 때마다 소녀는 견딜 수 없는 고통을 느꼈지만 이제는 그 감각마저도 둔해진 상태였다. 이미 소녀는 체념했다.

오직 죽음만을 기다리고 있었다. 몸뚱이는 거추장스러운 고깃덩이에 지나지 않았다. 육체적인 고통보다는 정신적인 고통이 소녀를 더욱 견딜 수 없게 만들었다. 소녀는 차라리 살아 있는 것보다 조금이라도 빨리 죽고 싶었다. 억울했지만 눈물은 나오지 않았다. 군중들의 증오와 외면은 소녀의 눈물마저도 메말려 버렸다. 소녀는 죽은 것이나 다름없었다. 희미한 호흡이 소녀가 죽지 않았음을, 생명의 끈질김을 대신하고 있었다.

군중들 속에서 가아프는 묵묵히 지켜보고 있었다.

그들 중의 한 사람이 장작더미에 기름을 쏟아 붓기 시작했다. 그리고 장작더미에 불을 붙이려 할 때였다.

"멈추어라!"

그 모습을 지켜보고 있던 가아프가 군중들을 밀치며 장작더미 앞으로 나아갔다. 그러자 군중들이 웅성거리기 시작했다.

"카알이야, 카알 영주!"

"저 자가 여기는 웬 일이지."

"저 자도 마녀와 한 패 일거야."

군중들이 한마디 씩 내뱉었다. 하지만 가아프는 그에 아랑곳하지 않고 소녀가 묶여 있는 장작더미 위로 올라갔다. 가아프는 소녀의 영혼을 읽기 시작했다. 소녀의 영혼은 맑고 따듯했다. 소녀의 영혼에서 가아프는 오래전에 에밀리아에게서

느꼈었던 포근함을 느낄 수 있었다. 가아프는 엘로힘에게 봉
인당할 때를 생각했다. 동병상련의 아픔이랄까, 가아프는 소
녀를 더더욱 외면할 수가 없었다. 가아프는 주위의 군중들을
노려보았다. 그에게서 위압감이 느껴졌는지 군중들이 주춤주
춤 뒤로 물러났다. 하지만 얼마 지나지 않아 군중들은 다시
자신들이 수적으로 많다는 것을 내세워 겁 없이 조여 들어왔
다.

"누가 이 소녀를 욕할 수 있겠는가?"

가아프가 군중들을 쏘아보며 말했다.

"그 여자는 마녀야."

"마녀는 죽어 마땅해."

"마녀를 죽여라!"

"마녀를 화형에 처하라!"

군중들은 증오와 분노로 또다시 험악해졌다.

"이 소녀를 죽여서 그대들이 얻는 것이 무엇이냐?"

"……."

군중들은 다시 조용해졌다.

"이 소녀가 너희의 딸이라면 과연 죽일 수 있겠느냐?"

가아프가 손으로 군중들을 가리키며 말했다. 성난 군중들이
점차 수그러드는 것 같았다.

"……."

가아프는 뒤돌아 소녀를 묶고 있던 밧줄의 매듭을 풀기 시작했다. 밧줄에 피가 묻어 매듭이 좀처럼 쉽게 풀리지 않았다. 그런데 바로 그때였다. 어디에선가 돌멩이가 날아와 가아프의 뒤통수를 정통으로 맞추었다. 순간 가아프는 그만 한쪽 무릎을 꿇고 말았다.

"저 자를 죽여라. 저자도 마녀와 한 패다."

"모두 불태워 죽이자."

군중들은 몇몇에 의해 다시 동요되기 시작했다. 가아프가 중심을 잡고 군중들을 다시금 돌아다보았다. 바로 그때 또다시 돌멩이가 날아왔다. 돌멩이는 가아프의 얼굴과 몸으로 사정없이 퍼부어졌다. 그러나 가아프는 꼼짝도 하지 않았다. 누군가가 장작더미로 횃불을 던졌다. 그러자 기름에 젖은 장작이 활활 불타오르기 시작했다.

"너희들을 용서하지 않으리라."

가아프는 더 이상 참지 않았다. 가아프는 허리에 차고 있던 칼을 뽑아 하늘 높이 치켜들었다. 그리고 동시에 짤막한 주문을 읊었다.

"악의 무리여 그대들의 영혼은 곧 나의 힘이 될 것이다."

주문이 끝남과 동시에 가아프가 군중들을 향해 칼을 휘둘렀다. 그러자 칼날이 군중들에게 닿지 않았음에도 그들은 가아프의 칼에 갈기갈기 찢기기 시작했다. 광장은 피비린내로 진동했다. 가아프의 분노는 광장의 모든 군중들을 용서하지 않았다. 죽음의 아비규환은 순식간에 광장을 쑥대밭으로 만들어 놓았다. 눈 깜짝할 사이였다. 군중들의 육체에서 빠져나온 검은 영혼들은 가아프의 주위를 맴돌기 시작했다. 영혼들은 절망의 울부짖음을 토해냈다. 그리고 하나도 남김없이 가아프의 몸속으로 빨려 들어갔다. 가아프는 그들의 영혼을 받아들이고선 포효하듯 소리를 질렀다. 그 소리는 텅 빈 마을을 한 바퀴 휘감아 돌고는 다시 가아프에게 되돌아왔다.

마을은 숨 막힐 정도로 고요하고 적막했다. 그 적막을 깨며 멀리서 들려온 것은 종소리였다. 그 종소리는 더 이상의 마녀 사냥도 폭도들의 노략질과 살인도, 광신도들의 턱없는 종말론도 용납하지 않았다. 종말은 오지 않았다.

인간들을 혼란과 혼돈에 빠져들게 했던 세기말은 그렇게 끝이 나고 새로운 천년이 시작되고 있었다. 인간들은 자신들의 과오와 죄를 반성해야 했다. 새로운 천년의 축복은 인간들에게 평화와 행복을 가져다주었다.

폐허가 된 마을에 생존자는 엘로힘의 봉인에서 풀려 난 가아프와 마녀 사냥의 희생자가 될 뻔했던 소녀뿐이었다. 소녀는 실신 상태였고 가아프가 소녀를 안은 채 폐허가 된 마을을 뒤로했다.

"이제부터가 시작이다. 엘로힘도 나를 막을 수는 없어."

03

생존의 그늘

「온 세상이 악마의 흉악한 뿔과 발톱에 갈기갈기 찢겨
시뻘건 피의 울부짖음으로 전율하더라도
나는 굴복하지 않으리라.
또한 복종하지 않으리라.
온 세상이 천사의 날갯짓에 위대한 영광과 축복을 이루던
나는 상관하지 않으리라.
나는 눈이 아닌 나의 선명한 눈으로
핏빛의 대지를,
그 공포와 악몽을 망연히 내려다보리라.
나는 눈이 아닌 나의 선명한 눈으로
축만의 세상을,
그 성스러움과 행복을 망연히 바라보리라.

그가 오고 있다.

아니, 그는 벌써 오래전에 이 세상에 와 있는지도 모른다.

그는 이 세상을 지배하려 한다.

그것의 시작은 한반도, 끝 또한 한반도일 것이다.

그것은 악몽의 시작일 것이다.

그가 원하는 세상은 증오와 분노,

공포와 고통이 난무하는 혼돈의 근원을 포함하는 것이다.

그는 어둠의 사자다.」

여자는 고통을 느끼는 것인지 못 느끼는 것인지 평상시처럼 눈만 멀뚱멀뚱 뜨고 있었다. 자신에게 무슨 일이 벌어지는지도 모른 채 여자는 힘겹게 숨을 몰아쉬었다. 여자의 흉부에 무색 젤이 발라졌다. 그리고 곧 그곳에 심장 감시장치의 도선이 연결되었다.

수술대에 눕혀진 여자는 곧 마취되었다. 마취의는 여자에게 투여한 마취제의 양을 마취 기록부에 빠짐없이 기록했다. 수술은 긴박하고 순조롭게 진행되었다.

"메스."

녹색의 수술용 가운과 마스크를 착용한 집도의가 손을 가볍게 풀며 말했다. 안경을 착용한 집도의의 눈은 자신만만했다. 먼저 여자의 아랫배 피부와 외측 근막을 10cm 길이로 횡절개

했다. 다음으로 이루어진 것은 자궁을 절개하는 것이었다. 절개 부위를 개창기로 열어 놓고 자궁을 절개하자 태아의 머리가 보였다. 집도의는 태아의 호흡에 장애가 되는 구강과 기도 내에 남아 있던 각종 분비물과 혈액, 점액물질 등을 흡입관을 사용하여 제거했다. 그러자 아이의 울음소리가 수술실 안에 우렁차게 울려 퍼졌다. 의사는 태아의 어깨를 조심스럽게 잡아당겨 자궁 밖으로 들어냈다. 그리곤 탯줄을 두 개의 겸자로 죄고 절단했다. 집도의는 태반과 막을 분리시키기 시작했다. 왼손으로는 태반을 잡고 오른손으로는 자궁강에서 막을 분리시켰다. 그러고는 태반과 막의 잔여물을 제거하기 위해 집게 손가락으로 자궁경부를 통해 자궁강을 점검했다.

"조금만, 이제 얼마 남지 않았어."

집도의가 혼잣말로 중얼거렸다. 그 말은 여자가 그만큼 견뎌주기를 바라는 마음에서 자신도 모르게 쏟아져 나온 말이었다. 그때까지도 여자는 아무런 이상 없이 잘 버텨주고 있었다.

의사는 자궁과 복막을 봉합사로 봉합했다. 마지막으로 지방층의 원활한 봉합을 위해서 몇 군데를 넓적한 클립으로 고정시켰다.

"이제야 끝났군."

의사가 안도의 한숨을 길게 내쉬었다. 그의 얼굴은 흐뭇

한 표정이었다. 그러나 문제는 그다음이었다. 갑자기 수술대가 저절로 떨리는가 싶더니 환자 감시장치들이 합선을 일으켰다. 동시에 수술실은 정전되었다. 숨이 막힐 것만 같은 칠흑이었다.

"어떻게 된 일이야?"

집도의의 등판으로 진땀이 주르륵 흘러내렸다. 수술 팀은 뜻밖의 사태에 당황하고 있었다. 그것도 잠시 그들을 안심시키듯 수술실의 전등이 다시 켜졌다. 단 30초 동안의 불안과 초조였다. 짧은 시간이었지만 수술 팀과 집도의의 수술가운은 땀에 흠뻑 젖어 있었다. 숨 막히는 순간이었다.

"후우!"

집도의가 안도의 한숨을 내쉬었다.

"선생님, 수……숨을 쉬지 않아요. 심장이 멎었어요."

여자의 바이탈 사인을 도맡아 관리하고 있던 간호사가 말했다. 간호사는 하얗게 경직된 얼굴이었다. 호흡 백(Reserve bag)을 누르고 있던 간호사의 손 또한 심하게 떨리고 있었다.

"뭐라고. 혈압은……?"

안경을 추켜올리며 집도의가 물었다.

"없어요."

그 말에 집도의의 가슴이 덜컹 내려앉았다. 동시에 그에게 공포가 엄습해 왔다. 그는 심장 감시장치를 다시 확인했다.

"제세동기!"

그러자 수술 팀은 다급하게 움직이기 시작했다. 집도의는 제세동기의 양 전극판을 잡고 비볐다. 두 개의 전극판이 여자의 가슴에 닿았다. 동시에 여자의 몸이 전기 충격을 받아 수술대 위에서 풀썩 튕겨졌다가 가라앉았다. 여전히 생명 감시장치는 아무런 반응도 보이지 않았다. 심전도의 전자 영상은 오래전부터 직선을 그리고 있었다. 다시 한 번 여자의 연약한 상체가 수술대 위로 힘겹게 튀어 올랐다. 그리곤 그만이었다.

"제발 깨어나라, 제발!"

의사는 제세동기를 집어던지고 손으로 심장 부위를 눌러 심폐소생술(cardiopulmonary resuscitation CPR)을 시도했다. 그러나 여자의 심장은 깨어나지 않았다. 한쪽에서는 아기가 목이 터져라 울어대고 있었다. 숨 막히게 이어졌던 소생술은 끝내 여자를 살리지 못했다.

뚜…….

심장 감시장치에서는 죽음을 알리는 무감각한 소리가 끊이지 않고 계속해서 흘러나왔다. 의사는 당혹스러웠다. 수술은 빈틈없이 완벽했는데, 이해할 수 없는 일이었다. 수술실의 정전도 이해가 되지 않았다.

수술실이 정전되면 자동으로 비상전원 공급장치가 가동되어 전력을 대체하게 되어 있었다. 하지만 비상전원 공급장치는 전혀 작동하지도 않았다. 단 30초 동안 정전되었던 것뿐이었다. 그동안 위험한 반응이란 전혀 없었던 산부의 심장이 갑자기 멈추고 만 것이다. 그렇다고 많은 출혈이 있었던 것도 아니었다. 수술 도중에도 혈압과 맥박, 그리고 호흡은 전혀 위험한 수치를 나타내지 않았었다. 30초 동안 도대체 무슨 일이 일어났던 것일까.

공식적인 여자의 사망 시간은 6시 6분 6초였다.

─속보─

여객기 추락, 승객 등 223명 탑승. 그리고 기적의 생존. 승객과 승무원 2백 23명을 태우고 4일 서울을 출발 제주공항으로 향하던 KB1236편 A300-600 여객기가 오후 6시 06분쯤 제주공항의 기상이변으로 인해 인근 공항으로 회항, 착륙을 앞두고 레이더에서 실종 추락했다.

사고기는 공항 주변의 야산에 추락한 것으로 알려졌다. 사고기는 추락 직후 화염에 휩싸여 4번의 폭발을 일으켰으며 구조대가 도착했을 당시에 사고기는 형체를 알아볼 수 없을 정도로 전소되어 처참한 상태였다.

경찰은 현재 6살 된 최이삭 군의 생존만을 확인했다고 밝혔다.

이삭 군은 추락 당시 기내에서 튕겨 나와 기적적으로 살아

날 수 있었을 것이라고 경찰은 추측했다. 이삭 군은 현재 인근 병원에 후송 치료 중이며 별다른 외상은 없고 건강한 것으로 알려졌다.

담당의사는 이삭 군이 살아난 것만으로도 놀라울 일인데 몸에 가벼운 찰과상이 전부라는 게 믿기지 않는다고 말했다.

경찰과 구조대는 이삭 군과 같은 기적을 바라며 생존자를 수색하고 있지만 현재로선 더 이상의 생존자를 확인할 수 없다는 비관적인 입장이다.

사고 당시 공항에는 비가 간간이 내리고 있었던 것으로 알려졌다. 한편 교통부는 조종실 음성기록장치(CVR)와 함께 블랙박스에 들어 있던 비행자료 기록장치(FDR)를 분석, 비행기의 고도, 풍향 및 풍속, 속도, 조종사의 조작행위 등을 알아내면 5월 말쯤 정확한 사고 원인이 규명될 것이라고 설명했다.

「나는 알고 있다.
그들이 무엇을 원하는지.
그들은 온 대지를
핏빛으로 물들여 사악함의 본보기로 삶고
그들은 온 세상을
인간들의 내면의 죄악을 이끌어 어둠을 만들고
그들은 돌아오려 한다.

악마는 사랑하면 안 된다고 누가 그랬어

영혼들은 고통스러워할 것이다.

아아, 두렵다.

나는 절망한다.

그들의 하수인이여

그들의 신봉자들이여

그들이 온 그 순간에 나는 절망도 환영도 하지 않겠지만

안타깝다.

인간들이 너무도 나약하기 때문이다.

그들은 곧 신의 저주를 받은 모든 자들을 일컫는 말이다.

만일 신이 존재한다면 나 또한 신이 될 수 있을지 모르겠다.

피가 필요해, 당신의 피가 필요해.

그들은 노래한다.

나 그들에게 신의 찬양을 전할지 모르겠다.

나서지 않을지도 모르리라.

혼돈의 세계에서 내가 무엇을 할 수 있을지 나는 장담할 수 없다.

아마도 자포자기의 심정일 것이다.

어쩌면 난 그들을 찬양할지도 모른다.

어찌할까.

그것이 현실인 걸.

어쩌면 인간들은 그들이 오기를 간절히 기원하고 있는지 모른다.

그들이 올 때 난 인간들을 지켜보리라.

아아, 가식으로 뭉쳐진 인간들이여.

악의 시대가 도래할 때 비로소 알게 되리라.

증오와 배신, 공포와 저주, 좌절과 분노,

불행과 악몽의 조화를……」

04

미가엘

그 여자가 있었다. 언제나 변함없이 같은 모습으로 마주하는 여자. 처음 만남부터 여자는 닫혀 있던 이삭의 가슴을 열어 놓았다.

어깨까지 내려오는 곱고 부드러운 머릿결, 크지도 그렇다고 작지도 않은 키, 한없이 맑고 투명한 두 눈과 더 없이 하얗고 순결해 보이는 가느다란 목선. 보고만 있어도 가슴을 뛰게 만드는 여자였다. 아름답고 순수하며 소박해 보이는 여자였다. 그녀는 늘 이삭을 향해 웃어주곤 했다. 그 웃음은 차가운 이삭의 가슴을 포근하게 감싸주었다. 어느 순간부터 이삭은 그녀에게 사랑을 느끼기 시작했다. 하지만 이삭은 단 한 번도 그녀에게 말을 걸어 본 적이 없었다. 그녀 또한 이삭에게 한마디도 건네 왔던 적이 없었다.

이삭이 다가서려 하면 그녀는 까마득하게 멀어져만 갔다. 그녀와의 거리는 좀처럼 좁혀지지 않았다. 어쩌면 그녀는 가까워질 수 없는 그런 존재일지도 모른다. 그녀는 그렇게 이삭에게는 막연한 존재였고 또한 막연한 사랑이었다. 만남은 있었지만 결코 오랜 시간은 아니었다. 이삭이 그녀에 대해 아는 것이라곤 아무것도 없었다. 그녀와의 만남은 늘 아쉬움과 안타까움을 동반했다. 그녀와의 만남이 지속되는 사이 이삭의 가슴은 간절해져만 갔다. 간절함과 애절함은 곧 그녀에게 이끌리는 실체였다. 다가갈 수만 있다면, 그러나 그녀는 이삭이 다가 오기를 바라지 않는 듯했다.

그녀와의 만남이 있은 뒤에는 이삭은 어딘가 텅 빈 것만 같은 공허함과 허전함을 맛보아야 했다.

오늘도 이삭은 그녀와의 만남을 이루고 있었다. 잔잔한 호숫가였다. 그곳에는 이삭과 그녀 이외에는 아무도 없었다. 이삭이 그녀를 만날 때면 주위에는 아무도 없었다. 이삭은 멀리서 그녀를 바라보고 있었다. 이삭은 그녀에게 다가갈 엄두를 내지 못했다. 다가가면 그녀는 이삭을 등지고 떠나갈 것이 분명했기 때문이었다. 하지만 오늘은 꼭 말을 걸어볼 심산이었다. 언제까지 그녀를 그렇게만 바라보고 있을 수는 없었다.

"이봐요? 당신은 누구죠?"

이삭이 용기 내어 물었다. 그러나 그녀는 들었는지 못 들었는지 아무런 대답도 하지 않았다.

"당신은 누구죠? 왜 자꾸 내 앞에 나타나는 거죠?"

역시 마찬가지였다. 그녀는 대꾸는커녕 이삭을 쳐다보지도 않았다. 이삭이 그녀에게 다가갔다. 그런데 어떻게 된 일인지 그녀와의 거리가 좀처럼 좁혀지지 않았다. 분명 그녀는 그 자리에서 꼼짝도 하지 않고 있었다.

급기야 이삭은 빠른 걸음으로 걷다가 달리기 시작했다. 하지만 역시 소용없는 일이었다. 이삭과 그녀의 사이에는 알 수 없는 힘이 존재하는 것 같았다. 그녀는 이삭이 존재하지 않는 공간에 있는 것만 같았다. 이삭의 이마에 송골송골 땀이 맺혔다.

"대답 좀 해봐요?"

"……."

가깝고도 먼 거리였다. 하지만 이삭은 이내 포기하고 말았다. 이삭의 힘으로는 그녀에게 다가가기란 역부족이었다. 그녀가 다가와 주지 않는 한 이삭은 그녀와 가까워질 수 없었다.

"도대체 나한테 뭘 원하는 거지? 왜 말이 없는 거야? 왜 자꾸 나타나서 날 이렇게 귀찮게 만드는 거야?"

이삭이 소리쳤지만 공간을 뛰어넘지는 못했다. 꽤 많은 시간이 흐른 것 같았다. 그녀는 여전히 그 자리에 꼼짝도 하지 않고 앉아 있었다. 그녀는 나름대로의 행복한 시간을 즐기고 있는 것 같았다.

이삭은 애써 그녀의 존재를 부정하려 했다. 하지만 자신의 의지와는 상관없이 그녀에게 자꾸만 시선이 끌렸다. 얼마가 지난 후 그녀가 자리에서 일어섰다. 그리곤 이삭을 향해 돌아다보았다.

"이봐요?"

"……."

대답이 없기는 마찬가지였다. 그녀는 이삭을 향해 환하게 웃어 주고는 뒤돌아섰다.

"가지 말아요. 할 말이 있어요."

다시 이삭이 그녀를 향해 달려가기 시작했다. 그렇지만 이삭은 그 자리에서 앞으로 더 나아갈 수 없었다.

"당신은 도대체 누구야?"

이삭이 소리쳤지만 그녀는 이삭을 외면한 채 뒤돌아보지 않았다. 그녀는 점점 멀어지고 있었다.

"이봐?"

소용이 없었다. 항상 그런 식이었다. 항상 이삭은 자신의 의지를 꺾어야 했다. 이삭은 그녀와 가까워질 힘도 그녀를 잡아 세울 능력도 없었다. 그녀와의 만남은 늘 이삭을 무기력하게 만들 뿐이었다.

전화벨이 울리고 있었다. 벌써 오래전부터 전화벨은 울리고 있었던 듯했다. 그렇게 몇 번이 더 울린 뒤에야 이삭은 그것이 전화벨 소리라는 것을 알 수 있었다. 이삭은 아직도 꿈과 현실 사이에서 갈등하고 있었다.

반복되는 꿈이었다. 언제부턴가 이삭은 꿈속에서 그녀를 만났고 꿈속에서 그녀에게 이끌리게 되었다. 다른 꿈을 꾸어 본 지가 꽤 오래된 것 같았다. 꿈속에는 항상 그녀만이 존재했다. 이삭은 그녀가 자신의 전부가 되어 가고 있는 것 같은 착각에 빠져 있었다. 그러나 역시 그녀는 꿈속의 그녀일 뿐이었다. 현실에는 그녀란 없었다.

겨우 눈을 뜬 이삭은 침대에서 내려와 끊이지 않고 울려대는 전화기를 찾아들었다.

"최이삭입니다."

이삭의 목소리는 잠에 취해 가라앉아 있었다.

"최 작가 아직도 자고 있었던 거야?"

목소리의 주인공은 다름 아닌 출판사 편집장이었다.

"그런데 무슨 일로……?"

말하며 이삭이 벽시계를 올려다보았다. 시곗바늘은 오후 6시 36분을 가리키며 재깍재깍 달려가고 있었다.

"정신 차리고 지금 당장 텔레비전이나 틀어 봐."

"왜 그러시는데요?"

"틀어 보면 안다니까. 그러니까 어서 텔레비전 앞에 앉아 보라고. 지금 텔레비전에서는 난리가 났어."

"……."

이삭도 그즈음 심상치 않은 기분이 들었다. 이삭은 리모컨을 찾아 텔레비전 앞에 앉았다.

"켰어?"

"네 켰어요."

텔레비전을 켜자마자 텔레비전에서는 뉴스속보가 쏟아져 나왔다.

뉴스 속보를 보는 순간 이삭은 자신의 눈을 의심하지 않을 수 없었다. 이삭은 말문이 막혔다.

"어떻게 그런 일이……."

"……."

있을 수 없는 일이었다. 그러나 믿을 수밖에 없는 현실이었다. 이삭은 자신도 모르게 덜컥 겁이 났다.

"듣고 있는 거야? ……최 작가?"

"……."

―정부청사의 붕괴 현장은 전쟁터를 방불케 합니다. 차마 눈으로는 볼 수 없는 처참한 광경입니다. 당시 근무시간이었기에 그만큼 사상자 또한 많을 것으로 예상됩니다.

벌써 3번째 사고였다

진도 8.2의 지진과 해일로 인한 동해안 지역의 대형 참사, 갑작스런 지하철 구간의 터널 붕괴와 화재, 정부청사의 붕괴. 그 모든 내용은 이삭의 재앙이라는 소설에서 이미 예견되어 있던 내용들이었다. 동해안 지역의 지진으로 인한 참사로 인해 이삭의 소설 「재앙」은 밀리언셀러를 기록하고 있었다. 그리고 지하철 터널의 붕괴로 저주받은 책이라는 혹평을 받고 있었다.

이삭의 「재앙」에는 사고 지점과 인명피해의 정도 등이 쓰여 있었다. 그 내용 또한 거의 흡사했다. 이번에 일어난 정부청사의 붕괴도 이삭의 책에 이미 예견됐던 일이었다. 또한 날짜와 시간까지도 거의 일치했다.

"최 작가 이번에도 인터뷰는 하지 않을 건가? 그래도 한번 얼굴을 내미는 것이 좋을 것 같은데. 지금 듣고 있기나 하는 거야? 우리도 기자들 따돌리기가 여간 힘든 게 아니라고. 최 작가가……?"

―소설가 최이삭의 재앙에서 예견하고 있던 참사가 이번에도 적중했습니다. 그의 책이 정말 저주받은 책일까요? 아니면 그는 노스트라다무스 이래의 최고의 예언가일까요. 믿을 수 없는 일이 현실로 나타나고 있습니다.

리모컨으로 텔레비전의 채널을 이리저리 돌리던 이삭의 귀에 문득 아나운서의 목소리가 들려왔다. 이삭은 그만 텔레비전을 끄고 말았다.

"우연일 거야. 그래 우연이야. 우연찮게 내 소설이 들어맞았을 뿐이야."

이삭은 부정했다. 자신이 평범하지 않은 사람이라는 것을 이삭 자신도 알고 있었다. 그래서 이삭은 특별한 것을 원치 않았다.

비행기 추락사고와 양부모의 죽음, 그리고 고아원에서 있었던 일련의 사고들. 이삭은 중학교와 고등학교를 거쳐 대학을 졸업할 때까지도 그런 사실을 우연이라고 부정했다. 그러면서도 그 모든 일들이 자신에게서 비롯되었다는 생각을 이삭은 접어들일 수 없었다. 이삭은 더 이상 그런 불길한 일들이 벌어지는 것을 원하지 않았다. 사실 중고등학교와 대학을 다닐 때는 그런 일들이 벌어지지 않았었다. 그런데 왜 갑자기 그런 일들이 다시금 시작되는지 이삭은 알 길이 없었다.

소설을 쓸 때는 그런 일이 벌어지리라고는 상상도 하지 못했다. 이삭은 불길한 기운을 억누를 수가 없었다.

그 와중에 이삭은 문득 그녀를 떠올렸다. 그녀라면 지금의 자신을 위로해 줄 수 있을 거라고 생각했다. 이삭은 그녀를 만나고 싶었다. 그녀가 간절하게 보고 싶었다. 하지만 그녀는 막연한 존재였고 애써 찾을 필요도 없는 사람이었다. 꿈에서 나 볼 수 있는 여자이기 때문이었다.

이삭은 어디든 떠나고 싶다는 생각을 했다. 그대로 집에 있다가는 방송사와 신문사의 취재 기자들에게 시달릴 것이 뻔했기 때문이었다. 이삭은 더 이상 망설이지 않았다. 떠나야 한다고 마음먹은 이상 이삭은 되도록 간편한 차림으로 집을 나섰다. 세상이 조용해질 때 돌아올 생각이었다. 이삭은 지하 주차장에 주차되어 있던 자신의 SUV에 몸을 실었다. 그리곤 기어를 넣고 액셀러레이터를 힘껏 밟았다. 이삭의 SUV는 주차장을 빠져나와 빠른 속도로 아파트를 벗어나기 시작했다. 이삭은 목적지 없이 어디론가 무작정 달리기 시작했다.

음산한 분위기가 주위를 물들이며 어둠을 이끌고 있었다. 칠흑 같은 어둠 속에서 젊은 여자의 겁에 질린 비명이 고통스럽게 쏟아져 나오고 있었다. 그러나 그 누구도 그녀를 도와줄 사람은 없었다. 온통 어둠뿐이었다. 보이는 것은 아무것도 없었다. 여자의 비명 소리는 서서히 죽음에 대한 체념으로 빠져들어 가고 있었다. 그리고 어둠 속에는 무엇인지 알 수 없는 강력한 힘이 존재하고 있었다.

"나약한 영혼이여 괴로워하지 마라! 나 그대의 영혼을 거두어 어둠의 근원을 찾을 것이다. 영혼이여 저항할수록 고통스러울 뿐이다."

어둠을 이끄는 자가 있었다. 그리고 그곳은 누군가가 만들어 낸 어둠의 결계 속이었다. 어둠은 여자의 절망마저도 집어삼켰다. 이제 괴로움도 절망도 고통도 없었다. 어둠과 어둠 사이의 또 다른 어둠뿐이었다.

가냘픈 여자는 실오라기 하나 걸치지 않은 나체였다. 세상의 때라고는 전혀 묻지 않은 순결한 여자였다. 피부는 티 하나 없이 매끄러웠고 생명의 기운이 풍부하게 샘솟고 있었다.

어둠을 이끄는 자가 여자를 범하기 시작했다. 하지만 급하게 서두르지는 않았다. 여자가 어둠에 익숙해지기를 기다렸다. 여자도 그런 그의 기대를 저버리지 않고 빠져나올 수 없는 어둠 속으로 빨려 들어가고 있었다. 어둠은 어둠을 이끄는 자의 소유였다. 어둠 속에서 그가 모습을 나타냈다. 그는 70대의 노인이었다. 몰골은 형편없었다. 쭈글쭈글한 피부와 백발의 머리카락, 그리고 세월을 먹어 굽은 등. 노인의 체구는 왜소해 보였다.

노인은 여자의 순결한 나신을 탐욕스럽게 바라보고 있었다. 그러다가 도톰하게 살이 오른 여자의 가슴에 시선이 멈추었다. 노인의 입가에서 음탕한 미소가 흘러넘쳤다. 노인이 여자에게 다가갔지만 여자는 저항하지 않았다. 여자는 어둠의 마력에 취해 자신의 의지를 상실했다. 여자에게 남은 것은 한 남자를 갈망하는 요녀의 질퍽한 눈과 간드러진 호흡뿐이었다.

여자의 입에서 저절로 진득한 신음이 쏟아져 나왔다. 그 신음은 곧 노인의 귓가를 어지럽히기 시작했다. 주체하지 못하고 있던 노인도 더는 망설이지 않았다. 급기야 노인의 음탕한 혀가 여자를 능욕하기 시작했다.

여자의 순결함은 온데간데없이 사라지고 말았다. 어둠 속에 있는 두 사람은 추하기 그지없었다. 아름다움도, 사랑도 없는 추악한 몸부림과 발버둥뿐이었다. 그들의 바동거림은 점점 더 사악해지고 있었다.

여자의 입에서 신음이 쏟아져 나오면 나올수록, 여자의 몸에서 진땀이 흘러내리면 내릴수록 노인은 젊어지고 있었다. 그 반대로 여자의 몸은 점점 노화되어 가고 있었다. 여자는 그를 위해 자신의 몸을 불사르고 있는 것처럼 보였다. 그와는 반대로 그는 여자의 음기를 자신의 몸으로 빨아들이고 있었다. 어느 순간부터 여자의 몸은 절정을 지나 중년의 몸으로 변해가기 시작했다. 윤기 있고 매끄러운 피부도, 검디검던 머리카락도, 고르고 하얗던 치아도 이젠 찾아볼 수가 없었다. 여자는 그와의 행위가 절정에 도달해 갈수록 늙어가고 있었다.

그리 길지 않은 시간이었다. 노인의 입에서 절정에 도달한 신음이 쏟아져 나왔다. 그리고 여자 역시 신음을 쏟아 냈지만 그것이 전부였다. 여자에게서는 그 어떠한 생명의 기운도 찾아볼 수가 없었다. 여자의 영혼이 자신의 몸에서 떨어져 나오지 않기 위해 마지막 발버둥을 쳤지만 이미 소용없는 일이었다. 여자의 영혼은 어둠 속을 방황하며 떠돌아다니다가 젊음을 되찾은 노인의 검은 반지 속으로 빨려 들어가며 절망의 비명을 질러댔다. 여자의 몸은 핏기 하나 남아 있지 않았다. 쭈글쭈글한 거죽과 뼈만 남은 채 마른 장작처럼 바짝 말라비틀어져 있었다. 눈뜨고는 보지 못할 흉측한 형상이었다.

"아……아!"

노인이, 아닌 젊은 남자가 포효하듯 소리를 질렀다. 그의 목소리는 사악한 기운으로 넘쳐흘렀다. 그리고 여자의 생명의 기운을 남김없이 갈취한 그는 20대의 혈기 왕성한 청년으로 변했다. 잠에서 깨어난 사람처럼 그가 활기찬 기지개를 켰다. 동시에 그의 눈에서는 복수심이 불타오르기 시작했다. 그의 3번째 손가락 마디에 끼어져 있던 검은 반지에서 붉은빛이 새어나오다가 사라졌다.

"녀석이 오고 있군."

비장한 눈빛으로 그가 말했다. 그가 말라비틀어진 여자의 시체를 본 것은 다음이었다. 그리고 그의 시선이 닿기가 무섭게 여자의 말라비틀어진 시체에 불이 붙었다. 시체는 순식간에 타 들어가더니 흔적도 없이 사라지고 말았다.

그가 주위의 어둠을 빨아들이기 시작했다. 뒤이어 어둠이 그의 몸을 휘어 감는가 싶더니 그의 몸속으로 빨려 들어갔다.

"서둘러야겠어."

그가 촛대 위에 세워져 있던 초를 보자마자 초에 불이 밝혀졌다. 바람 한 점 없는 공간이었다. 꽤 넓은 공간이었다. 그 공간을 밝히기엔 촛불이 너무도 빈약해 보였다. 촛불은 어둠의 벽에 갇혀 있었다. 필요한 밝기만을 유지한 채 불필요한 빛은 어둠의 벽으로 빨려 들어가고 있었다. 희미한 촛불이 밝힌 것은 벽장이었다. 그것은 벽장이라고 말하기보다는 어둠의 틀이라고 말하는 편이 옳을 것이다. 그 틀에는 유리병과 한 자루의 녹슨 검이 세워져 있었다. 촛불이 밝힐 수 있었던 것은 그 검 한 자루와 투명한 호리병뿐이었다. 호리병과 검은 어둠의 공간에 둥둥 떠 있는 것만 같았다. 그 검으로는 무 한 토막조차 제대로 자를 수가 없을 것 같았다. 손이라도 댈라치면 금세 부스러져 가루가 될 것만 같았다. 고물상에 팔더라도 가져가지 않을 정도로 심하게 부식되어 있었다. 또한 호리병에는 피로 보이는 빨간 액체가 가득 담겨 있었다.

"너를 사용할 날이 있을 줄 알았다."

그가 흡족하게 웃었다. 그의 말이 끝나기가 무섭게 검이 저절로 움직였다. 검은 주인을 대하 듯 얌전하고 믿음직스럽게 그의 앞으로 다가왔다. 그러나 그는 선불리 검에 손을 대지 않았다. 그는 손 하나 까딱하지 않은 채 눈으로 호리병을 움직였다.

"순결한 소녀의 피다. 너는 이 순결한 소녀들의 피로 인해 다시금 태어나게 될 것이다. 어둠의 힘으로 강해질 것이며 사악함의 근원으로 힘을 얻게 될 것이다. 그 힘은 세상의 혼돈을 이끌 것이며, 그 힘은 그 어떠한 능력으로도 막을 수 없을 것이다. 내가 곧 어둠을 이끄는 자이며, 내가 곧 너의 주인이다. 이제 잠에서 깨어나라!"

그의 말이 끝남과 동시에 유리병의 뚜껑이 열렸다. 그러자 소녀의 절망 섞인 비명이 호리병에서 아우성치듯 쏟아져 나왔다. 비명에는 공포와 괴로움이 섞여 있었다. 주위는 온통 피비린내로 진동했다. 소녀의 순결한 피가, 절망과 공포가 호리병이 기울어지는 것과 동시에 검 위로 뿌려졌다. 검이 소녀의 피를 빨아들이기 시작했다. 검은 소녀의 피를 단 한 방울도 그냥 흘려버리지 않았다. 피가 표면에 닿는 족족 삼켜버렸다. 그러나 호리병의 피를 모두 흡수하고도 검은 별다른 징후를 보이지 않았다. 호리병의 피를 모두 삼켜버린 검은 잠잠히 주인의 손길이 다가와 주기를 기다리고 있었다.

이젠 그의 차례였다. 검의 주인으로서 그가 검의 손잡이를 잡았다. 그러자 녹슨 검이 복종하듯 그의 손에 착 달라붙어 검게 물들기 시작했다. 그것은 어둠의 검이었다. 예전의 녹슨 검이 아니었다. 그렇다고 칼날이 시퍼렇게 일어선 것도 아니었다. 검은 어두웠다. 손잡이도 칼날도 검게 변해버렸다. 역시 그 칼로는 두부조차 자를 수 없을 것 같았다. 하지만 그가 허공으로 칼을 두어 번 휘두르자 칼날에서는 무한한 살기가 쏟아져 나왔다.

"하하하!"

그의 웃음에는 사악한 기운이 가득했다.

"그 누구도 나를 막을 수는 없다."

그는 자신만만했다. 또한 그의 표정은 근엄해 보이기도 했다. 어둠은 그의 힘이었다. 어둠 속에서 그의 힘은, 그의 능력은 강력했다. 그는 그곳에서 나와 어디론가 향하기 시작했다. 마치 약속이라도 한 것처럼 그는 재촉하고 있었다.

"회장님 어디로 모실까요?"

주위는 칠흑 같은 어둠으로 한 치 앞도 분간하기 힘들 정도였다. 하늘에는 먹구름이 잔뜩 끼어 있었으며 달도 그렇다고 별도 보이지 않았다. 게다가 안개까지 짙게 끼어 귀신이라도 나타날 것만 같은 음산한 날씨였다.

안개는 더욱더 짙게 내려앉고 있었다. 그 어디에도 사람의 흔적이란 없었다. 무슨 일이라도 벌어질 것처럼 음산했다. 가로등이 켜져 있었지만 가로등 불빛은 안개에 사로잡혀 제 구실을 하지 못했다.

길 잃은 영혼들이 금방이라도 앞에 나타나 해코지를 할 것 같았다. 불길한 기운이 곳곳을 뒤덮고 있었다. 저벅저벅 누군가가 걸어오고 있었다. 얼굴은 보이지 않았지만 그 시간에 화장터에 모습을 나타낸 그는 무언가 심상치 않음을 예고하고 있었다. 그는 어느 지점에선가 발걸음을 멈추었다. 그리곤 그 자리에 움직이지 않은 채 서 있었다. 그는 누군가를 기다리고 있는 것 같았다.

하늘에서 때 아닌 천둥번개가 쳤고 뒤이어 벼락이 땅으로 내리꽂았다. 하지만 비가 올 날씨는 아니었다. 그가 왔다는 증거였다.

"기다릴 거라고 생각했지."

최 회장의 목소리였다.

"……."

하지만 저편에 서 있던 남자는 아무 말이 없었다.

"얼굴이나 볼까?"

최 회장이 팔을 앞으로 뻗어 휘저었다. 그러자 안개는 모세가 바다를 가르는 것처럼 반으로 갈라졌다. 안개는 최 회장과 남자가 마주 볼 수 있을 정도만큼만 갈라졌다. 아마도 최 회장은 힘을 비축하려는 모양이었다.

남자는 여전히 그 자리에 거대한 돌덩이처럼 버티고 서서 움직이지 않았다. 남자는 190이 넘는 큰 키였고 얼핏 보기에 90Kg쯤 되어 보이는 건장한 체구였다. 얼굴은 이목구비가 또렷했고 검고 짙은 눈썹이 인상적으로 보였다. 눈은 선하고 포근했으며 악한 구석이라고는 전혀 없어 보이는 남자였다. 그는 최 회장과는 정 반대의 느낌을 풍기고 있었다.

최 회장이 남자를 보자 조금은 긴장한 표정으로 변했다. 그러나 그의 눈빛은 맛있는 사냥감을 본 맹수의 눈으로 변해 있었다. 그의 눈은 사악함을 그대로 뿜어내며 위압감을 느끼게 했다.

"많이 찾았다."

남자가 말했다. 남자의 목소리에는 중압감이 실려 있었다.

"나도 널 기다리고 있었다. 생각보다 일찍 왔군, 천사장 미가엘! 이젠 나한테 보낼 정령의 사자가 동이 났나 보군. 나약한 정령의 사자들……. 비굴한 엘로힘……. 하지만 소용없는 짓이다."

"사악한 어둠의 사자 가아프!"

"내가 사악하다면 정령의 사자인 너희들은 사악하지 않단 말이냐."

최 회장은 역시 가아프였다. 가아프의 눈은 불길에 휩싸여 있었다. 그는 당장이라도 불을 뿜어 낼 것만 같았다. 하지만 미가엘은 차분한 편이었다.

"함부로 떠벌리지 마라. 너의 그 입을 막아 주겠다."

"하하하! 막을 수 있으면 막아 보시지. 나를 찾아왔던 정령의 사자들은 모두가 그렇게 말하더군. 하지만 끝내 그들은 내 입을 막지 못했어. 너무도 형편없는 녀석들이었지. 너희들은 나를 너무 우습게 봤어. 난 너희들이 생각하는 예전의 가아프가 아니다. 가엾은 정령의 사자여."

"이제 시간이 얼마 남지 않았다. ……너의 아버지, 너희가 사탄의 제왕이라고 일컫는 그 잘난 루시퍼도 한 때는 당당했었지. 하지만 끝내 내 앞에 무릎을 꿇고 말았다. 그가 왜 그렇게 나약하게 내 앞에 무릎을 꿇었는지 아나?"

"나와는 상관없는 일이다."

"힘에 비해 자만심이 컸기 때문이다. 만약에 그가 자만하지 않았다면, 교만하지 않았다면 그는 벌써 엘로힘의 보좌에 올랐을 것이다. 하지만 그는 자신을 너무 과대평가했던 것이 실수였다. 그를 따르던 타락천사들도 마찬가지였지. 그들이 루시퍼를 따르지 않았다면 천상을 떠나지 않았어도 됐을 것이다. 가련한 어둠의 사자들……."

무표정했던 미가엘이 가아프를 비웃듯 웃음을 삼켰다. 하지만 가아프는 전혀 반응을 보이지 않았다. 미가엘의 말에 감정을 폭발한다면 처음부터 불리한 싸움이 될 것이기 때문이었다. 가아프는 되도록 침착함을 잃지 않으려 애쓰고 있었다.

"상관없다. 그들은 그들일 뿐이다."

가아프는 연연하지 않았다. 그렇다고 기분이 상한 표정도 아니었다. 오히려 가아프는 미가엘을 가여운 눈으로 쳐다보았다. 가아프의 눈에 미가엘은 궁지에 몰린 나약한 존재로 보일 뿐이었다.

"이 순간을 기다리고 있었다."

"그런데 왜 이렇게 늦게 온 거지? 난 네가 오기를 눈이 빠지도록 기다리고 있었는데. 아니 내가 기다렸던 자는 엘로힘이었어. 너 같이 하찮은 졸개들은 나의 상대가 되지 않으니까 말이야."

가아프가 미가엘을 약 올리기라도 하듯 빈정거렸다.

"너도 자만심이 대단하구나."

"아니, 자만하고 있는 것은 너희들이다. 잘난 엘로힘과 그 잘난 엘로힘의 졸개들……. 너희들 정령의 사자들이 신봉하고 있는 그 엘로힘을 기필코 내 손으로 없애 주겠다. 내가 당했던 것보다 더 치욕스럽게……."

가아프의 눈에서 분노가 일기 시작했다. 하지만 가아프는 섣불리 공격을 감행할 정도로 미련한 생각은 하지 않았다. 가아프는 선제공격보다는 방어가 때론 최선의 공격이라고 생각하고 있었다.

"너를 봉인하겠다. 다시는 봉인을 풀지 못하도록……. 다시는 그 사악함의 죄를 행할 수 없도록 너를 영원히 가두어 버리겠다."

"미가엘, 너의 그 자신만만함을 기억하겠다. 그리고 네가 나의 앞에 무릎을 꿇게 될 때 너의 엘로힘이 어떤 얼굴로 변하게 될지 상상할수록 가슴이 설레는구나. 너는 나와의 싸움에서 패하게 될 것이고 너를 잃은 엘로힘은 불안에 떨겠지. 그래서 또 다른 정령의 사자를 보내겠지. 하지만 그들 역시 나에게 패하고 말 것이다. 내가 상대해야 할 사람은 어차피 엘로힘이니까. 너희들이 그 얼마나 강하다고 해도 나의 힘에는 발끝도 미치지 못할 것이다."

"……."

미가엘은 묵묵히 가아프의 말을 듣고 있었다. 그는 가아프가 무슨 말을 지껄이든 귀담아듣지 않았다.

가아프도 미가엘이 들으라고 하는 소리는 아니었다. 그의 목표는 엘로힘이었다. 엘로힘은 미가엘의 눈으로 가아프를 지켜보고 있을 것이기에 가아프는 엘로힘에게 말하고 있는 것이었다.

"너희들도 기억하고 있을 것이다. 천상에서의 그 일을……."

"……."

"에밀리아, 가여운 나의 사랑. 하지만 난 에밀리아를 잊은

지 오래다. 너희들이 원하는 대로 난 에밀리아를 잊었다. 에밀리아를 생각하고 있었다면 난 아마 견디지 못했을 것이다. 에밀리아를 잊는 대신에 난 복수를 결심했다. 아마도 그것은 에밀리아가 원치 않을 것이다. 그렇다고 해서 에밀리아가 나를 막을 수 있다는 말은 아니다."

"너를 막을 자는 바로 나, 미가엘이다."

"얼마든지⋯⋯. 사랑, 에밀리아와의 사랑이 없었다면 난 이 자리에 있지도 않을 것이다. 그러나 후회하지는 않는다. 난 비로소 에밀리아에 의해 나를 깨우칠 수 있었으니까. 그동안 나의 존재가 그 얼마나 무한한 힘을 지니고 있는지 알 수 있었다. 어쩌면 엘로힘보다도 더 무한한 힘을 지니고 있는지도 모른다. 그 잘나 빠진 엘로힘이 에밀리아와 나의 사랑을 인정했더라도 이런 일은 없었을 것이다. 모두가 엘로힘의 탓이다. 엘로힘은 사랑을 모르는 자다. 그에겐 보좌와 권위만이 있을 뿐이다. 내가 본 엘로힘은 사악함의 근본을 가진 자이다. 누가 정해 놓은 것이냐⋯⋯. 사랑을 만들었던 엘로힘이 아니냐? 그런 엘로힘이 사랑을 무참하게 짓밟을 수 있단 말이냐. 너희들이 말하는 사랑이란 원수까지도 사랑하라고 되어 있다. 하지만 그것은 모두가 거짓의 입발림에 지나지 않는다. 너희가 사랑을 논할 수 있겠느냐. 어림없는 소리다. 너희가 정작 사랑의 근원이 무엇인지 알고 있단 말이냐. 하하하! 난 믿지 않는다. 너희는 사랑을 내세워 다른 이면으로는 약한 자들을 철저히 짓이겼다. 너희도 그것을 부정해서는 안 될 것이다. 나의 아버지, 사탄의 제왕, 사탄 중의 사탄인 루시퍼 님이 천상의 전쟁으로 인해 어둠의 세계로 추방되었던 것을 너희는 잊지 못할 것이다. 그때 너희는 루시퍼 님과 타락천사들, 불멸의 천사들이라 일컫는 그들을 어찌 대했느냐. 너희는 그들을 사랑하지 않았고 어둠의 세계로 추방하여 그들에게 저주받은 존재로 치욕 속에 살게 했다. 그리고도 너희들이 할 말이 있단 말이냐. ……엘로힘은 에밀리아와 나의 사랑을 짓밟았을 뿐만 아니라 욕되게 만들었다. 우리도 한 때는 정령의 사자였다. 천상 또한 우리의 땅이었다. 패배자란 이유 하나만으로 우리를 내몰았던 너희들이었고 엘로힘이었다. 어둠의 사자와 정령의 사자가 사랑을 해서는 안 된다는 억측이 어디에 있더냐. 단지 패배자란 이유 하나로……. 우리 불멸의 천사를 가슴 아프게 했던 것은 너희들이다. 너희들은 우리가 다시 전쟁을 일으킬까 봐 견제만 했을 뿐이지 우리를 받아들일 생각은 조금도 하지 않았다. 너희들이 패배를 했다면, 그랬다면 사정은 달라졌을 터이다. 그랬다면 우리 불멸의 천사들은 너희들을 받아들였을지도 모를 일이다. 너희처럼 배척할 이유가 없기 때문이다. 그 알량한 엘로힘은 보좌와 권위에 눈이 어두운 자이다. 그가 마음이 넓었다면 에밀리아와 나의 사랑을 그렇게 처참하게 짓밟지는 않았을 것이다. ……그랬다면 나 또한 혼돈을 이끌기 위해 미계를 떠돌아다니지 않았을 것이다. 누구에게 책임이 있단 말이냐? 책임을 질자는 엘로힘 바로 그 자신뿐이다."

"나의 눈은 곧 엘로힘의 눈이다. 나의 귀는 곧 엘로힘의 귀이다. 나의 입은 곧 엘로힘의 입이다. 두렵지도 않으냐?"

미가엘이 가아프의 눈을 정면으로 쳐다보았다. 하지만 가아프는 그를 향해 비웃듯이 큰 소리로 웃음을 쏟아냈다.

"하하하! 엘로힘 그에 의해 비극은 시작된 것이다. 결코 나의 의지는 아니었다. 그것은 엘로힘 자신이 더 잘 알고 있을 것이다. 비겁한 엘로힘! 왜 자신은 뒷전에 있으면서 무력한 정령의 사자들을 보내는지 모르겠다. 그것을 보면 엘로힘이 얼마나 겁쟁이 인지 알 수 있다. 그는 나와 맞설 자신이 없는 것이다. 그는 나약한 정령의 사자에 지나지 않는다. 아니 정령의 사자라고 보기에 그는 너무도 치졸하다. 그는 이 미계의 인간들보다도 더 약해빠진 존재일 것이다. 그렇지 않고서는 나와의 싸움을 피하지는 않을 것이다. 그는 두려운 것이다."

가아프는 엘로힘을 비꼬며 말했다. 그 말을 하면서 가아프는 통쾌한 기분을 느끼고 있었다. 가아프의 얼굴에 쾌감이 짙게 배어나왔다.

"함부로 엘로힘을 거론하지 마라. 너의 그 사악한 입에 엘로힘이 노하실 것이다. 예전처럼 넌 변함이 없구나. 엘로힘께서도 혼돈을 이끌기 위해 사악함으로 발버둥 치는 너의 죄를 사하지 않을 것이다. 엘로힘은 너를 어둠의 철창에 봉인하라고 하셨지만 나의 심정 같아서는 너를 그 어디에서도 영원히 존재할 수 없도록 만들고 싶을 뿐이다. 엘로힘을 거역할 수 없는 나 자신이 지금은 한탄스럽다. 그러나 나는 알고 있다. 엘로힘이 너의 존재를 가엾게 여기신다는 것을……. 그렇지 않았다면 벌써 너는 그 어느 곳에도 존재하지 않았을 것이다."

미가엘의 눈에는 여전히 선한 기운뿐이었다. 가아프를 봉인하러 왔다고는 하지만 그는 전혀 싸움에 대비하고 있는 기색이 없었다. 그의 눈은 가아프를 불쌍히 여기는 가여운 눈빛이었다. 가아프 역시 공격할 자세를 취하고 있지는 않았다. 하지만 그렇다고 방심을 하고 있는 것도 아니었다. 그는 조금도 긴장을 늦추지 않았다.

"그 누구도 나를 막을 수는 없다. 내가 엘로힘을 꺾을 수 있을 때 비로소 평화가 올 것이며 선과 악은 존재하지 않을 것이다. 미가엘이여 아직도 늦지 않았다. 엘로힘을 따르던 나를 따르던 너의 판단에 맡기겠지만 나를 따르는 것이 나을 것이다. 왜냐하면 내가 모든 것을 소유하게 될 것이며 나에 의해 모든 세계가 존재하게 될 것이기 때문이다. 만약 나를 따르지 않겠다면 엘로힘 또한 따르지 않는 것이 좋을 것이다. 엘로힘은 나에 의해 어둠의 철창 속으로 봉인될 것이기 때문이다. 그곳에 함께 엘로힘과 봉인될 것인지 아니면 나를 따를 것인지는 너의 선택이다. 그러나 나도 그렇다고 엘로힘도 따르지 않겠다면 너를 자유롭게 놓아줄 것이다."

가아프가 애처롭게 미가엘을 바라보았다.

"난 엘로힘만을 따를 뿐이다."

"그렇다면 나도 너를 어둠의 철창에 봉인할 수밖에 없다. ……도대체 엘로힘이 너에게 해 준 것이 무엇이냐. 엘로힘이 너에게 주었던 것은 아무것도 없다. 나를 따르게 된다면 난 너에게 무안함을 주겠다."

"난 너를 기필코 봉인할 것이다."

"할 수 있으면 하거라. 하지만 내가 호락호락 봉인의 사슬을 받을 것이라고 생각하지는 마라. 어차피 나의 상대는 엘로힘이니까!"

가아프는 한 치의 흐트러짐도 없었다. 그의 눈은 악마의 근성을 그대로 나타내고 있었다.

"불쌍한 에밀리아!"

"……."

미가엘의 말에 가아프가 멈칫했다.

"에밀리아가 얼마나 괴로워하며 고통스러운 나날을 보내고 있는지 너는 모를 것이다. 너는 사랑할 자격도 없는 어둠의 사자일 뿐이다."

"생각은 너의 자유다."

"천상의 유배지에서 돌아온 에밀리아는 한 때 너와의 사랑이 부질없는 것이었음을 깨달았다. 에밀리아가 아파하는 것은 너와의 사랑 때문이 아니라 너의 그 사악함 때문이다. 너에 의해 슬퍼하는 에밀리아가 불쌍할 따름이다. 너는 아직도 너의 죄를 뉘우치지 못하고 있는 것 같구나."

"에밀리아가 그렇게 괴로워하고 있다니 유감이다. 하지만 나와는 상관없는 일이다. 나는 에밀리아와 한 때 사랑했던 것을 후회하지 않는다. 그렇다고 에밀리아를 원망하지도 않는다. 그것은 에밀리아 역시 마찬가지 일 것이다. 우린 진정으로 사랑했고 영혼의 하나를 이루었다. 그것이 거짓이라고는 생각하지 않는다. 그리고 에밀리아가 괴로워하는 것은 에밀리아 자신에 의해서 내가 사악하게 변했다는 자책 때문일 것이다. 정작 에밀리아가 괴로워할 이유는 없다. 그것은 에밀리아와 나의 잘못이 아니기 때문이다. 보지 않아도 알 수 있다. 엘로힘이 에밀리아를 다그치고 있다는 것을……. 엘로힘은 비열한 자이다. 그리고 이 시간 이후로 나에게 에밀리아를 거론하지 마라. 난 에밀리아를 잊은 지 오래다. 난 엘로힘에게 복수하리라는 일념뿐이다. 또한 난 죄를 지은 것이 없다. 죄를 지었다면 그때 천상의 성전에 있었던 엘로힘과 가브리엘, 미가엘, 그리고 라파엘과 우리엘이다. 4대 천사라고 지칭하는 너희들……. 하지만 안타깝군. 라파엘과 우리엘은 벌써 나의 칼에 무너지고 말았으니……. 지금도 너희는 죄를 짓고 있다. 아니 앞으로도 너희는 계속해서 죄를 지을 것이 분명하다. 그래서 내가 나선 것이다. 너희에게 남은 것은 두려움과 공포뿐이다. 나에게 죗값을 운운하기 이전에 너희들 자신을 돌이켜 생각하라. 너희들이 그동안 무슨 죄를 저질러 왔는지를……."

"할 수 없구나. 너의 그 사악한 입을 막아 주겠다."

미가엘은 분노를 참지 못했다. 그의 몸에서 빛이 번져 나오기 시작했다. 그 빛은 봉인의 빛이었다. 하지만 가아프는 두려워하지 않았다. 그것이 두려웠다면 오늘 이 자리에도 나오지 않았을 것이다.

"서두를 것 없다."

"나 역시 서두르고 싶은 마음은 없다. 내 앞에 겁먹고 서 있는 너의 모습을 시간을 두고 지켜보고 싶은 심정이다. 하지만 난 돌아가야 할 시간이 멀지 않았다. 가아프, 너를 봉인하여 그 기쁜 소식을 엘로힘에게 전하리라."

"그건 너의 마음이다. 한 가지만 알려주지."

"……."

"난 이곳 미계에서 천년을 살아왔다. 난 미계에서 힘을 쌓았고 또 미계는 새로이 태어난 나의 고향이나 다름없는 곳이다."

"그것이 오늘 이 싸움과 무슨 상관이더냐?"

"미련한 미가엘! 생각이 있다면 그런 말을 하지는 못할 것이다. 난 너와 일방적인 싸움을 원치 않는다. 그래서 알려주는 것이다. ……미가엘 너는 오늘에야 이 미계로 와서 인간의 몸속에 들어갔지만 난 너와는 다르다. 인간의 몸으로 천년을 살아오며 힘을 쌓은 나이다. 나의 몸이 20대의 건장한 청년이라면 너의 몸은 제 아무리 20대의 몸을 지니고 있다고 하더라도 신생아에 지나지 않는다. 그 나약한 몸으로 어떻게 나를 이길 수 있냐는 말이다. 네가 원한다면 나, 가아프는 오늘의 대전을 다음 기회로 미룰 용의도 있다. 어떠냐?"

가아프는 미가엘을 조롱하고 있었던 것이다.

"너의 자만을 꺾어 주겠다."

"그렇다면 시작할 수밖에 없구나. 마지막으로 한 마디 하겠다. 미가엘 날 원망하지 마라. 네가 원하는 데로 해주마! 네가 제 아무리 그 잘난 엘로힘에게 힘을 얻었다고 해도 나를 제압하기란 쉽지 않을 것이다."

"주절거리지 말고 어서 오너라!"

미가엘이 싸울 태세를 갖추었다.

갈라졌던 안개가 서서히 미가엘과 가아프의 사이로 파고들었다. 이제 그들의 결전이 시작되기 직전이었다.

"엘로힘 듣거라! 봉인은 나에 의해 이루어질 것이다."

주위는 온통 칠흑과도 같은 어둠과 짙게 깔린 안개뿐이었다. 그 어디에도 미가엘과 가아프의 모습은 보이지 않았다.

"난 시간을 낭비하고 싶지 않다."

"그럼 이제 시작해 볼까?"

미가엘이 가아프를 향해 장검을 빼내어 겨누었다. 그러자 온 사방이 빛으로 밝아졌다. 장검은 너무 밝아 직접적으로는 바라볼 수 없는 강력한 섬광을 뿜고 있었다. 일반적으로 어둠의 사자에 그 빛이 닿는다면 살아남지 못할 엄청난 기운을 빛의 검은 지니고 있었다. 하지만 그 빛의 검에서 뿜어져 나오는 빛에도 어둠의 사자 가아프는 꼼짝도 하지 않았다. 그리고 가아프는 두려워하지도 않았다. 그 빛의 검이 가아프는 오히려 친근하게 느껴졌다. 그 빛의 검에서 가아프는 아버지 루시퍼에게서 느꼈었던 포근한 정을 느끼고 있었다. 부담스럽지도 그렇다고 낯설지도 않은 빛의 검이었다.

"음! 빛의 검이군. 한때 아침의 아들, 빛의 아들이라 일컬어지던 나의 아버지 루시퍼 님이 소유하고 있었던 바로 그 검! 네가 그 검을 소유하고 있을 거라고는 상상도 하지 못했어. 역시 생각대로 엘로힘의 신임이 두텁군. 신임이 두텁지 않다면 그 빛의 검을 너에게 주지도 않았을 테니까. 하지만 그렇다고 해서 나를 이길 수 있다고는 생각하지 마. 미계의 속된 말로 이렇게 말하고 싶군. 미가엘 너는 엘로힘이 키우는 애완용 강아지에 지나지 않아. 하하하!"

가아프가 가소로운 듯이 웃었다.

"후회하게 해 주겠다, 가아프!"

빛의 검으로 미가엘은 360도 휘저어 원을 그렸다. 그러자 빛의 검에서 뿜어져 나오던 빛이 더더욱 강렬해졌다.

"나도 무기가 있어야겠지."

그러며 가아프가 땅을 향해 손을 뻗었다. 어둠의 공간이었다. 회오리 비슷한 소용돌이가 땅에서 치솟기 시작했다. 그리곤 그 안에서 자기장이 일기 시작했다. 동시에 서서히 어둠의 줄기가 가아프의 손으로 빨려 들어가기 시작했다. 그것은 곳 검의 형체를 이루었다.

어둠의 검이었다.

그 사이 빛의 검을 들고 있던 미가엘이 주춤 뒤로 물러섰다.

가아프의 손에 어둠의 검의 형체가 나타났다. 여전히 가아프의 얼굴에는 미가엘을 조롱하는 듯한 미소가 흐르고 있었다. 가아프는 한 순간도 미가엘에게서 시선을 거두어들이지 않았다. 가아프는 미가엘의 눈과 벌써부터 결전을 벌이고 있었던 것이다. 가아프는 미가엘의 눈에서 두려움을 발견할 수 있었다. 미가엘은 어느새 가아프의 시선에 압도되어 가고 있었던 것이다.

"그 검은……?"

어둠의 검을 보자 미가엘은 흥분했다.

가아프는 그에 아랑곳하지 않고 어둠의 검으로 자신이 서있는 자리에 사탄의 상징인 어둠의 별을 그렸다. 가아프가 서있던 자리에서 어둠이 솟구쳐 나오기 시작했다. 빛의 검과 어둠의 검은 서로 팽팽한 줄달음질을 하듯이 대치하고 있었다. 그러나 조금은 어둠의 검이 빛의 검을 짓누르고 있는 듯 보였다.

"이 검에 대해서 알고 싶은가?"

"……."

"알고 싶겠지. 말해주지. 이 검은 어둠의 검이다. 빛의 검을 대적할 것은 바로 이 어둠의 검밖에는 없다. 그 누구도 소유하지 못했던, 엘로힘도 이 어둠의 검의 존재에 대해서는 알지 못할 것이다. ……내가 만들어낸 검이니까. 이 검은 나만이 소유할 수 있고 그 누구도 소유할 수 없는 검이다. 그 잘난 엘로힘의 아들 예수를 찔렀던 롱기네스의 창을 아느냐?"

"그것이 그 검과 무슨 상관이냐?"

"역시 너는 미련하구나."

그 말을 하며 가아프는 미가엘을 등지고 섰다. 그리곤 한동안 말이 없었다. 주위는 정적이 감돌았다.

"롱기네스의 창에 예수의 피가 묻어 있다면 이 어둠의 검에도 역시 예수의 피가 묻어 있다. 이 어둠의 검은 바로 롱기네스의 창으로 만들어졌기 때문이다. 천상에서는 한때 롱기네스의 창을 찾기에 혈안이 되어 있었지. 하지만 찾을 수 없었던 것은 롱기네스의 창이 존재하지 않기 때문이다. 롱기네스의 창은 검으로 변해 있었기 때문이다. 나도 이 검을 찾기 위해 꽤나 힘들었지. ⋯⋯이 어둠의 검이 위력을 발휘할 수 있는 것은 엘로힘의 아들의 피가 묻어 있기 때문이다. 즉 엘로힘 자신의 피라고 말할 수 있는 것이다. 엘로힘은 자신의 피로 인해 자멸하게 될 거라고는 생각지도 못했을 것이다. 더더욱 이 검이 내 손에 들어와 있을 거라고는 상상도 하지 못했을 것이다. 난 이 어둠의 검으로 엘로힘을 어둠의 철창에 봉인할 것이다. 너에게 먼저 이 칼을 사용하는 것을 너는 축복으로 받아들여야 할 것이다. 보좌와 권위에 눈이 어두워진 나약하고 비열한 엘로힘이여 미가엘의 눈으로 똑똑히 보거라. 엘로힘이여 당신은 이 어둠의 검을 보는 순간 두려워하고 있을 것이다. 자, 보거라!"

가아프가 소리 높여 외쳤다. 동시에 가아프는 어둠의 검을 번쩍 치켜들었다. 어둠의 검의 힘은 실로 놀라웠다. 땅이 뒤흔들렸고 하늘에선 천둥과 번개가 번쩍거렸다. 그러다가 어느 순간에 땅으로 수많은 벼락이 떨어져 내렸다. 벼락이 떨어져 내리는 순간에 커다란 광음이 천지를 뒤흔들었다.

비가 내리기 시작했다. 그 비는 어둠의 검에 의해 비롯된 것이었다. 비는 검은색이었다. 온 대지는 온통 검은색으로 뒤덮였다.

빛의 검이 그만큼 더 많은 빛을 뿜어냈지만 어둠의 검을 능가하지는 못했다. 어둠의 검의 위력은 더 강해졌다.

빛의 검을 들고 있던 미가엘의 주위만 밝을 뿐이었다. 그곳을 제외한 다른 곳은 모두가 어둠뿐이었다. 미가엘은 그러나 그 어둠에 굴하지 않았다.

미가엘과 가아프는 더 이상 미계에 있지 않았다. 그들이 대치하고 서 있는 공간은 가아프가 만들어 놓은 어둠의 공간이었다. 어느새 미가엘은 가아프의 힘에 이끌려 어둠의 공간으로 빨려 들어온 것이다.

"자 뜻대로 해 보시지."

가아프가 말했다. 가아프는 조금도 긴장하는 기색이 없었다. 가아프는 그 순간 자만과 교만에 흠뻑 취해 있었다. 가아프의 눈에는 기쁨이 서려 있었다. 가아프의 입가에 만족스러운 미소가 깃들었다.

"엘로힘의 명을 받아 너를 영원히 어둠의 철창에 봉인할 것이리라!"

미가엘이 소리쳤다. 미가엘은 곧 가아프를 향해 달려들었다. 그러나 가아프는 달려드는 미가엘에게 등을 돌린 채 아무런 움직임도 없이 서 있었다. 그런 가아프가 미가엘의 눈에는 그렇게 대단해 보이지 않았다. 미가엘은 가아프를 자신의 힘으로 충분히 꺾을 수 있을 것이라고 섣부른 판단을 하고 있었다. 미가엘이 달려와 가아프를 향해 빛의 검을 휘둘렀다.

선과 악의 잠깐 동안의 마주침이었다. 미가엘은 가아프의 목을 빛의 검으로 단칼에 베었고 몇 발자국 더 지나쳐서 멈추었다. 미가엘의 입에는 흡족함이 매달려 있었다. 그는 가아프가 그 자리에서 쓰러지기를 기다렸다. 그러나 가아프가 서 있던 자리에서는 아무런 기척도 없었다. 미가엘은 빛의 검을 든 채로, 가아프의 목을 밸 때의 자세 그대로 빈틈없이 서 있었다.

"미련한 미가엘!"

가아프의 목소리였다. 분명 가아프는 목이 베어졌어야 했다. 그랬다면 가아프는 말을 하지 못했을 것이다.

"......!"

미가엘이 가아프를 향해 돌아본 것은 다음 순간이었다.

"이 세계는 내가 만들어 놓은 어둠의 공간이다. 미가엘 너는 나에게 일격을 가해 오기 전에 이 어둠의 공간에서 먼저 빠져나갔어야 했다. 그러나 너는 한순간 잘못된 판단을 하고 말았다. 천사장 미가엘이라는 말이 너에게는 어울리지 않는 것 같구나. 그런 네가 어떻게 나의 아버지인 사탄의 제왕 루시퍼 님을 무릎 꿇게 했는지 이해가 되지 않는구나. 가여운 정령의 사자!"

"……."

"자! 이번에는 나의 차례다. 어둠의 검이다! 가여운 미가엘 너는 이 어둠의 검에 의해 어둠의 철창에 봉인되어 영원히 빛을 볼 수 없게 될 것이다. 엘로힘이여 똑똑히 보거라!"

그때까지 고개를 숙이고 있던 가아프가 미가엘을 쳐다보았다. 가아프의 얼굴엔 사악함 어둠의 힘이 잔뜩 서려 있었다. 가아프의 몸에서 어둠의 힘이 무한하게 쏟아져 나와 미가엘을 위축시켰다. 미가엘은 가아프의 공격을 기다리며 방어의 태세를 갖추었다. 가아프가 어둠의 검을 치켜들었다. 어둠의 검은 서서히 형체를 감추었다. 가아프의 손에는 아무것도 들려져 있지 않았다. 굳게 다문 입으로 가아프가 미가엘을 쳐다보았다. 가아프는 그 자리에서 보이지 않는 어둠의 검의 손잡이를 잡고 검은 별을 다시 한 번 그렸다. 그러더니 한순간 어둠의 검을 치켜들고는 미가엘을 향해 내리쳤다.

"어림없다!"

미가엘이 가아프의 어둠의 검을 빛의 검으로 막았다. 어둠과 빛이 어지럽게 어둠의 공간을 휘저었다. 그러더니 어둠의 검이 빛의 검을 아래로 짓누르기 시작했다. 가아프의 어둠의 검은 미가엘의 빛의 검을 조롱하는 것만 같았다. 그러다가 가아프가 손끝에 힘을 더 주자 어둠의 검의 위력이 상상을 초월하며 빛의 검을 반으로 갈랐다. 어둠의 검은 끝끝내 미가엘의 몸통을 반으로 갈랐다.

미가엘은 형체도 없이 사라졌고 미가엘의 목소리만 남았다. 빛의 검 또한 흔적도 없이 사라지고 말았다.

미가엘의 목소리는 어둠 속으로 빨려 들어가 한없이 알 수 없는 곳으로 떨어져 내려갔다. 그렇게 미가엘은 가아프에 의해 어둠의 철창에 영원히 봉인되었다. 어둠의 사자 가아프가 존재하는 한 미가엘은 다시는 빛을 보지 못할 것이다.

"이제야 나의 아버지, 사탄의 제왕 루시퍼 님의 한을 풀어 드렸군. 이제야 리베크의 복수를 했어."

가아프가 회심의 미소를 지었다. 가아프는 미계로 돌아와 있었다. 가아프는 정작 그 어디에도 갔었던 것이 아니었다. 자신이 서 있던 그 자리에 어둠의 공간을 만들어 미가엘을 끌어들였을 뿐이었다. 만약에 가아프가 미가엘에게 압도되어 빛의 공간으로 빠져나왔다면 승부는 아직도 미지수였을 것이다. 그리고 꽤나 힘든 결전이 되었을 것이 분명했다. 어쩌면 빛의 검에 또다시 봉인이 되었을지도 모를 일이었다.

"후우……."

인간으로 돌아온 가아프는 안도의 한숨을 내쉬었다. 미가엘과의 결전이 결코 쉬웠던 것은 아니었다.

자욱하게 깔려 있던 안개는 사라진 지 오래였다. 주위에는 어둠만 남아있었다. 그 어둠 속에 서 있던 가아프의, 최 회장의 젊은 모습이 시들어 가기 시작했다.

가아프는 70세의 노인으로 돌아와 있었다. 미가엘과의 결전에서 많은 힘을 쏟아부었기 때문이었다. 그의 얼굴에는 피곤이 역력하게 묻어 있었다. 그는 금방이라도 그 자리에 쓰러지고 말 것만 같았다. 적막함이 그의 주위를 맴돌았다. 곧 새벽이 올 것이다. 그는 서두르기 시작했다. 그는 새벽을 그리 좋아하지 않았다.

저편에서 검은색 승용차가 헤드라이트를 켜고 그가 서 있는 곳으로 빠른 속도로 달려오는 것이 보였다.

가아프는 한 걸음 한 걸음씩 힘겹게 걸음을 옮기기 시작했다. 걸어가는 그의 뒤로 사악한 기운이 회오리바람으로 스쳐지나갔다.

이제 곧 그가 바라던 어둠의 신비가 미계를 혼돈으로 뒤흔들어 놓을 것이다. 화장터를 떠나며 그는 마지막으로 뒤를 돌아다보았다.

"엘로힘, 이제 멀지 않았다."

05

마녀

산장이었다.

초여름의 눈부신 햇살이 스며들어오는 산장의 창가에 이삭과 그녀가 앉아 있었다. 그녀는 이삭이 앉아 있는 곳에서 멀찍이 떨어진 테이블 앞에 가지런히 앉아 있었다. 하지만 그녀는 좀처럼 이삭에게 시선을 주지 않았다.

창밖으로 폭포가 보였다. 하얀 폭포수가 아래로 하염없이 쏟아지면서 일곱 빛깔의 무지개를 만들고 있었다. 산장 안에는 오직 이삭과 그녀뿐이었다. 그녀의 눈은 너무도 슬퍼 보였다. 이삭은 그녀가 왜 슬퍼하고 있는지 알 수 없었다. 하지만 그녀의 슬픔을 이삭은 나눠 갖고 싶었다. 햇살을 받아 안은 그녀의 얼굴이 창백해 보였다. 그 모습은 서글프고 애잔하기만 했다. 그녀의 눈에서는 금방이라도 눈물이 흘러내릴 것만 같았다. 그녀의 앞에는 식은 찻잔이 애처롭게 놓여 있었다. 식은 찻잔 위로 이내 눈물방울이 떨어졌다. 오래지 않아 그녀는 하얀 손수건을 손에 쥐었다. 그녀는 눈에서 흘러내리던 눈물을 손수건으로 차분히 찍어내었다.

그녀의 눈물에 당황한 것은 이삭이었다. 그러나 이삭은 그녀에게 다가가지 못했다. 다가가면 그녀는 어디론가 떠나버릴 것이기 때문이었다. 언제나 그러했듯이.

이삭은 지켜볼 수밖에 없었다. 마치 그녀가 흘리는 눈물이 자신의 눈물인 양 이삭의 가슴에서 알 수 없는 슬픔이 솟아나고 있었다.

얼마를 그렇게 울고 있었는지 모른다. 소리 없는 울음이었다. 소리 없는 눈물이었다. 그녀의 손에 들려 있던 흰 손수건은 눈물로 흥건히 젖어 있었다. 손에 조금만 힘을 주어도 눈물이 테이블 위로 주르륵 흘러내릴 것만 같았다. 그녀는 고개를 숙인 채 손수건을 만지작거렸다. 그 모습은 애처롭다 못해 측은해 보이기까지 했다.

이삭은 그녀를 위해 무엇인가 해주고 싶었다. 그러나 정작 그녀에게 해 줄 것은 아무것도 없었다. 이삭은 그녀를 안타깝게 바라보고 있었다.

그녀와의 만남은 항상 일방적이었다. 오직 그녀를 바라보는 것만이 이삭이 할 수 있는 전부였다.

이삭은 항상 그 자리에 있어야 했다. 그렇지만 이삭은 그녀가 그리 멀게 느껴지지 않았다. 그녀는 늘 가까운 상대였고 늘 가까이에 있는 대상이었다. 이삭은 그녀를 만날 수 있는 것만으로도 행복했다.

이삭은 그녀가 있기에, 그녀와 만날 수 있기에 즐거웠다. 이삭에게 그녀는 이젠 없어서는 안 되는 소중한 존재였다. 이삭은 자신의 마음처럼 그녀에게도 자신이 그러한 존재가 될 수 있기를 간절히 원하고 있었다.

그녀는 이미 이삭의 마음을 사로잡은 사랑이 되어 있었다. 그녀에 대해서 아는 것은 아무것도 없었지만 이삭은 그녀에게 마음속의 한 자리를 내주었다. 그리고 더 이상 이삭은 외로워하지 않았다.

이삭은 그녀가 다가와 주기만을 기다리고 있었다. 그녀가 다가와 주지 않는 한 이삭은 그녀의 실체를 알 수 없기 때문이었다.

이삭은 그녀의 눈물에 갈등하고 있었다. 그녀의 눈물은 이삭의 가슴을 아프게 만들어 놓았다. 이삭은 그녀를 따듯하고 포근하게 감싸주고 싶었다.

"언제부터 그곳에 앉아 있었죠?"

그녀가 말을 걸어온 것은 놀라운 일이었다. 이삭은 혹시 자신이 잘못 듣지는 않았나? 해서 그녀를 빤히 쳐다보았다.

"언제부터 그곳에 있었죠?"

분명 그녀가 한 말이었다. 그녀의 얼굴엔 여전히 슬픔이 남아 있었다. 하지만 더 이상 그녀의 눈에선 눈물이 보이지 않았다. 그녀의 입가엔 여전히 어두운 그림자가 서글피 맺혀 있었다. 이삭의 시선과 맞닿은 그녀의 눈은 가늘게 떨리고 있었다.

"……."

"당신을 만나길 원치 않았는데."

"무슨 뜻이죠?"

이삭이 의아해 물었다.

"알아요. 당신이 가까이에 있었다는 것을……. 알면서도 난 당신을 볼 수가 없었어요. ……우린 오래도록 함께 있었어요. ……앞으로도 함께 있을 거고요. 하지만 우린 만나지 말아야 할 사람들이에요."

"……."

그녀가 무슨 말을 하는지 이삭은 영문을 알지 못했다.

"가까이 오세요."

그녀가 힘없이 이삭을 향해 웃어 주었다.

"난 당신에게 갈 수가 없어요."

이삭이 앉은 채로 고개를 저으며 말했다. 이삭은 소용없는 일이라고 생각했다. 그녀에게 다가가려고 그동안 수 없이 시

도를 해 보았지만 그때마다 이삭은 실망만 하지 않았던가. 이
삭은 오늘도 역시 그녀에게 다가갈 수 없을 거라고 단정하고
있었다.

"하지만 이젠 달라요."

그녀가 말했다.

"……."

이삭이 자리에서 일어섰다. 하지만 그녀는 여전히 망설이고
있었다.

"당신은 이제 저에게 올 수 있어요."

"……."

그녀의 말에 이삭은 용기를 얻어 발걸음을 옮기기 시작했
다.

그녀는 그 자리에 있었다. 그녀에게 다가갈수록 멀어질 것
이라는 이삭의 생각은 여지없이 빗나가고 말았다. 그녀는 어
디에도 가지 않았다. 이삭은 힘들이지 않고 그녀의 곁으로 걸
어갈 수 있었다. 그녀에게 향하는 이삭의 가슴은 점점 부풀어
오르고 있었다.

"어색하게 서 있지 말고 앉으세요."

앉은 채로 이삭을 보며 그녀가 말했다. 이삭은 그녀가 시키
는 대로 그녀의 앞에 앉았다.

화장을 하지 않은 얼굴이었다. 그녀는 화장이라고는 한 번

도 해보지 않은 듯한 수수한 얼굴이었다.

"도대체 당신은 누구죠?"

이삭이 물었다.

"알고 싶은 가요?"

"⋯⋯?"

대답은 하지 않았지만 이삭은 그녀의 실체에 대해 알고 싶었다.

"우린 오래전부터 알고 있었어요. 우리가 이렇게 만나게 될 거라는 것을⋯⋯."

"⋯⋯."

이삭이 그녀에 대한 꿈을 꾸기 시작한 것은 고등학교 때부터였다. 늘 외롭기만 하던 때였다. 이삭의 외로움 때문에 어쩌면 그녀와의 만남이 비롯되었는지 모른다. 꿈속이기는 했지만 이삭은 그녀를 만날 수 있다는 것이 좋았다. 하루라도 그녀를 꿈속에서 보지 못하면 이삭의 가슴은 허전하기만 했다.

그녀는 여고생의 모습에서부터 성인이 된 모습에 이르기까지 이삭의 곁에 존재하고 있었다. 시간이 지나면서 이삭은 그녀를 본다는 것에 만족하지 않았다. 그녀가 차츰 이삭의 가슴에 이성으로 자리 잡고 있었기 때문이었다. 이삭은 그녀를 느끼고 싶었다. 그녀에게 자신을 보여주고 싶었고 그녀에게서 외롭고 허전하기만 했던 자신의 텅 빈 가슴을 채우고 싶어졌다. 그렇지만 그녀는 다가갈 수 없는 존재였다. 말 한마디조차 건네 보지 못한 꿈속의 여자였다. 그런 그녀가 이렇게 자신의 앞에서 말을 하고 있었다. 이삭은 오늘과 같은 만남이 있을 것이라는 생각을 단 한순간도 저버린 적이 없었다.

"당신도 그러길 바라고 있었을 거예요. 그렇기 때문에 제가 이렇게 당신 앞에 나타날 수 있었으니까."

"그렇다면 왜 이제야……?"

"시간이 필요했던 거예요. 그 시간에 맞춰서 우리의 만남이 이루어진 거고요. ……당신이 원치 않았다면 전 존재하지도 않았을 거예요. 차라리 그랬다면……. 이젠 돌이킬 수 없겠군요."

침울한 얼굴로 그녀가 말했다.

"그게 무슨 말이죠?"

"……."

"시간이 필요했던 거라니요? 그리고 또 이젠 돌이킬 수 없다고 말했는데 그것이 도대체 무엇을 의미하는 거죠? ……난 당신의 이름도 모르는데, 당신은 마치 나에 대해서 많은 것을 알고 있는 사람 같군요. 도대체 당신은 누구죠?"

이삭이 물었지만 그녀는 애써 이삭의 시선을 외면한 채 고개를 숙이고 말았다. 이삭은 궁금해서 더는 참을 수가 없었다. 다시 이삭이 질문을 하려 할 때 그녀가 고개를 숙인 채로 말했다.

"지혜."

"지혜? 당신의 이름인가요?"

"……."

그녀가 고개를 끄덕였다.

"알고 있는 것을 말해줘요?"

이삭이 보채듯이 말했다.

"저도 그 이상은 알지 못해요. 그리고 알고 있다고 해도 당신한테는 말할 수 없어요. 당신을 만나야 한다는 것 밖에는……."

"그렇다면 지혜 씨는 꿈속에서만 존재하는 것이 아니라 현실 세계에서도 존재한다는 말인가요?"

의아한 눈으로 이삭이 말했다.

"그래요."

"그럼 우린 만날 수 있는 건가요?"

"물론이에요."

"언제?"

"곧 만나게 될 거예요. 이젠 당신이 만나고 싶지 않다고 해도 우린 어쩔 수 없이 만나게 될 거예요. 그것이 우리의 운명이니까. ……우린 서로 멀지 않은 곳에 있어요. 너무도 가까운 곳이죠. 하지만 당신은 우리의 만남을 후회하게 될 거예요. 당신이 후회하게 될 때에는 이미 돌이킬 수 없는⋯⋯."

말하며 그녀가 시무룩한 얼굴로 이삭을 바라보았다. 이삭은 영문을 알 수가 없었다. 그녀가 왜 그런 얼굴이어야 하는지.

"지혜 씨는 도통 알아들을 수 없는 말만 하는군요. 후회하게 될 거라니, 도대체 무엇을 후회한다는 말이죠?"

"⋯⋯."

"내가 어떻게 해야지 당신의 얼굴에 남아 있는 어두운 그림자를 지울 수 있는 겁니까? 난 당신의 그런 얼굴이 싫어요."

"전 당신에 의해서 존재하는 여자예요. ⋯⋯이런 저의 모습이 싫다면⋯⋯."

그녀가 말을 채 잇지 못하고 고개를 숙였다. 그리곤 잠시 뒤에 애써 밝은 모습을 보이며 고개를 들었다. 그러나 어딘가 그녀의 얼굴은 허전해 보였다.

"⋯⋯."

"당신이 원한다면 전 언제나 이런 모습으로 당신 앞에 있을 거예요. 당신은 저에게 아주 소중한 남자가 될 테니까요."

"당신 역시 나에겐 소중한 사람입니다. 하지만 이해할 수 없어요. 지금도 꿈을 꾸고 있는 것이 분명한데⋯⋯."

"이해하려고도, 생각하려고도 하지 말아요. 이대로가 좋아요."

"하지만……."

"이제 그만 가 봐야겠어요."

이삭의 말을 끊으며 그녀가 자리에서 일어섰다.

"가지 말아요. 난 당신과 아직 할 말이 많아요."

이삭이 그녀의 손을 잡으려 손을 뻗었다. 그러나 웬일인지 그녀의 손은 잡히지 않았다. 아무리 그녀를 잡아 세우려 해도 그녀의 몸은 이삭의 손에 잡히지 않았다. 그녀는 산장의 출입문을 향해 걸어갔다.

"당신을 언제 또 만날 수 있죠?"

"만나게 될 거예요."

그녀가 이삭을 돌아보며 말했다. 그리곤 손을 흔들어 주었다. 뒤이어 그녀가 돌아서서 산장 문을 열고 밖으로 나갔다. 이삭이 그녀의 뒤를 따라 문을 열고 나갔지만 그녀는 그 어디에도 없었다. 요란하게 쏟아져 내리는 폭포수와 짙푸른 나뭇잎, 그리고 눈부신 햇살이 전부였다.

"지혜 씨!"

이삭이 그녀의 이름을 불러 보았지만 들려오는 것은 메아리뿐이었다. 다시 이삭에겐 외로움이 찾아들었다. 이삭은 먹먹한 가슴으로 힘없이 하늘을 올려다보았다. 눈부신 햇살이 이삭의 얼굴로 쏟아졌다.

'만나게 될 거예요.'

그 말이 그의 귓전을 맴돌았다.

"그날이 이제 멀지 않았어."

승용차 뒷좌석에 앉아 있던 최 회장이 혼잣말로 중얼거렸다. 그의 모습은 조금은 핼쑥해 보였으나 얼굴에는 근엄함이 짙게 깔려 있었다. 그의 눈에는 본래의 사악함이란 전혀 찾아볼 수 없었다.

그는 백발의 쇠약한 노인에 지나지 않았다. 그는 겉으로 보기에는 돈 많고 인정 많은 사람이었다. 그는 이렇다 할 직업도 그렇다고 사업도 하지 않았다. 하지만 그는 수천억의 돈과 땅, 건물 등을 소유한 재력가였다. 정계와 재계에도 꽤나 알려진 인물이었고 누구도 그를 함부로 대하지 못했다.

승용차는 서울 외곽의 한 미술관으로 향하고 있었다.

"오랜 시간이 흘렀어. 이제야 때가 된 거야."

최 회장의 손에는 검은색 목걸이가 들려 있었다. 목걸이를 만지작거리는 최 회장의 손에는 알 수 없이 힘이 들어가 있었다.

그는 회상에 잠겼다.

천 년 전 그 날을 생각하고 있었다. 심판의 날과 마녀의 화형식. 그는 아직도 리베크의 도움을 받아 봉인을 풀었던 그때를 생생하게 기억하고 있었다.

어둠의 철창에 자신을 가둔 것도, 에밀리아를 천상의 유배지로 보낸 것도, 리베크를 소멸시킨 것도 모두 잘난 엘로힘이었다. 엘로힘은 용서할 수 없는 존재였다.

그는 천년이 훨씬 지난 지금도 엘로힘에 대한 분노를 삭이지 못했다. 자신이 미계에 존재하는 한 기필코 미계를 무너뜨리고 말 것이라고 그는 다짐했다. 미계를 얻는다면 그것은 곧 천군만마를 얻는 것이기 때문이었다.

그는 어린 마녀와 함께 유럽과 신대륙을 떠돌아다녔다. 그리고 전 세계의 각지를 전전한 끝에 이곳 한반도에 자리를 잡게 되었다. 어린 마녀는 그의 보살핌을 받아 마녀의 피를 현재에 이르기까지 대물림하고 있었다.

그는 이제야 비로소 목걸이의 주인을 찾아 줄 때가 됐다고 생각했다. 마녀의 자손에게, 미계에 남은 마지막 마녀에게.

승용차는 서울 외곽의 도로를 달리다가 서서히 속력을 줄이고 있었다. 오른편으로 미술관이 보이기 시작한 것이다.

미술관 입구는 정원을 꾸며 놓은 듯 단아했다. 전시 중인 조각들이 노상에 그대로 배치되어 조화를 이루고 있었다. 하지만 안으로 들어가면 연못과 분수대, 그리고 야외 행사장이 꽤 큰 규모를 자랑하고 있었다.

승용차는 미술관 앞에 정차했다. 운전사가 차에서 내려 최회장이 앉아 있는 뒷좌석의 문을 열었다. 차에서 먼저 나온 것은 지팡이였다. 뒤이어 차에서 내린 최 회장은 미술관과 야외 전시장을 둘러보며 흐뭇하게 웃었다.

미술관은 조금은 어수선한 편이었다. 며칠 앞으로 다가온 전시회 때문이었다. 그가 미술관 안으로 들어서려 할 때였다. 직원들이 뛰어나와 최 회장에게 인사를 했다. 그다음으로 20대 후반의 여자가 반색을 하며 뛰어나왔다.

"오신다고 미리 전화라도 주시지 그러셨어요."

여자가 최 회장을 부축하며 말했다. 여자는 최 회장을 자신의 아버지를 대하듯이 극진하게 모셨다. 역시 최 회장도 여자를 자신의 친딸처럼 대하며 대견하다는 듯이 쳐다보고 있었다.

"전시회 준비는 잘 되어 가고 있는 거니?"

최 회장이 주위를 돌아보며 말했다.

"이제 마무리만 남았어요."

"그래, 그럼 어디 한번 둘러볼까."

최 회장은 여자의 부축을 받으며 미술관 안을 둘러보기 시작했다. 미술관 안은 아직 자리가 잡히지 않아 산만했지만 거의 전시 준비가 끝나가고 있었다. 최 회장은 작품들에 유심히 눈길을 기울였다. 최 회장은 예술 작품에 꽤 많은 애착을 보였다. 그리고 나름대로의 해박한 지식을 지니고 있었다.

"이번 테마는 설치 미술로 들여다본 인간의 실체와 내면이에요. 원시에서부터 현재에 이르기까지의 삶의 연속성을 담고 있어요."

"……."

최 회장이 고개를 끄덕였다.

"이번 전시회에는 모두 세 명의 작가가 참여하고 있어요. 작품들은 과거와 현재, 그리고 미래로 구분되기는 하지만 결국에는 모두가 하나로 일치해요. 그러니까 먼저 존재했던 것들의 과거, 그리고 지금 다시 만들어지는 것들의 현재, 또 미래는 현재와 떼어 내려 해도 떼어 낼 수 없는 미래로 존재하는 거죠. 미래는 곧 미래의 현재로 통하는 거고요. 과거와 현재가 미래를 예측하게 하는 거예요."

"설명을 들으니까 작품에 대한 이해가 빨리 오는구나."

최 회장이 나무로 만든 집을 바라보며 말했다. 나무로 만든 집과 담벼락에는 원시인과 갓난아기, 사람들이 살아가는 모습들이 그려져 있었다.

"인류의 역사를 바로 사람들의 집짓기와 마찬가지로 보고 이를 집과 담의 그림으로 집약해 내고 있는 거예요. 갓난아기는 원시부터 현재까지의 인류의 역사를 이어온 생명의 연속성을 의미하는 것으로 과거와 현재, 그리고 미래의 복제를 상징하는 거고요. 삶이란 욕망과 애달픔, 힘겨움과 포근함, 그리고 그리움이 뒤섞인 실체의 근본이죠. 이렇게 살아가는 모습은 과거에도, 현재에도, 미래에도 역시 같을 거고요."

"많은 의미가 작품 속에 내포되어 있구나. 그런데 저쪽에 있는 작품은……?"

최 회장이 한쪽에 서 있는 작품을 손으로 가리키며 관심을 표했다. 그 작품은 다름 아닌 쌓여 있는 책에 갓난아기의 사진이 복합되어 있는 작품이었다. 여자가 그 작품 앞으로 최 회장을 안내했다.

"갓난아기는 생명의 복제를, 그리고 쌓여 있는 책은 교육과 학습을 통한 문명의 복제를 상징하는 거예요."

"으음……."

최 회장은 그 작품 앞에 서서 한동안 유심히 지켜보았다. 그는 꽤나 호감이 가는 눈빛이었다.

"또, 보여드릴 것이 있어요."

그러며 그녀가 한쪽 구석으로 최 회장을 부축하며 안내했다. 다음으로 안내한 곳에는 여러 장의 사진으로 이루어진 성과 성벽의 붕괴, 폐허 등을 담은 형상이 있었다.

"과거의 웅장함과 웅장함의 폐허를 통해 애잔함을 느끼게 하는 거예요. 사진은 대량생산의 기술을 의미하고 대량생산이 정점에 오른 현대 문명도 언젠가는 폐허가 되어 역사 속으로 잊혀 갈 수 있음을 암시하는 거예요. 그때가 되면 또 다른 현재가 존속하겠죠. 인간의 끝없는 욕망이 그 모든 것들을 가능하게 하는 거예요. ……안색이 안 좋으세요. 이제 그만 사무실로 가실래요?"

여자가 최 회장의 얼굴을 들여다보며 말했다. 최 회장의 이마에 맺혀 있던 땀이 조명을 받아 반짝 빛났다. 그러자 여자가 손수건을 꺼내 최 회장의 이마에 맺혀 있던 땀을 살짝 찍어 내었다.

"몸이 예전 같지 않구나."

최 회장이 힘없이 웃었다. 여자가 최 회장의 옆에 바짝 붙어 조심스럽게 그의 걸음에 보조를 맞추어 걷기 시작했다. 그런데 어느 지점에선가 예측할 수 없이 그릇 깨지는 소리가 들려왔다. 최 회장이 흠칫 놀란 기색으로 발걸음을 멈추었다.

"시각과 청각을 결합한 작품이에요. 빌딩이 늘어선 현대의 도시를 나무들은 상징하죠. 나무 기둥 위에는 컴퓨터 센서가 장착되어 있어서 기둥 사이를 걸어갈 때 관객들의 체온을 감지해 온갖 소리를 내게 되는 거예요. 작가는 갖가지 소리를 듣고 기둥을 보면서 작품을 자유롭게 해석할 수 있도록 한 그 자체가 작품의 의도라고 말해요."

"오늘 많이 배우는구나."

그러며 최 회장이 여자를 향해 지그시 웃어 주었다. 주저하고 서 있던 최 회장이 조심스럽게 걸음을 떼기 시작했다. 그가 지나쳐 가는 나무기둥에서는 각기 다른 소리가 쏟아져 나왔다. 자동차의 클랙슨, 시장의 왁자한 소리, 싸움하는 소리, 기침 소리, 동물들의 울음소리, 요란한 음악소리 등등.

최 회장은 소파에 앉자 맞은편에 여자가 다소곳이 앉았다. 여자의 얼굴에서는 화장을 하지 않은 청순함이 수줍게 쏟아져 나오고 있었다.

"회장님, 차 드시겠어요?"

"아니다. 오늘은 할 말이 있어서 온 거야."

"……?"

—삐이익!

인터폰이 두 사람 사이를 비집고 들어왔다.

"잠시만요, 회장님."

여자가 인터폰을 받았다.

"무슨 일이지요?"

—관장님, 이응석 선생님께서 전화하셨는데요.

이응석은 이번 전시회의 초대 작가였다.

"그래요. 지금은 좀 곤란하니까 잠시 후에 전화드린다고 전해주세요. 밖이라면 꼭 연락처 받아두고요. 참 그리고 전화 오는 것 있으면 연결시키지 마세요."

그녀가 다시 최 회장 옆으로 다가와 앉았다. 최 회장이 그녀의 얼굴을 무안할 정도로 뚫어지게 바라보았다. 어색했던

지 그녀가 살짝 시선을 돌렸다.

"지혜야?"

"네."

"이제 많이 컸구나. 시집을 보내도 될 나이야. 아니지 예전 같았으면 벌써 시집가서 아이를 서넛쯤 낳았을 나이지."

"……."

지혜의 얼굴이 수줍음에 붉어졌다.

"지혜는 나를 실망시키지 않을 거야."

그의 얼굴에는 인자함이 그득 배어 있었다. 그는 훌쩍 커버린 지혜를 대견스럽게 바라보고 있었다.

"……."

"자 이걸 받아라."

최 회장이 지혜에게 내민 것은 차 안에서부터 만지작거리던 바로 그 목걸이였다.

"……?"

"네 엄마의 유품이다. 이제 이것을 너에게 줄 때가 된 것 같구나. 그 속에는 너의 어머니의 숨결이 담겨 있어. ……너의 어머니에 어머니, 그리고 그 어머니의 어머니 때부터 전해 내려오는 거란다. 꽤 오래된 유품이지."

"……."

말없이 그녀가 목걸이를 받아 들었다. 그러자 목걸이에서 반짝 빛이 돌았다. 뒤이어 목걸이는 주인을 찾은 양 생기를 찾기 시작했다. 동시에 그녀의 눈에 알 수 없이 그리움이 깃들기 시작했다. 얼굴도 사진도 보지 못했던 어머니였다. 그동안 최 회장에게 말로만 전해 들었던 어머니였다. 그런 어머니의 유품이라니, 지혜의 가슴이 울컥거렸다. 그녀의 눈은 금방이라도 눈물을 쏟아낼 것만 같았다. 그러나 그녀는 애써 눈물을 참고 있었다. 그녀는 엄마의 정을 단 한 번도 느껴보지 못했다. 단 한 번도 아빠의 포근한 정을 받아 보지 못했던 그녀였다. 눈물은 가슴에서 뱅뱅 돌고 있을 뿐 밖으로는 흘러나오지 않았다. 어쩌면 그녀는 살아오는 동안 자신을 혼자만 남겨두고 떠나간 부모님을 원망하고 있었는지 모른다. 최 회장이 부모님을 대신하여 돌봐 주었지만 그것으로 어린 그녀의 가슴에 비어 있던 부모님의 자리를 대신할 수는 없었다.

외로움은 그녀의 일상이었다. 그녀는 언제나 혼자일 뿐이었다. 그러나 그녀는 자신도 모르게 누군가를 막연히 기다리고 있었다. 누군가가 옆에 있는 것 같은데 하지만 그것은 생각뿐이었다. 이성을 알게 된 후로도 지혜는 이성에 대해서 무관심이었다. 외로움과 텅 빈 가슴을 채워줄 남자를 그녀는 아직도 만나지 못한 채 그리움의 나날을 지내고 있었다.

"항상 그 목걸이를 착용하고 있도록 하거라. 그 목걸이가 너의 운명을 바꿔 놓을 거야."

"그건 무슨……?"

"그 목걸이가 너의 짝을 찾아 줄 거야. ……이젠 가봐야겠구나. 내 말 명심하도록 해. 그리고 전시회가 있는 날 보자꾸나."

최 회장이 자리에서 일어섰다. 지혜가 최 회장을 부축했다. 지혜는 어린아이의 종종걸음으로 걷고 있는 그와 보조를 맞추었다. 지혜는 최 회장을 승용차에 태우고서 승용차가 떠나도록 지키고 서 있었다.

관장실로 돌아온 지혜는 목걸이를 꺼내어 천천히 살폈다. 그녀의 가슴이 알 수 없이 어두워졌다. 이제 와서 어머니의 유품이 무슨 소용이란 말인가. 그녀는 목걸이를 서랍 속에 넣어 두었다. 그리곤 전화기를 들어 좀 전에 걸려왔던 작가에게 전화를 걸었다.

그녀는 오후 7시가 되어 미술관을 나왔다.

자신의 빨간색 승용차에 오른 지혜는 곧 시동을 걸고 자신의 집으로 향하기 시작했다.

그녀는 오피스텔에서 생활하고 있었다. 아파트에서 사는 것보다 오피스텔에서 사는 것이 혼자 살기엔 덜 적적했다. 그리고 혼자뿐이라 그리 많은 살림이 필요하지도 않았다.

오피스텔로 돌아온 지혜는 옷을 훌훌 벗고 욕실로 들어가 샤워를 했다. 그동안 전시회 준비로 신경을 썼던 탓에 피곤이 누적되어 있었다.

그녀의 몸은 성숙하고 수줍었다. 모자라지도 그렇다고 넘치지도 않았다. 그녀의 몸에서는 순결함이 그득 배어 나오고 있었다. 샤워를 하면서 그녀는 조금은 상쾌해지는 기분을 느꼈다. 그리고 시장기도 느껴져 왔다.

그녀는 샤워를 끝내고 욕실에서 나와 간편한 차림으로 옷을 입기 시작했다. 오피스텔 지하의 음식점에서 간단하게 저녁 식사를 해결할 참이었다.

그녀는 음식 만드는 것을 즐겨했다. 하지만 거처를 그곳으로 옮기면서부터 그녀는 음식을 만들어 먹는 것보다 사 먹는 것에 더 익숙해져 있었다. 사실 혼자서 음식을 만들어 먹는다는 것이 그녀로서는 어색했다. 최 회장과 함께 살 때에는 그나마 먹어줄 사람이 있어서 음식을 즐겨 만들었지만 지금은 그때와는 달랐다. 음식을 만들면 왠지 허전하고 외로웠고 남은 음식을 처리하기에도 불편했다.

그녀는 전화기로 다가가 혹시 부재중에 걸려온 전화가 없는지 확인했다. 그러나 전화벨은 한 번도 울리지 않았던 듯 묵묵부답이었다. 그도 그럴 것이 그녀의 전화번호를 아는 사람은 아무도 없었다. 그렇다고 가르쳐 줄만한 친구가 있는 것도 아니었다. 전화번호를 아는 사람이라 봐야 최 회장과 미술관

뿐이었다.

그녀는 텅 빈 집안을 둘러보았다. 외로워지는 시간이었다. 항상 그렇게 오피스텔에는 외로움만 남아 있었다. 그녀는 오피스텔을 나서기 전에 잠깐 화장대를 들여다보았다. 자주 보는 거울은 아니었지만 그래도 남들에게 추한 모습을 보이고 싶지 않은 그녀도 엄연한 여자였다. 화장대 앞에는 화장품이 있었지만 단 한 번도 사용해 본 적이 없었다. 화장대와 화장품은 그녀에게는 단지 장식용에 지나지 않았다.

젖은 머리를 드라이로 말린 그녀가 빗으로 머리카락을 쓸어 넘겼다. 그리고 빗을 내려놓으려 할 때 화장대 위에 목걸이가 놓여 있는 것이 보였다. 그 목걸이는 분명 그녀가 사무실 서랍 속에 넣어 두었던 바로 그 목걸이였다. 그녀의 손이 가볍게 떨렸다.

06

어둠의 목걸이

−때 아닌 종말론 그 허구성을 벗긴다.

올 들어 사이비 종말론이 다시 고개를 들고 있다. 이상한 것은 때 아닌 종말론의 편승이라는 점이다. 다시 종말론이 부각되고 있다. 국내에서 불기 시작한 종말론은 전 세계적으로 퍼져 나가며 기승을 부리고 있다.

사이비 종말론에 의한 피해는 국내외적으로 현실화되고 있다. 이스라엘의 예루살렘에는 메시아의 재림을 보려는 종말론자들이 몰리는 '예루살렘 신드롬'이 한창이다. 최근 예루살렘에서 체포돼 추방명령을……종교 단체들의 조사에 따르면 현재 국내에서 활동 중인 시한부 종말론 관련 단체는 1백여 개에 달하고 있다. 이중 올해 종말론이 온다고 주장하는 단체도 50개가 넘고 수십만 명이 이 단체에 소속되어 있다. 이 사이비단체들은 자신들의 존재를 부각하기 위해…….

  이삭은 그 기사를 읽으며 불길한 기운을 억누를 수가 없었다. 이삭은 자신의 소설로 인해 종말론이 부각된 것은 아닌가 하는 생각 때문에 죄책감이 들었다. 사실 이삭의 소설에 등장하는 모든 내용이 종말론자들의 입에 빠짐없이 오르내리고 있기 때문이었다. 어쩌면 자신의 소설이 종말론에 불을 지핀 것인지도 모른다는 생각에 이삭은 먹먹했다.

  지혜!

  그녀를 만나고 싶었다. 꿈속의 그녀이기는 하지만 늘 이삭의 곁에 있어주는 것은 오직 그녀였다. 그녀는 그렇게 이삭에겐 부담스럽지 않은 존재였다.

  오늘 따라 왜 그렇게 그녀가 보고 싶은지 이삭은 간절하기까지 했다. 그러나 그녀는 볼 수 없는 여자였다. 어쩌면 이 세상에 없는 존재일지도 모른다. 그렇다. 그녀는 꿈속의 여자일 뿐이었다. 그것을 알면서도 이삭은 그녀를 언젠가는 꼭 만날 수 있을 거라고 생각하고 있었다. 꿈속에서 그녀가 말했듯이.

  외로움이 밀려왔다. 혼자라는 것에 익숙해 있었지만 일순간 밀려온 외로움에 이삭은 당혹스러웠다. 취기가 오르기 시작했다. 벌써 캔맥주의 빈 깡통이 바닥에 나뒹굴고 있었다. 하지만 이삭은 손에 닿는 대로 맥주를 마셨다. 취하고 싶었다. 아무 생각도 하고 싶지 않았다. 생각 없이 마시는 것이 전부였다. 이삭은 물을 마시듯이 맥주를 마셨다. 그러나 가벼운 취기만 느껴져 올 뿐 더 이상 취하지는 않았다. 얼마나 마셨는지 모른다. 취한 것도 같은데, 그런데 정신은 말짱했다. 답답했다. 가슴이 무엇엔가 꽉 막혀버린 것만 같았다. 사람들의 입에 오르내리는 것이 싫었고 혼자인 것이 싫었다. 그렇게 술을 마시다가 잠이 들기를 반복하는 날이 이어졌다.

취기도 가신 밤 12시 이삭은 맥주를 사기 위해 편의점에 가려다가 자신의 차에 올라탔다. 무작정 달리고 싶다는 생각이 들었다. 이삭은 망설임 없이 시동을 걸고 액셀러레이터를 힘껏 밟았다. 이삭이 탄 차는 아파트 주차장을 빠른 속력으로 빠져나왔다. 그리고 곧 도로로 비집고 들어갔다.

비가 추적추적 내리고 있었다. 밤 12시가 넘은 시간이었기 때문에 도로는 한적한 편이었다. 그는 액셀러레이터를 더욱 힘껏 밟았다. 그대로 어디론가 곤두박질치고 싶은 심정이었지만 차마 그럴 수는 없었다. 그런데 어느 순간이었다. 눈부신 빛이 차 안으로 쏟아져 들어왔다. 그의 발이 브레이크에 반사적으로 얹어졌다. 하지만 엄청난 속도로 달리던 SUV는 멈추지 않고 계속해서 미끄러져 나갔다. 그가 수차례 브레이크를 밟자 차는 가까스로 멈추어 섰다. 순간 이삭의 가슴이 철렁 내려앉았다.

여전히 눈부신 빛이 차 안으로 쏟아져 들어오고 있었다. 이삭은 그 빛 때문에 한동안 앞을 볼 수 없었다. 교통사고를 낸 것인가? 이삭은 빛의 정체를 파악할 수 없었다. 잠시 후 빛은 온데간데없이 사라지고 말았다. 이삭은 아직도 어리둥절했다. 시력을 회복한 이삭이 주위를 살피기 시작했다. 다행히 교통사고를 낸 것 같지는 않았다. 그제야 이삭의 입에서 안도의 한숨이 새어나왔다.

빛의 정체는 아직도 오리무중이었다. 윈도 브러시가 어른거리는 차창 밖으로 여자의 모습이 보였다. 여자는 마치 이삭을 기다리고 있었던 듯 조금의 흔들림 없이 서 있었다. 하지만 가냘프기만 한 여자는 금방이라도 그 자리에 쓰러질 것만 같았다.

봄비에 여자의 몸은 흠뻑 젖어 있었다. 여자는 흰색 잠옷 차림이었다. 그리고 신발은 신지 않은 상태였다. 이삭은 자신이 잘못 보았나? 해서 다시 유심히 여자를 보았다. 그 순간 이삭은 흠칫 놀라고 말았다.

"지혜!"

분명 그녀였다. 꿈속의 여자, 바로 그녀였다. 그녀가 바로 앞에서 이삭을 바라보고 있었다. 그녀의 눈과 이삭의 눈이 마주쳤다. 꿈속인가? 하지만 꿈속은 아니었다. 현실이었다. 현실에서 그녀를, 그녀의 모습을 볼 수 있다니 믿어지지 않는 일이었다. 이삭은 꿈과 현실 사이를 오가며 혼란스러워했다. 이삭은 그렇게 한동안 멍하니 차 안에 앉아 있을 수밖에 없었다.

비에 흠뻑 젖은 잠옷 차림의 여자는 파랗게 경직된 채로 서 있다가 그만 그 자리에 쓰러지고 말았다. 이삭이 차에서 뛰어나간 것은 다음이었다.

"이봐요? 이봐요?"

여자의 몸은 얼음장처럼 차가웠다. 금방이라도 숨이 멎을 것처럼 그녀의 호흡은 희미했다. 다급해진 이삭은 자신이 입고 있던 옷을 벗어서 그녀에게 덮어 주었다.

"정신 차려요?"

그러나 여자는 아무런 반응도 보이지 않았다. 그대로 놔두었다간 그녀의 생명이 위태로울 것 같았다. 서둘러야 했다. 이삭은 여자를 안아 차에 태웠다. 그리고 히터를 틀어 차 안의 온도를 높였다. 이삭은 서둘러 병원을 향해 핸들을 돌렸다. 여자는 좀처럼 깨어날 것 같지 않았다. 이삭의 얼굴이 초조해지기 시작했다. 이삭은 빨리 병원으로 가야 한다는 생각뿐이었다.

병원 응급실로 여자를 옮기고 나서야 이삭은 한숨을 돌릴 수 있었다.

"환자와는 어떤 관계죠?"

의사가 물었다.

"……."

이삭은 여자와의 관계를 어떻게 설명해야 할지 난감하기만 했다. 여자에 대해서 아는 것이라고는 그녀의 이름이 지혜라는 것뿐이었다. 그것도 확실하지 않았다. 꿈속에서 그녀가 알려준 이름이었기 때문이었다. 이삭은 현실에서의 그녀의 이름을 알 턱이 없었다.

"보호자 아니신 가요?"

"……네 그렇습니다. 아니……."

그가 머뭇거리다가 말했다.

"환자의 이름이……?"

"……지혜."

이삭이 망설이다가 말했다.

"어떻게 된 겁니까?"

"저체온증입니다. 하마터면 큰일 날 뻔했습니다. 이만하길 다행입니다. 병실로 옮겨서 안정을 취하면 괜찮아질 겁니다. 너무 걱정하지 않으셔도 됩니다."

의사가 말했고 의사는 다음 환자를 둘러보기 위해 돌아갔다. 이삭은 그제야 안심할 수 있었다. 여전히 그녀는 깨어나지 않은 상태였다.

그날 오후가 되어서야 여자가 깨어났다. 그러나 여자는 아무것도 기억하지 못했다. 왜 자신이 그 늦은 시간에 그곳에 있었는지, 왜 잠옷 차림으로 신발도 신지 않은 채 도로 한복판에 있었는지 여자는 아무것도 기억하지 못했다. 심지어 자신의 이름도 자신이 어디에 사는 지도 여자는 기억하지 못했다.

"원인을 알 수는 없지만 기억상실이 온 것 같습니다."

"기억상실?"

"조금 더 지켜봅시다. ……CT단층촬영과 MRI 검사 결과 아무 이상이 없는 걸로 봐서는 그렇게 걱정하지 않아도 될 것 같습니다. 이런 사례가 간혹 있기는 한데 며칠 되지 않아 정상적으로 회복하곤 합니다."

의사는 낙관적인 반응이었다. 이삭도 의사의 말에 안심이 되었다. 그는 의사와의 면담을 마치고서 여자가 있는 병실로 향했다. 이삭이 병실 앞에서 망설이다가 노크를 했다.

"들어오세요."

여자의 목소리가 병실에서 새어나왔다. 그제야 이삭은 문을 열고 병실 안으로 들어갈 수 있었다. 여자는 침대 위에 앉아 있었다.

"그쪽이 저를 도와주셨나요?"

여자의 얼굴엔 근심이 서려 있었다.

"……."

이삭이 말없이 고개를 끄덕였다.

"혹시 저를 아시나요?"

"글쎄요. 어떻게 말을 해야 할지."

이삭은 자신의 꿈속에서 그녀를 자주 만났었다고 얘기하고 싶었다. 하지만 그녀가 어떠한 반응을 보이게 될지 알 수 없어서 섣불리 말을 하지 않았다. 아마도 그 사실을 얘기한다면 그녀는 이삭을 정신 나간 사람으로 볼지도 모를 일이었다.

"전 그쪽이 꽤 친근하게 느껴져요. 오래전에 알아왔던 그런 사람처럼……."

"……."

"빨리 회복됐으면 좋겠습니다. 지혜 씨."

그 이름을 자신이 이렇게 부르게 될 것이라고 이삭은 생각해 보지 못했다. 불가능한 일이 현실로 나타난 것이다. 하지만 엄연한 현실이었다. 만약에 이것이 꿈이라면, 이삭은 다시 아득해졌다.

"지혜? 그게 제 이름인가요?"

"그게……. 확실치는 않지만 그런 것 같습니다."

"그것 말고 저에 대해서 또 아는 것이 있나요?"

"……."

이삭이 고개를 저었다.

그날 이삭은 집으로 돌아와 오랜만에 면도와 샤워를 했다.

텅 빈 집이었지만 그렇게 외롭지는 않았다. 이삭의 가슴은 지혜를 만나는 그 순간부터 들뜨고 있었다. 이삭에게 그녀는 활력의 시작이었다. 이삭은 오래전부터 그녀가 꿈속에서 뿐만이 아닌 현실에서 자신의 앞에 나타날 것을 기대하고 있었다. 그것이 현실로 다가온 지금 그는 당황하면서도 그녀의 출현에 기쁘기 그지없었다.

일주일이 지나고 2주일이 지났지만 지혜의 기억상실에 대한 호전은 보이지 않았다. 이삭은 한편으로는 다행이라고 생각하면서도 다른 한편으로는 기억을 찾지 못하고 있는 그녀가 걱정이었다.

이삭은 그녀가 자신에 대해 기억해 낼 수 있을 때까지 자신의 집에 거처를 마련해 주기로 했다. 지혜도 그러길 원했다. 마땅히 갈 곳이 없었던 그녀였기에 이삭의 배려에 응할 수밖에 없었다. 침실을 지혜에게 내어준 이삭은 작업실에 간이침대를 마련했다.

썰렁하기만 하던 이삭의 아파트에 활기가 돌기 시작했다. 이제 한 아파트에서 둘만의 각기 다른 생활이 시작되었다. 그녀가 빨래와 식사 준비를 대신해주었고 집안일을 도맡아 했다. 이삭이 그러지 않아도 된다고 말렸지만 지혜는 한사코 그래야 자신이 미안하지 않다면서 청소를 하곤 했다.

둘은 급속도로 친해졌다. 이삭의 일상은 그녀에 의해 변화되고 있었다. 하루에 한 번씩은 꼭 산책을 나갔다. 그리고 밤을 꼬박 새워서 하던 작업도 그녀의 만류에 의해 차츰 줄여나갔다. 이삭의 성격은 혼자 살 때와는 달리 밝아졌다. 혼자가 아닌 둘이라는 것이 이삭은 무엇보다도 좋았다.

지혜와 만난 지 한 달이 되던 날이었다. 지혜가 작업을 하고 있던 그를 거실로 불러냈다. 지혜가 이삭의 눈을 자신의 손으로 가린 채 작업실에서 데리고 나왔다. 그리곤 이삭을 앉게 하고서야 눈을 가렸던 손을 떼었다. 앞에는 케이크와 와인, 그리고 간단한 안주가 준비되어 있었다. 이삭이 의아해하며 지혜를 쳐다보았다.

"오늘이 무슨 날인지 알아요?"

지혜가 방긋 웃어 보였다.

"글쎄……?"

"실망했어요."

"내 생일은 아니고……?"

"우리가 만난 지 한 달 되는 날이에요."

지혜가 샐쭉해져서 돌아앉았다.

"벌써 그렇게 됐네. 난 엊그제 만난 것만 같은데."

"케이크 만들려고 얼마나 고생했는 줄이나 알아요. 괜히 나 혼자만 들떠 있었던 거예요?"

"미안해. 케이크 정말 맛있겠는 걸요."

그러며 이삭이 케이크에 손을 대려 할 때였다.

"잠깐, 잠깐만 기다려요. 초에 불이라도 붙이고요."

지혜가 초를 꽂은 후에 불을 붙였다.

"……."

행복, 왠지 이삭은 행복하다는 생각이 들었다.

"우리 같이 불 꺼요. ……이삭 씨?"

지혜가 생각에 잠겨 있던 이삭을 쳐다보았다.

"……."

"무슨 생각을 그렇게 하고 있어요?"

"아……아니에요. 그럼 시작할까요?"

이삭이 촛불을 향해 얼굴을 내밀었다. 지혜도 촛불을 끄기 위해 얼굴을 들이댔다. 촛불은 소리 없이 꺼졌다. 새침했던 지혜의 얼굴도 즐거움에 절로 함박웃음을 만들고 있었다.

"소원 빌었어요?"

지혜가 말했다.

"소원이라니……?"

"난 빌었는데."

"무슨?"

"언제까지나 이삭 씨 옆에 있게 해달라고."

지혜가 케이크를 자르며 말했다. 그녀의 볼에 수줍음이 홍조로 배어 나오고 있었다. 그런 그녀의 모습을 보고 있던 이삭은 왠지 어색해졌다.

"그럼 나도 소원을 빌게요."

이삭이 지혜를 향해 살며시 웃어 주었다. 이삭이 지혜의 와인글라스에 와인을 따랐다. 와인을 따르는 소리가 화사하고 상큼하게 들렸다.

"무슨 소원 빌었어요?"

"비밀이에요."

"그래도 살짝 말해 줄 수 없는 거야? 나도 말해 줬는데."

지혜가 애교를 떨며 능청스럽게 이삭에게 몸을 기대어 왔다.

"우리 지혜 씨 기억을 빨리 되찾게 해 달라고……."

"……."

잠시 지혜의 얼굴이 어두워졌다. 그러나 아무렇지도 않다는 듯이 지혜는 안색을 되찾았다.

"괜찮은 거예요?"

"으응, 아무려면 어때. 언젠가는 기억을 되찾겠지 뭐. 그런 우울한 얘기는 이제 그만 하고 우리 한 잔씩 마셔요."

지혜가 와인잔을 치켜들었다. 그리곤 이삭이 와인잔을 들기를 기다리고 있었다. 이삭이 와인을 마시려는데 지혜가 붙잡아 세웠다.

"왜?"

"그냥 마시면 어떻게 해요."

"그럼?"

"텔레비전에서 보니까 러브샷 같은 거 하던데. 나 그런 것 한 번 해보고 싶었단 말이야."

그녀가 와인글라스를 빤히 들여다보고 있었다.

"그럼 하면 되지 뭐."

이삭이 지혜의 와인잔에 자신의 와인잔을 부딪쳤다. 그리곤 설레는 가슴으로 서투르게 러브샷을 시도했다. 와인은 달콤했다.

은은하고 그윽한 밤이었다. 이삭은 이제 둘이라는 것에 익숙해지고 있었다. 이삭은 무엇보다도 지혜가 자신의 곁에 있다는 것이 행복했다. 처음으로 느껴보는 행복이었다. 처음으로 느끼는 사랑이었다. 하지만 이삭은 다른 한편으로는 불안해하고 있었다. 지혜가 기억을 되찾아 떠나갈지도 모른다는 생각 때문이었다.

이삭은 지혜와 함께 영원히 있고 싶었다. 더 이상 불행한 일이 생기지 않기를, 행복한 순간만이 자리하기를 이삭은 간절히 원하고 있었다.

사랑은 이런 것일까?

이삭의 얼굴에 어두움이란 전혀 찾아볼 수 없었다. 잘 웃을 줄도 몰랐던 이삭은 그녀에 의해 웃음을 찾았고, 그녀에 의해 이삭의 닫혀 있던 가슴이 서서히 열리고 있었다. 지혜는 이삭에게서 없어서는 안 되는 소중한 사람이 되어 가고 있었던 것이다. 지혜 역시 이삭에게 많은 것을 의지하고 있었다.

"불안해요."

지혜의 얼굴이 와인에 의해 발갛게 달아올라 있었다. 이삭도 역시 취기가 오른 얼굴이었다. 지혜가 와인 잔을 만지작거렸다.

"불안하다니……?"

"모르겠어요. ……내가 기억을 되찾게 된다면……. 난 어떤 여자일까요. 난, 나 자신에 대해 자신이 없어요. 기억을 되찾는 것이 겁이 나요. 차라리 이대로 살아가고 싶어요. 이대로가 좋을 것 같아요."

지혜가 말을 마치고서 와인잔을 기울여 남은 와인을 모두 마시고는 내려놓았다.

"자신을 가져요. 지혜 씨."

"전 어떤 여자였을까요?"

"글쎄……."

"평범한 여자, 아니면 부잣집 외동딸, 집은 있었을 까요? ……애인은 있었을 까요? ……아마 애인 같은 건 없었을 거예요. 왠지 그럴 거라는 생각이 들어요."

지혜가 생각에 잠겼다. 그러나 애써 생각하려 하면 할수록 가슴만 답답해져 올뿐이었다.

"……."

"고아일 수도 있고, 또 알아요. 이삭 씨처럼 작가나 아니면 화가였는지도……. 아마 난 자유로운 게 좋으니까 직업도 자유로운 직업을 선택했을 거예요. 프리랜서라든지 아니면 디자이너 같은……."

지혜가 자신의 목걸이를 만지작거렸다.

"……."

"이것도 저것도 아니라면 한 가정의 주부……?"

지혜가 생각에 잠겨 있다가 까르르 웃었다. 아마도 가정주부라는 말에 스스로도 우스웠던 모양이었다.

"……."

이삭도 지혜의 웃음소리에 덩달아 웃었다.

"아마 가정주부는 아니었겠죠? ……이삭 씨가 보기에도 내가 결혼한 기혼녀처럼 보여요?"

"……."

이삭이 가만히 고개를 저었다.

"아무려면 어때요. 언젠가는 알게 되겠죠. ……지금 이대로가 좋아요. 이대로도 행복한 걸요. 이삭 씨와 함께 지내는 것이 좋아요. 저 오래도록 여기에 있어도 되죠? 전 이삭 씨가 편하고 좋아요."

"지혜 씨가 이곳에 있고 싶다면 그렇게 해요. 언제든 난 환영이니까. 하지만 그렇다고 기억을 되찾는 것을 포기하지는 마세요. 아마 지혜 씨는, 지혜 씨의 예전의 모습은 지혜 씨가 상상하고 있는 모습보다도 더 멋질 거야. 난 그렇게 생각해요. 기억을 되찾기도 전에 비관적으로 생각할 필요는 없잖아요. 그건 기억을 되찾는데 도움이 되지 않아요."

"고마워요, 이삭 씨. 이삭 씨가 아니었으면 난 아마도 큰 곤경에 처했을 거예요. 기억을 되찾더라도 이 은혜는 잊지 않을 거예요."

"은혜라니? 당치도 않은 소리하지 마세요. 오히려 고마운 쪽은 나야."

이삭의 말에 지혜도 답답했던 마음이 한결 가벼워졌다.

밤은 소리 없이 흘러가고 있었다. 밤은 둘 사이를 더더욱 포근하게 이끌고 있었다. 그렇게 밤은 두 사람 사이에 외로움이 찾아들 자리를 메우고 있었다.

그는 작업실로 들어와 남은 원고를 마저 쓰기 시작했다. 이제 2권 분량의 소설이 완성되기 직전이었다. 그렇게 정신없이 소설을 끝내갈 즈음 비가 내리기 시작했다. 천둥과 번개가 우르르 쾅쾅 천지를 뒤흔들기 시작했다. 벼락이 내리쳤는지 땅이 꺼질 듯한 소리가 가까운 곳에서 들려왔다. 그러나 이삭은 작업에 신경을 쓰느라 그 소리는 안중에도 없었다.

작업을 모두 끝낸 이삭은 마지막으로 오자를 수정하고서 전자우편으로 출판사에 원고를 보냈다. 그것으로 소설을 완전히 탈고한 이삭은 몸을 쭉 펴고 팔과 다리를 길게 뻗어 기지개를 켰다. 어깨 위에 누적되어 있던 피로가 그렇게 허공으로 분산되었다. 한결 개운해진 이삭은 커피메이커의 전원을 누르고 창문을 열었다. 그러자 굵은 빗방울이 방안으로 후닥닥 들이닥쳤다.

작업에 열중하느라 미처 비가 오는 것도 눈치 채지 못한 모양이었다. 하지만 이삭은 창문을 닫지 않았다. 빗방울과 함께 들어온 촉촉한 바람이 좋았기 때문이었다. 바람은 이삭의 얼굴을 상쾌하게 적셔주었다.

커피메이커에서 물이 끓기 시작했다. 이삭은 커피를 따라 다시 창문 앞으로 다가갔다. 물기가 촉촉이 배어 있는 비바람과 커피의 은은한 향기는 제각각 밤의 정취를 더해주고 있었다. 이삭은 한결 가벼워진 마음으로 숨을 깊게 들이마셨다. 작업을 모두 끝마치고 난 뒤의 커피는 홀가분함을 대신하기에는 충분했다. 그렇게 또 한편의 작품이 만들어졌다.

이삭은 창문을 닫고 스탠드와 컴퓨터의 전원을 끄고서 간이 침대에 누웠다. 남은 것은 내일 아침에 일어나 출판사에 전화를 걸어 원고가 제대로 들어갔는지 확인하는 것뿐이었다.

빗줄기는 더욱 거세졌다. 그리고 멈추었던 천둥과 번개가 온 세상을 뒤흔들기 시작했다. 어두운 방안으로 번개가 번쩍하고 지나가더니 얼마 후에 천둥소리가 정적을 흔들며 들려왔다.

이삭은 눈을 감았다. 그러나 잠은 오지 않았다. 애써서 잠을 청할 필요는 없었다. 작업이 모두 끝났기 때문에 내일부터는 한가하기 때문이었다. 이삭은 눈을 뜨고 번개와 천둥 사이를 차근차근 걸어가기 시작했다.

1, 2, 3, 4, 5, 6. 우르르 쾅쾅!

온 세상이 진동했다.

마치 하늘과 땅이 무너질 것만 같은 요란한 소리였다. 천둥소리가 점점 가까워져 오고 있었다. 그것은 번개가 친 뒤에 천둥소리의 간격을 세어 보면 알 수 있었다. 번개가 친 뒤에 세기 시작한 숫자가 셋을 넘지 못했다. 그것을 보면 아주 가까운 곳에 낙뢰가 떨어졌다는 것을 알 수 있었다. 천둥소리는 점점 커졌다. 건물이 흔들리는 것이 느껴질 정도였다. 이삭의 가슴도 점점 뒤숭숭해졌다.

이삭은 맥주라도 한 잔 마시고 싶었다. 하지만 곤히 잠들어 있을 지혜의 단잠을 방해하고 싶지는 않았다. 제 아무리 조심하더라도 냉장고에서 맥주를 꺼내 오는 동안 잠귀가 밝은 지혜를 깨우고야 말 것이다. 이삭은 이리저리 몸을 뒤척거렸다. 그래도 역시 잠은 오지 않았다. 웬일인지 오늘은 간이침대가 몸에 배기는 것만 같았다.

다시 아주 가까운 곳으로 벼락이 떨어졌다. 바로 머리 위로 떨어진 것 같기도 하고, 가까운 곳임은 확실했다. 천둥소리가 지나간 뒤에 방문을 두드리는 소리가 들렸다. 이삭은 듣지 못한 듯 벽을 향해 돌아누웠다.

똑, 똑, 똑.

다시 노크소리가 들려왔다.

"지혜 씨?"

"네."

지혜가 작업실 문을 열었다. 잠옷 차림의 지혜는 안으로 들어오지 않고 문 앞에 서서 이삭을 바라보았다. 지혜는 불안해하고 있는 것 같았다. 이삭이 스탠드를 켰다. 그러자 지혜의 상기된 얼굴이 보였다.

"……?"

"다행히 아직 자지 않았네요. ……잠이 오지 않아서."

"……."

"저랑 같이 있어 줄……."

지혜가 말하는 도중에 또다시 천둥소리가 들렸다. 겁먹은 지혜는 아파트가 무너지기라도 한 듯한 표정으로 머리를 감싼 채 그 자리에 주저앉고 말았다. 지혜의 얼굴은 하얗게 질려 있었다. 그제야 이삭은 지혜가 자신의 방으로 찾아온 이유를 알 수 있었다.

"괜찮은 거예요?"

이삭이 다가가 지혜의 어깨를 토닥여 주었다. 그러자 지혜
가 이삭에게 와락 안겨 들었다. 지혜는 공포에 질린 듯이 몸
을 부들부들 떨고 있었다.

"무서워요. 저 잠들 때까지 만이라도, ……천둥이 그칠 때
까지 만이라도 저랑 같이 있어 줄 수 있어요?"

"그렇게 해요. 사실 나도 일 끝내고 잠이 오지 않아서 맥주
라도 한 잔 마실까 했거든요."

"그렇게 해요. ……전 침실에 가 있을 게요."

"침……실?"

"……?"

"그렇게 해요."

이삭이 멋쩍은 얼굴로 말했다. 이삭은 곧 냉장고에서 캔맥
주를 꺼내 침실로 들어갔다. 지혜는 침대 위에 앉아 있었다.
자신의 침실이었지만 이삭은 왠지 어색하고 낯설게 느껴졌
다. 이삭이 어쩔 줄 모르고 캔맥주를 든 채 어정쩡하게 서 있
었다.

"앉으세요."

지혜의 말에 이삭이 침대에 걸터앉았다. 근 한 달 만에 들
어와 보는 침실이었다. 지혜가 온 이후로 이삭은 단 한 발작

도 침실에 발을 들인 적이 없었다. 이삭은 침실을 그 나름대로 자신이 들어가서는 안 되는 성역이라고 선을 그어 놓고 있었다. 이삭은 최대한 지혜에게 지켜줄 것은 지켜주어야 한다고 생각했다. 그래야만 두 사람 사이에 불편함이 없을 것이기 때문이었다.

지혜는 천둥과 번개가 칠 때마다 몸을 움츠리며 깜짝깜짝 놀라곤 했다. 그때마다 지혜는 이삭과의 거리를 좁혀왔다.

"한 잔 마실까요?"

"……."

이삭이 캔맥주를 내밀었다. 맥주가 시원하게 가슴을 적셔주었다.

"원고는 모두 끝낸 거예요?"

"네. 다 끝났어요."

"그럼 이젠 시간이 많겠네?"

"그렇죠."

"잘됐다. 우리 어디 바람이나 쐬러 가요?"

"집에 있기가 답답하죠. 아마 그럴 거예요. 어디가 좋을까요?"

이삭이 곰곰이 생각에 잠겼다. 이삭의 그런 얼굴을 지혜가 사랑스럽게 바라보고 있었다. 지혜의 가슴이 알 수 없이 부풀어 오르고 있었다.

"이삭 씨, 사랑해 봤어요?"

"글쎄······."

"이삭 씨를 사랑하고 있나 봐요."

지혜의 뜻밖의 말이었다.

"······."

"왜 이런 감정이 드는지 모르겠어요. 이삭 씨만 곁에 있으면 무서울 것이 없을 것만 같아요. 이삭 씨는 내 삶의 일부 같아요."

지혜가 그윽하게 이삭의 시선을 파고 들어왔다. 지혜의 눈은 맑고 투명하게 빛나고 있었다. 이삭은 어느새 지혜의 눈 속으로 이끌려 들어가고 있었다. 왠지 지혜의 눈을 피하고 싶지 않았다. 이삭은 지혜에게서 빠져나올 수가 없었다. 이삭의 심장이 불규칙하게 뛰기 시작했다. 천둥소리는 잠시 멈추어 있었지만 비는 계속해서 내리고 있었다.

"······."

"이삭 씨는 오래전부터 내가 알아오던 사람 같아요. 처음 이삭 씨를 볼 때부터 낯설지 않은 느낌이 들었어요. 그리고 지금은 이삭 씨를 사랑하게 되었어요. 이삭 씨를 만난 건 행운이에요."

지혜가 이삭에게 포근하게 안겨 들어왔다. 하지만 이삭은 지혜를 받아들일 수가 없었다. 지혜 역시 자신으로 인하여 불행해질 거라는 생각이 들었기 때문이었다. 이삭은 그만 침대에서 일어섰다.

"이래서는 안 돼요."

"……."

지혜는 무안해졌다.

"그만 자도록 해요."

그러며 이삭이 문을 열고 나가려 했다. 바로 그때 다시 천둥과 번개가 쳤다. 지혜는 다시 자지러들었다. 이삭은 차마 지혜를 외면할 수가 없었다. 이삭은 침실 문의 손잡이를 잡은 채 망설이고 있었다.

"가지 말아요. 오늘 밤은 같이 있고 싶어요. 혼자서는 무서워요."

지혜의 말에 이삭은 할 수 없이 침대로 돌아와야만 했다. 천둥과 번개는 쉽게 그칠 것 같지 않았다.

지혜가 누웠고 이삭이 바로 옆에 누웠다. 그나마 스탠드가 두 사람 사이의 서먹함을 달래고 있었다. 두 사람 사이에는 한동안 말이 없었다. 얼마가 흐른 뒤에 지혜가 이삭의 곁으로 바짝 다가왔다.

"팔베개해 줄 수 있어요."

지혜가 소곤거렸다. 이삭은 조금이라도 편하게 해주기 위해 지혜에게 팔을 내주었다. 지혜의 숨소리가 새근새근 이삭의 귓가를 어지럽혔다. 지혜의 숨소리에 이삭의 몸이 뜨거워지기 시작했다.

"이삭 씨를 알고 싶어요."

"⋯⋯."

"이삭 씨의 모든 것을 느끼고 싶어요."

"⋯⋯."

이삭은 흔들리고 있었다. 그 역시 지혜에 대해서 알고 싶은 것은 마찬가지였다. 하지만 이삭은 다가서기를 망설이고 있었다.

"마치 내가 이삭 씨에 의해서 존재하는 것만 같아요."

"그 말은⋯⋯."

"우린 오래전부터 알고 있었어요. 우리가 이렇게 사랑하게 될 것이라는 것을⋯⋯."

지혜가 말했다.

그 말은 언젠가 이삭이 꿈속의 지혜에게서 들었던 얘기였다. 정말 그 꿈속의 지혜가 지금의 지혜란 말인가? 이삭은 어리둥절해졌다. 도대체 알 수가 없는 일이었다.

지혜의 입에서 흩어져 나온 촉촉한 호흡이 이삭의 가슴을 적시기 시작했다. 이삭은 아득해졌다. 아득히 사랑의 빛을 발견하기 시작했다.

이삭의 가슴이 지혜를 향해 열리고 있었다. 오래전부터 그래 왔던 것처럼, 꿈속의 지혜에게 향하던 마음처럼 현실의 지혜에게 이삭은 이끌려 들어가고 있었다. 지혜는 외면할 수 없게 만드는 힘을 지니고 있었다. 이삭은 그것이 사랑이라고 생각했다.

꿈과 현실은 더 이상 중요하지 않았다. 꿈속의 지혜도, 현실의 지혜도 같은 지혜라고 이삭은 생각했다. 이삭은 확신할 수 있었다. 그렇게 생각하니 더 이상 부담스러움은 없었다. 망설임도 없었다. 지혜가 다가오는 대로, 지혜가 자신을 알고 싶어 하는 만큼 이삭은 지혜에게 자신을 내보이고 싶었다.

이삭은 지혜를 부정하고 싶지 않았다. 지혜를 부정하려 하면 할수록 지혜는 이삭에게 더욱 가까이 다가서고 있었다. 지혜는 사랑하지 않고는 배길 수 없는 그런 여자였다. 멀리 할 수 없는 여자였고 그것은 운명일 것이리라. 이삭은 지혜와의 만남을, 지혜와의 오래전부터 이어오던 관계를 그렇게 결론 내렸다.

이삭은 사랑의 혼란에 갇혀버렸다. 이제 지혜를 받아들이고 싶었다. 이제 혼자라는 것이 싫었다. 혼자가 아닌 둘이라는 것에 의미를 두고 싶었다. 그동안의 외로움이면 족했다. 더는 그런 외로움 속에서, 어둠 속에서 살고 싶지 않았다. 지혜로 인하여 새롭게 시작할 수 있다면, 지혜로 인하여 삶의 의미를 되찾을 수 있다면 지혜를 받아들여야 한다고 이삭은 생각했다.

이삭은 지혜에게서 희망의 빛을 발견하고 있었다. 그녀에 의해서 이삭은 사랑의 진실을 깨달을 수 있을 것 같았다. 사랑의 기다림은 그렇게 지혜로 인해 끝나고 있었다. 그리고 이제부터가 시작이었다.

진실한 사랑의 의미와 진정한 삶의 본질을 따라 이삭은 그 나름의 선을 긋고 일어서고 있는 중이었다. 사랑의 막연함을 비로소 이삭은 지혜에게서 발견하기 시작한 것이다.

"사랑해요!"

지혜가 이삭의 가슴에 얼굴을 묻은 채 소곤거렸다.

"나 역시 오래전부터 지혜 씨를 기다리고 있었어요. 지혜 씨는 언제나 나의 곁에 있었고 나에겐 가장 소중한 사람이었어요."

"이삭 씨가 원한다면 난 언제나 변함없는 모습으로 이삭 씨 옆에 있을 거예요. 이삭 씨는 이제부터 저에게 아주 소중한 남자가 될 테니까요. 저 역시 이삭 씨에게 이 세상에서 가장 소중한 여자가 되고 싶어요."

지혜의 가슴이 벅차오르기 시작했다.

이삭은 지혜에게서 포근함과 평온함을 느낄 수 있었다. 둘은 더 이상 말을 하지 않았다. 굳이 말해야 할 이유가 없었다. 말은 필요 없었다.

그들은 진실로 서로를 느끼고 있었고 두 사람 사이에 방해가 되는 것은 아무것도 없었다. 이삭에게 지혜는 익숙한 존재였다. 그들은 침묵으로도, 그 가느다란 손짓만으로도, 가까워지는 살결의 감촉만으로도 충분히 서로의 마음을 느낄 수 있었고 전할 수 있었다.

체온이 느껴졌다. 온화하고 따뜻한 느낌, 깊은 곳에 감추어 두었던 그 간절했던 감정들이 서로의 몸을 끌어들이게 만들고 있었다. 지혜의 시선은 이삭의 손에서, 팔로, 목으로, 이삭의 달아오르기 시작한 얼굴로 옮겨졌다. 이삭은 지혜의 촉촉한 입술을 찾아 나섰다. 이삭이 지혜의 입술에 자신의 입술을 살며시 포갰다. 긴 입맞춤이었다. 그동안의 기다림에 지친 서로의 가슴을 적셔주는 상큼한 입맞춤이었다.

이삭이 지혜를 힘껏 끌어안았다. 그 끌어안음의 힘이 거세게 전해지자 지혜의 마음은 눈 녹듯이 촉촉하게 녹아내리며 부풀어 오르기 시작했다. 시작은 끝을 예견하지 못했다.

지혜의 얼굴도, 가슴도 붉게 타오르고 있었다. 불타오르기는 이삭도 마찬가지였다. 사랑의 기쁨이 그들을 맞이하고 있었다. 지혜의 잠옷을 헤집고 이삭의 손이 들어갔다. 그러자 지혜가 잠시 몸을 움츠렸고 이내 이삭에게 모든 것을 내맡겼다. 이삭에 의해 지혜는 거추장스러운 옷을 벗고 있었다.

지혜는 이삭의 팔 안으로 편안하고 황홀하게 녹아들었다. 사랑의 의미를 따라, 열정의 움직임을 따라 둘은 간절해져 있었다. 비로소 알 수 있을 것 같았다. 그들에게는 기다림의 진실이 숨겨져 있었다. 사랑의 적막, 그것이었다. 그 깊은 곳에서 우러나오는 사랑의 진실은 희열을 동반하고 있었다. 그 아늑하고 편안한 곳에서 둘은 벗어나고 싶지 않았다. 끝이 없을 것만 같은 사랑의 몸부림이었다. 그들에겐 진실함이 있었다. 꾸밈도 거짓도 그들에게서는 찾아볼 수 없었다. 서로를 느낄 수 있다는 것이 그 얼마나 소중한 것인지 이삭은 깨달을 수 있었다.

지혜는 부끄러워하지 않았다. 이삭의 여자가, 이삭과 소중한 하나가 될 수 있다는 것이 그지없이 기쁠 뿐이었다. 두 영혼의 만남이었다. 두 영혼은 하나가 되기 위해 서로의 가슴속에 머물고 있었다. 그리고 느낄 수 있었다. 이제 더 이상 혼자가 아니라는 것을.

완전한 만남을 그들은 추구하고 있었다. 남김없이 자신을 내보이며 서로에게 의미 있는 하나로 남고 싶은 그들이었다. 서로의 소유를 그들은 그렇게 인정하고 있었다. 이삭은 한없이 지혜에게 빨려 들어갔다. 지혜 역시 이삭을 받아들이며 가슴이 부풀어 오르고 있었다. 사랑을 알 수 있을 것 같았다. 아니 시작부터 그들은 알고 있었다.

그대로 함께이길 원했다. 그대로 세상이 끝나더라도 그들은 하나이길 원했다. 그들에게 필요한 것은 아무것도 없었다. 오직 서로에게, 서로만이 그들에게는 중요할 따름이었다. 그것은 사랑의 의미이기도 했다. 시작도, 끝도 없을 것만 같았던 그들의 만남이었다. 끝끝내 그들은 희망을 발견했다. 희망은 긴 여운을 동반하고 있었다.

"사랑해요, 그리고 행복해요."

이삭이 말없이 지혜의 입술을 찾아 자신의 입술을 포갰다. 그것은 이삭 역시 지혜를 사랑한다는 표현이었다. 입맞춤이 끝나고 난 뒤에 지혜가 이삭의 가슴에 얼굴을 묻었다. 그러자 이삭의 심장이 뛰는 소리가 들렸다. 이삭의 심장은 아직도 안정을 찾지 못하고 있었다.

천둥과 번개는 더 이상 치지 않았다. 그리고 비도 그친 것 같았다.

"난 지혜 씨를 알아요."

"……."

"지혜 씨는 아마 믿지 못할 거야."

"……."

"내가 이런 말을 하면 나를 정신병자라고 생각할지도……."

"그렇지 않아요. 말해 보세요."

"난 지혜 씨를 오래전부터 알고 있었어요."

"오래전부터……?"

"그래, 내가 고등학교 때부터……. 지혜 씨는 내 꿈속에 나타나곤 했지. 꿈을 꾸면 늘 지혜 씨가 꿈속에 있었어요."

"정말?"

지혜가 믿지 못하겠다는 듯이 얼굴을 들어 이삭을 바라보았다.

"정말 알 수 없는 일이지. ……난 꿈속에서 지혜 씨를 만나기는 했지만 어떻게 된 일인지 지혜 씨와는 말을 할 수가 없었어요. 내가 지혜 씨에게 가까이 다가가려 하면 지혜 씨는 어디론가 사라지곤 했고. 다가가려 해도 다가갈 수 없는 그런 사람이었어요. 놀라운 것은 그 꿈속의 여자와 지혜 씨가 똑같다는 거예요. 믿을 수 없는 일이죠?"

"아니, 이삭 씨를 믿어요. 이삭 씨가 그랬다면 그런 거예요. 그 꿈 얘기 더 해주세요, 궁금해요."

"나는 항상 그렇게 꿈속의 지혜 씨를 바라보기만 했어요. 말을 걸려 해도 소용이 없었거든. 그러던 어느 날이었어요. 산장이었는데 그곳에 지혜 씨가 앉아 있었고 난 그런 지혜 씨를 지켜보고 있었죠. 그런데 나에게 말을 걸어온 거예요. 그리고 언젠가는 만날 수 있을 거라고. 내가 아는 것은 그것이 전부예요. 꿈이라고만 생각했어요. 그런데 지혜 씨가 바로 내 앞에 나타난 거야. 난 믿을 수가 없었지. 그때 난 꿈을 꾸고 있다고 생각했어요. 그런데 그게 아니었어요. 지혜 씨는 현실에서도 존재했었던 거야."

"정말 신기한 일이네요."

유심히 듣고 있던 지혜가 말했다.

"나도 믿기지 않아요. 지금도 내가 꿈을 꾸고 있는 것은 아닐까?"

"지금은 이렇게 깨어 있잖아요."

"믿기 어려운 일이지?"

"아니요. 믿어요. 그런데 왜 그 말을 이제 하는 거예요?"

"말을 할 수가 없었어요. 지혜 씨가 믿지 않았을 테니까. 하지만 지금은 지혜 씨를 처음 만났을 때와는 다르잖아요."

"아마 처음에 그런 말을 했다면 이삭 씨를 이상한 사람으로 봤을 거예요."

"운명일까?"

"그러니까 우리가 만난 것 아니겠어요."

"난 겁이 나요. 지혜 씨가 기억을 되찾으면 나를 떠날지도 모른다는 생각 때문에."

"아니, 그럴 일은 없을 거예요. 난 항상 이삭 씨 옆에 있을 거니까. 난 이삭 씨 없이는 단 하루도 살 수 없을 것 같아요. 그러니까 이삭 씨도 그런 생각은 앞으로 하지 말아요. 난 이삭 씨를 떠나지 않아요. 이삭 씨가 저에게 싫증을 느껴 가라고 해도 저는 절대 가지 않아요. 오히려 이삭 씨가 저를 떠나갈까 봐 그것이 걱정이에요."

"믿어줘서 고마워요."

"사랑해요. 언제까지나……."

지혜가 이삭의 팔을 베개 삼아 누웠다.

더없이 행복한 밤이었다. 이삭은 한 여자에 의해 자신이 소중한 존재가 될 수 있다는 것이 너무도 고마웠다. 지혜와의 보금자리를 그 누구도 넘볼 수 없게끔 이삭은 지키고 가꾸어 갈 생각이었다. 지혜만 곁에 있어 준다면 이삭은 그것으로 족했다.

이삭은 잠을 이룰 수가 없었다. 잠이 들면 지혜가 어디론가 훌쩍 떠나버릴 것만 같아서, 잠에서 깨어나면 그 모든 일들이 꿈속에서 있었던 부질없던 일이 될지도 모른다는 불안함 때문에 이삭은 잠을 잘 수가 없었다. 그러나 지혜는 이삭의 곁에서 새근새근 곤하게 잠들어 있었다.

얼마를 그렇게 누워 있었을까. 지혜의 새근거리는 숨소리가 자장가로 들려오기 시작했다. 이삭은 자신도 모르는 사이에 스르르 눈을 감았다. 이삭의 손은 지혜의 손을 꼭 움켜쥐고 있었다. 자신의 곁에 지혜가 있다는 것을 확인하기 위해서였다. 이삭은 오랜만에 편안한 잠을 잘 수가 있었다.

다음날 아침 이삭은 뒤척이다가 눈을 떴다. 그런데 지혜가 없었다. 이삭은 지혜가 누웠던 자리를 살폈다. 그러나 그 어디에도 지혜가 누웠던 흔적은 없었다. 침대에는 그 혼자뿐이었다. 이삭은 벌떡 일어나 침실 문을 열고 뛰어나갔다.

"잠꾸러기!"

지혜의 목소리였다. 지혜는 앞치마를 두른 채 아침을 준비하고 있던 중이었다. 이삭은 지혜가 있는 것을 확인하고서 긴장되었던 가슴을 진정시켰다.

"이거 마시고 어서 씻어요. 아침 식사 준비 다 됐어요."

지혜가 만들어 놓은 야채주스를 건네주며 말했다.

"고마워요."

"왜 그렇게 무드가 없어요. 뽀뽀라도 해주면 어디가 덧나나."

지혜가 살짝 토라지며 말했다. 그 모습이 너무도 사랑스러워 보였다. 이삭이 피식 웃음을 쏟아낸 뒤에 지혜의 볼에 살며시 입맞춤을 해 주었다.

"사랑해요!"

이삭이 지혜의 귀에 대고 속삭였다. 그제야 지혜는 얼굴에 웃음을 가득 담았다.

"찌개 식겠어요."

수줍은 얼굴로 지혜가 주방으로 향했다. 이삭은 욕실로 들어가 덥수룩하게 자란 턱수염을 깎았고 샤워를 했다. 이삭은 욕실에 있는 동안 내내 콧노래를 흥얼거렸다. 욕실에서 나온 이삭은 얼굴에 스킨을 바르고서 식탁으로 다가가 앉았다. 뚝

배기에서는 된장찌개가 보글보글 끓고 있었다. 이삭이 수저로 된장찌개를 떠먹었다.

"우리 지혜 씨가 끓인 된장찌개는 언제 먹어도 일품이라니까. 된장찌개 끓이는 것은 누구한테 배웠어요?"

이삭이 생각 없이 말을 던졌다.

"……."

지혜는 대답 대신 이삭의 얼굴을 바라보며 살며시 미소를 지었다.

"미안해요. 난 그저 생각 없이……."

이삭은 자신이 실수한 것을 그제야 알아차렸다. 지혜를 볼 낯이 없었다. 기억을 잃어버린 지혜의 마음을 아프게 한 것 같아서 이삭은 몸 둘 바를 몰랐다.

"괜찮아요. 난 아무렇지도 않아요. 이삭 씨가 맛있게 먹는 모습을 보니까 저도 절로 입맛이 도는 걸요. 어서 드세요. 다 식겠어요. 된장찌개는 식혀서 먹으면 맛이 없어요. 다른 반찬도 드셔 보세요."

지혜가 이삭을 향해 밝게 웃어 주었다. 이삭은 정신없이 식사를 하기 시작했다. 그것이 지혜의 기분을 풀어 주는 것이라고 이삭은 생각했다. 이삭에게서 지혜는 이제 없어서는 안 될 존재가 되어 있었다. 둘은 그렇게 허물없는 관계가 되어 있었다. 식사를 끝내고서 이삭이 설거지를 했고 지혜는 차를 끓였다.

"오늘 지혜 씨 화장품이나 사러 나갈까?"

차를 마시며 이삭이 말했다.

"화장품이요?"

"여자들은 꾸며야 한다고들 하잖아요. 나간 김에 옷도 사고 화장품도 사고 또……."

"내가 미워 보이는 거예요?"

"아니, 화장을 하면 더 예뻐 보일 것 같아서. 그리고 지혜 씨는 화장품이 하나도 없잖아요. 내가 신경 좀 썼어야 했는데."

"전 화장 같은 건 왠지 거부감이 생겨요. 화장품은 싫고 옷이나 사줘요. 그리고 근사한 곳에서 식사나 해요. 또 들어오는 길에 시장도 봐 가지고 들어와요."

지혜는 들떠 있었다. 그때 전화벨이 울렸다.

"여보세요?"

이삭이 수화기를 들었다.

"최 작가, 나야."

출판사 편집장이었다.

"어제 밤늦게 전자우편으로 원고를 보내드렸는데 받으셨어요?"

"받았으니까 이렇게 전화했지."

“오늘 전화를 드린다는 걸 깜빡 잊었습니다.”

“피곤할 텐데 내가 잠을 깨운 건 아닌지 모르겠어.”

“아닙니다. 지금 차를 마시고 있는 중이었습니다.”

“그동안 고생했어. 원고도 대충 훑어보니까 마음에 들고.”

“마음에 드신다니 다행입니다.”

“오늘 시간 좀 어때? 점심 식사나 같이 하지. 만난 김에 출판계약도 하고 말이야.”

“오늘은…….”

이삭이 지혜를 돌아다보며 말했다.

“기다리고 있을 테니까 점심시간에 맞춰서 출판사로 나와. 이만 끊어야겠어. 오전에는 좀 바쁘거든. 꼭 나와야 돼.”

저편에서 먼저 일방적으로 전화를 끊었다. 이삭은 안 된다는 말을 하려다가 멋쩍은 표정으로 수화기를 내려놓았다.

“있다가 오후에나 시간이 나겠는 걸.”

이삭이 지혜를 보며 말했다.

“…….”

지혜가 대답 없이 그러라고 고개를 끄덕였다.

“미안해서 어떡하죠?”

“전 신경 쓰지 마세요. 일이 우선이잖아요. 오늘은 대청소나 할 생각이었어요. 이삭 씨가 올 때까지 저는 청소나 하면서 기다리고 있을 게요.”

"미안해요. 대신 오후에는 지혜 씨가 하자는 대로 다 할게요. 영화도 보고 멋지고 근사한 곳에서 식사도 하고 말이에요."

"기대할게요."

지혜는 기대에 찬 얼굴로 잔뜩 부풀어 오르고 있었다.

"아직 시간이 남는데 청소나 좀 도와줄게요."

이삭이 베란다로 가서 창문을 활짝 열었다. 그러자 조금은 쌀쌀하면서도 상큼한 바람이 이삭의 얼굴로 쏟아져 들어왔다. 평온한 햇살이 아파트 곳곳을 포용하듯 내 비추고 있었다. 이삭은 한껏 기지개를 폈다. 이삭의 얼굴에서 여유와 한가함이 풋풋하게 스며나왔다.

11시쯤 되어서 이삭은 옷을 입기 시작했다. 지혜가 이삭의 곁에 서서 코디를 해주었다.

"이삭 씨 옷도 좀 사야겠어요. 이삭 씨 옷은 왜 하나같이 다 어두운 색이에요. 밝게 입어야 더 젊어 보인다고요. 그리고 옷을 밝게 입으면 얼굴도 밝아지고 또 남들 보기에도 좋잖아요. 어두운 옷만 입으면 성격도 어두워지는 거예요. 그러니까 이참에 밝은 옷 몇 벌 준비해요."

"그래요. 지혜 씨가 골라주세요."

사실 이삭은 먹는 것이나 입는 것에는 별로 신경을 쓰지 않았다. 사람들을 만나는 계기도 적었고 또 누군가에게 잘 보일 사람도 없었기 때문이었다. 혼자였기 때문에 되는 대로 입고 먹으면 그만이었다.

이삭이 아파트를 나서는데 지혜가 따라나섰다. 둘은 갓 결혼한 신혼부부처럼 다정했다. 지혜가 이삭의 팔에 팔짱을 낀 채 바짝 달라붙어 걸었다. 엘리베이터에 타서도 지혜는 잠시도 이삭의 곁에서 떨어지지 않았다.

"이제 그만 들어가세요."

이삭이 말했지만 지혜는 한사코 엘리베이터에 내려 이삭을 배웅했다.

"가는 것 보고 올라갈게요."

"출판사에 갔다가 올 때쯤에 전화할게요. 외출 준비하고 있어요. 늦어도 1시 반쯤이면 돌아올 수 있을 거예요."

이삭이 차를 향해 걸어가려는데 지혜가 붙잡았다.

"그냥 갈 거예요?"

"……."

"남들 출근할 때 보니까 뽀뽀해 주던데."

"남들이 보면 어쩌려고?"

"남들 눈이 그렇게 무서워요."

지혜가 샐쭉해졌다. 그러자 이삭은 할 수 없이 지혜에게 다가가 볼에 입을 맞추어 주었다.

"됐지?"

"……기다릴게요."

지혜가 고개를 끄덕이며 말했다.

이삭은 곧 자신의 차에 올랐고 시동을 걸었다. 그리곤 지혜를 향해 손을 흔들어 주고는 액셀러레이터를 밟았다.

지혜는 다시 내려온 엘리베이터에 올라탔다. 아파트로 돌아오자마자 지혜는 미처 하지 못한 청소를 하기 시작했다. 청소를 하는 동안 내내 지혜의 얼굴에는 즐거움이 가득했다.

지혜의 이마에 구슬땀이 맺히기 시작했다. 지혜는 청소를 하면서 시계를 연신 들여다보았다. 이삭이 올 시간까지 청소를 끝낼 생각이었다.

지혜의 손길은 구석진 곳까지 하나도 빠짐없이 닿고 있었다. 그리고 지혜는 마지막으로 욕실 청소를 했다. 욕실 바닥이며 세면대 그리고 양변기까지 지혜의 손길이 닿지 않는 곳은 없었다.

청소를 모두 끝낸 시간은 거의 1시가 다 되어서였다. 청소를 하느라 흘린 땀 때문에 몸이 끈적거렸다. 지혜는 욕실로 들어가 샤워를 하기 시작했다. 셔츠와 바지를 벗자 지혜의 연한 살결이 눈부시게 드러났다. 지혜는 브래지어와 팬티를 마저 벗었다. 그리곤 거울 앞에 섰다. 지혜의 온몸을 다 비출 수 있는 커다란 욕실용 붙박이 거울이었다. 지혜는 지난밤 이삭과의 하나 됨을 생각했다. 지혜의 얼굴에서 부끄러움이 연한 홍조로 쏟아져 나왔다. 어깨에까지 내려오는 긴 머리카락과 그 사이로 숨겨진 가느다란 목선, 그리고 목선의 윤곽을 타고 내려와 다시금 곡선을 이루는 탐스러운 가슴은 형언할 수 없는 아름다움을 지니고 있었다.

지혜는 거울에 비친 자신의 몸을 수줍게 바라보고 있었다. 한동안 거울을 바라보고 있던 지혜가 거울을 등진 채 샤워기를 틀었다. 그리고 비누거품을 내어 자신의 몸을 정성스럽게 닦아 내려가기 시작했다. 기분이 상쾌해졌다. 이삭이 오기를 기다리며 샤워를 하는 지혜의 가슴은 점점 부풀어 오르고 있었다. 이삭을 기다린다는 것이 지혜를 행복하게 했다. 그가 이 세상에서 하나밖에 없는 자신의 가장 소중한 존재라고 생각하니 지혜의 손길은 더욱 정성스러웠다.

지혜의 몸은 이삭으로 인해 비로소 활기를 띠기 시작한 것이다. 이삭으로 인하여 지혜는 성숙되었고, 이삭으로 인하여 지혜는 자신에 대한 존재의 의미를 지닐 수 있게 되었다.

샤워를 끝내고 지혜는 타월로 몸을 닦았다. 그리곤 욕실을 나서기 전에 다시금 거울 앞에 섰다. 촉촉이 젖은 지혜의 얼굴에서는 수줍음과 상큼함이 막 개화하기 시작한 꽃처럼 매혹적으로 배어 나오고 있었다. 하지만 지혜가 목에 걸고 있는 검은 목걸이가 왠지 어색하기만 했다. 지혜와는 전혀 어울리지 않는 투박한 목걸이였다.

지혜는 그 목걸이가 마음에 들지 않았다. 그래서 지혜는 목걸이를 벗어버리기 위해 손으로 목걸이의 연결고리를 찾고 있었다. 그런데 바로 그때였다.

욕실용 붙박이 거울이 한순간 금이 가고 말았다. 그러더니 믿을 수 없는 일이 벌어지기 시작했다. 목걸이에서 검은 연기가 새어나오기 시작했다. 지혜는 당황하고 말았다. 동시에 숨이 막혀오기 시작했다. 어떻게 된 일인지 더 이상 숨을 쉴 수가 없었다. 또한 소리도 지를 수가 없었다. 목걸이에서 쏟아져 나온 검은 연기는 지혜의 발끝에서부터 뱀이 똬리를 틀 듯 온몸을 친친 감아 오르기 시작했다. 지혜는 그 자리에서 꼼짝도 할 수가 없었다. 발버둥도 칠 수도 없었다. 급기야 검은 연기는 지혜의 목까지 감아 오르더니 지혜를 공중으로 붕 떠오르게 만들었다. 지혜는 이미 정신을 잃은 상태였다. 그러나 지혜는 눈을 뜬 상태였다. 지혜의 눈은 검게 변해 있었다. 지혜의 얼굴은 핏기 하나 없었고 마치 죽은 사람처럼 보였다. 지혜의 혼이 몸에서 빠져나간 것만 같았다. 지혜는 검은 연기에 의해 한동안 허공에 둥둥 떠 있었다. 그리곤 어느 순간 지혜의 몸을 휘감고 있던 검은 연기가 목걸이 속으로 빨려 들어가기 시작했다. 지혜의 몸을 휘감고 있던 검은 연기가 목걸이 속으로 빨려 들어가자 허공중에 떠 있던 지혜는 욕실 바닥으로 떨어져 내렸다. 지혜는 욕실 바닥에 경직된 모습으로 힘없이 쓰러져 있었다.

갈라진 붙박이 거울 안에서 누군가의 모습이 보였다. 그것은 다름 아닌 최 회장이었다.

욕실 밖에서 전화벨이 울리기 시작했다.

07

실종

무슨 일이 생긴 걸까?

이삭은 안절부절못하고 있었다. 아무리 집으로 전화를 해도 지혜는 무슨 일인지 전화를 받지 않았다. 운전대를 잡은 이삭은 온갖 불안한 생각들로 잠시도 마음을 놓을 수가 없었다. 이삭은 계속해서 재발신을 눌렀다. 그래도 저편에서는 아무런 반응이 없었다, 이삭은 조바심을 억누르고 차분하게 자신의 아파트를 향해 차를 몰기 시작했다. 지혜가 잠을 자고 있을지도 모를 일이었다. 하지만 그 시간에 낮잠을 잘 지혜가 아니었다.

지하 주차장에 차를 주차시킨 이삭은 서둘러 아파트로 올라갔다. 초인종을 눌렀지만 안에서는 아무런 인기척도 없었다. 이삭은 아파트 열쇠를 찾아 문을 열고 안으로 들어갔다. 지혜의 신발이 보였다. 이삭은 안도의 한숨을 내쉬었다. 이삭이 지혜를 불러 보았다. 그러나 그 어디에서도 지혜의 기척은 느껴지지 않았다. 썰렁한 기운뿐이었다. 사람이 있었던 흔적도, 조금의 체온도 아파트에는 남아 있지 않았다. 오전에 집을 나설 때와는 전혀 다른 분위기였다. 이삭은 먼저 침실과 작업실을 살폈다. 그러나 지혜는 없었다. 마지막으로 욕실을 살폈지만 역시 욕실에도 지혜는 없었다. 이삭의 시선을 잡아 끈 것은 욕실의 거울이었다. 거울은 금이 가 있었고 욕실 바닥에는 금방 샤워를 한 듯이 물기가 마르지 않고 배어 있었다.

"지혜 씨? 지혜 씨?"

대답이 없었다. 지혜는 그 어디에도 없었다. 그렇게 지혜가 떠나가 버린 것이다. 하지만 이삭은 믿을 수가 없었다. 이삭은 지혜가 근처 상가에 무엇인가를 사러 갔을 것이라고 생각했다. 조금만 기다리고 있으면 지혜가 돌아올 것이라고 이삭은 생각했다. 하지만 시간이 지나도 지혜는 돌아오지 않았다. 어떻게 된 일일까? 이삭은 다시 욕실로 들어갔다. 그리곤 욕실의 거울 앞에 섰다. 서너 갈래로 금이 가 있었지만 무엇 때문에 금이 갔는지는 알 수가 없었다. 거울에 금이 갔다면 무엇인가의 충격에 의해 그럴 것이다. 하지만 욕실 안의 그 무엇도 흐트러져 있는 것이 없었다. 이삭은 천천히 거울을 살폈다. 거울에 손이 벤 지혜가 병원에 갔을지도 모른다고 이삭은 추측했다. 그러나 그것 역시 지혜의 잠적을 해명하기에는 어려웠다. 거울에 피가 묻어 있는 것도 아니었기 때문이었다. 이삭은 도무지 이해할 수가 없었다.

거울은 무엇인가의 충격에도, 그렇다고 주먹으로 쳐서 금이 간 것도 아니었다. 지혜가 이유 없이 거울을 주먹으로 칠 리도 만무했다. 이삭이 손으로 거울의 표면을 만졌다. 금이 간 거울의 표면은 전혀 이상이 없었다. 마치 금이 가지 않은 것처럼 매끄러웠다.

기다리고 또 기다려도 지혜는 나타나지 않았다. 지혜의 옷도 그렇다고 집안에 없어진 물건도 없었다. 지혜를 처음 만났을 때 입고 있었던 잠옷도 가지런히 접힌 채 침대 위에 놓여 있었다.

이삭은 다시 이해가 가지 않았다. 지혜가 알몸으로 나갔다는 말인데. 있을 수 없는 일이었다. 벌건 대낮에 알몸으로 나다닌다는 것은 이해할 수 없는 일이었다. 알 수는 없지만 지혜는 분명 밖으로 나가지 않았을 것이라고 이삭은 생각했다. 그렇다면 집안 어디엔가 지혜가 있을 것이다. 지혜가 자신을 놀려주기 위해 장난을 치고 있는 것이라고 이삭은 생각했다. 이삭이 집안 곳곳을 헤집고 다녔지만 지혜는 그 어디에도 없었다.

이삭은 안 되겠다 싶어 지혜를 찾아 나섰다. 아파트 근처를, 사람이 모이는 곳이라면 한 곳도 빼먹지 않고 찾아다녔다. 그러나 이삭의 기대는 어긋나고 말았다. 지혜의 행방을 이삭은 전혀 알 수가 없었다. 이삭은 다시 아파트로 돌아왔다. 지혜가 돌아와 있을지도 모른다는 희망으로 초인종을 눌렀지만 그것은 이삭의 기대에 지나지 않았다. 이삭은 열쇠로 문을 열고 들어와 다시금 집안을 살폈다. 그러나 역시 지혜는 없었다.

이삭은 집안에 있는 등이란 등은 다 켜놓고 지혜를 기다렸다. 전화기를 들고 지혜가 전화를 걸어올지도 모른다는 생각에 꼼짝도 하지 않고 기다렸다. 하지만 시간이 흐를수록 이삭은 점점 더 불안하기만 할 뿐이었다.

지혜는 다시는 돌아오지 않을지도 모른다. 이삭은 혹시 자신이 무슨 잘못이라도 했나 하는 생각을 했다. 그러나 그녀가 자신을 떠나갈 이유는 없었다. 그것도 알몸으로 신발도 신지 않은 채 집을 나서기란 불가능한 일이지 않은가. 이삭의 머리가 점점 복잡해졌다. 시계는 벌써 밤 11시를 지나쳐 0시를 향해 내달리고 있었다.

그날 밤을 꼬박 새우도록 지혜는 나타나지 않았다. 그 다음날도 그 다음날도 지혜는 나타나지 않았다. 이삭은 며칠 째 지혜를 기다리며 밤을 새웠다. 이삭은 지혜가 연락을 취해 올지도 모른다는 생각에 집 밖으로 나가지 않았다.

소파에 앉아 지혜의 전화를 기다리던 이삭은 그만 피곤에 지쳐 잠이 들고 말았다. 잠깐 잠이 든 것 같았는데 이삭은 벌써 삼일 째 잠에 취해 있었다.

'잠꾸러기. 어서 일어나세요. 오늘 영화보기로 했잖아요. 영화도 보고 근사한 곳에서 식사도 하자고 그랬잖아요. 어서 일어나세요.'

이삭이 눈을 떴다. 하지만 지혜는 없었다. 환청을 들은 모양이었다.

이삭은 경찰에 실종 신고를 할까도 생각했지만 지혜에 대해서 아는 것이 없었기 때문에 그것마저도 할 수가 없었다. 그저 답답하기만 할 뿐이었다. 도대체 무엇 때문에……. 이삭은 막막했다. 지혜는 이삭에게 너무도 큰 자리를 차지하고 있었다. 지혜의 텅 빈 자리를 이삭은 감당할 수가 없었다.

그동안의 일들이 꿈이란 말인가? 분명 지혜와 지냈던 한 달은 꿈이 아니었다. 꿈이었다면 지혜의 잠옷 또한 없어야 했다. 이삭은 침대 위에 가지런히 개어져 있는 지혜의 잠옷을 들어 올렸다. 그리곤 코에 대고 냄새를 맡았다. 잠옷에는 지혜의 체취가 여전히 남아 있었다.

이삭은 지혜와 처음 만났던 곳으로 향했다. 비가 내리던 그날 밤 지혜가 잠옷 차림으로 서 있었던 그곳으로 갔지만 그곳에 도착하자마자 이삭은 또다시 침울해졌다. 어디에서부터 어떻게 찾아야 할지 막막할 따름이었다. 그럴 줄 알았으면 사진이라도 함께 찍어두는 건데. 이삭은 후회했다.

이삭은 꿈속에서라도 지혜를 만나기 위해 노력해 보았지만 소용없는 일이었다. 지혜는 더 이상 이삭의 꿈에 나타나지 않았다. 이젠 꿈속에서조차 지혜를 볼 수 없었다.

한 달이 지났다. 하지만 이삭은 지혜를 기다리는 것을 포기하지 않았다. 지혜를 기다리는 한 달 동안 그는 사는 게 사는 것 같지 않았다. 이삭의 얼굴은 핼쑥했고 초췌해 보였다. 식사도 제때 하지 않아 체중도 10Kg이나 줄었고 수염도 깎지 않아 덥수룩했다.

이삭은 시간이 지날수록 초라해졌다. 둘이 아닌 혼자의 모습인 이삭은 생기를 잃어가고 있었다. 이삭이 할 수 있는 것은 아무것도 없었다. 지혜가 다시금 돌아와 주기만을 기다리는 것뿐이었다. 그 사이 이삭의 소설이 출간되었다. 하지만 이삭은 출판사에 나가보지도 않았고 택배로 배달되어 온 책도 거들떠보지 않았다. 지혜 없이는 그 무엇도 중요하지 않았다. 지혜 없이는 그 어떤 것도 필요치 않았다. 지혜 없이 이삭이 할 수 있는 일이란 아무것도 없었다. 지혜는 그처럼 이삭의 일부였고 일부가 사라져버린 지금의 이삭은 스스로 낯선 존재가 되어가고 있었다.

이삭의 소설은 출간되자마자 좋은 반향을 보이고 있었다.

그리고 이삭의 소설에 대해 세간 사람들은 말들이 많았다. 이삭의 소설 내용을 두고 내기를 거는 사람들도 있었다. 소설대로 희대의 엽기적인 살인사건이 벌어질 거라고 믿는 사람들도 있었다. 그렇지만 소설의 저자인 이삭은 정작 그것에 관심이 없었다. 오직 이삭은 지혜에 대한 생각뿐이었다.

이삭은 자신의 존재의 의미를 상실해 가고 있었다. 삶의 의미도 사랑의 진실도 그렇게 이삭을 괴롭히고 있었다. 지혜는 이삭의 의욕마저도 그에게서 빼앗아 가고 말았다. 무의미한 일상들이 이삭을 기다리고 있을 뿐이었다. 그 일상들 속에서 이삭은 점차 나약해져 가고 있었다. 시간이 해결해 주리라는 미련함만이 이삭을 이끌고 있었다.

기다림뿐이었다. 기다림 속에서 이삭은 삶의 의지란 전혀 없는 쇠약한 남자일 뿐이었다. 그 무엇도 이삭에겐 배려되어 있지 않았다. 지혜 없이 다시 새롭게 시작하기란 이삭의 의지로는 불가능해 보였다.

지혜가 다가오기 전까지 늘 혼자였던 이삭이었지만 이젠 혼자라는 것이 이삭에겐 익숙한 것이 아니었다. 이삭은 지혜가 원망스러웠다. 자신이 혼자이기를 그대로 내버려두었더라면 이러한 고통은 없었을 거였다. 이삭의 삶은 반쪽에 지나지 않았다. 반쪽을 잃은 반쪽의 아픔은 시간이 흐르면 흐를수록 더 깊어져만 갔다.

왜 자신에게 그런 아픔이 있어야 하는지, 왜 자신에게 끊임없이 불행만이 닥쳐오는지, 왜 자신에겐 행복이란 찾아오지 않는 건지. 이삭은 자포자기의 심정이었다. 이삭은 불행도, 고통도, 괴로움도 없는 그런 곳이 있다면 그런 곳으로 떠나고 싶었다. 하지만 세상에서 그런 회피의 대상을 찾을 수는 없었다. 살아 있는 한은 자신의 운명으로 따라다니는 불행을 감수하며 살아가야 할 것이다.

이삭은 무작정 집을 나섰다. 그리고 무작정 걷기 시작했다. 그렇게 걷다가 또 우연히 지혜를 만나게 될지도 모를 일이었다. 하지만 이삭은 많은 기대를 하지는 않았다. 기대를 하는 것만큼 실망도 클 것이기 때문이었다.

얼마를 걸었는지 모른다. 어느새 어둠이 이삭의 주위로 스멀스멀 내려앉고 있었다.

어디인지 낯선 곳이었다. 이삭은 눈앞에 보이는 술집으로 무작정 들어갔다. 이른 시간이었기 때문에 술집 안은 한적했다. 이삭은 거리가 훤히 내려다보이는 창가 쪽으로 다가가 앉았다.

이삭의 앞에 술과 안주가 놓였다. 이삭은 거리를 내려다보다가 다시 빈 술잔을 멍하니 바라보았다. 텅 빈 자신의 모습 같아서 이삭은 술잔을 가득 채웠다. 이삭의 입으로 술이 무감각하게 쏟아져 들어갔다. 독한 술이었지만 이삭은 미동도 하지 않았다. 취하고 싶은 생각뿐이었다. 다른 생각은 하고 싶지 않았다. 그런데 자꾸만 지혜의 생각이 났고 머릿속을 떠나가지 않았다. 그녀의 생각을 지워버리기 위해 이삭은 다시 술을 따랐고 술을 입안으로 쏟아부었다.

"혼자 오셨어요?"

술집 주인으로 보이는 여자가 그런 이삭을 카운터에서 지켜보고 있다가 다가와 말했다. 하지만 이삭은 대답하지 않았다. 여자가 그의 앞에 앉았다. 그러곤 그의 빈 잔에 술을 따랐다.

"그렇게 급하게 마시다간 취하겠어요."

여자가 말했지만 이삭은 들은 척도 하지 않았다. 이삭은 또다시 술잔을 비웠고 빈 술잔에 술이 채워졌다. 이삭이 전혀 반응을 보이지 않자 여자가 멋쩍은 표정으로 앉아 있다가 돌아가고 말았다. 술을 마시면 마실수록 지혜의 생각은 이삭을 더더욱 괴롭혔다. 벌써 한 병을 비웠는데도 이삭은 취기를 느끼지 못했다.

시간이 흐르면서 술집 안으로 손님들이 들어오기 시작했다. 연인으로 보이는 남녀가 들어와 창가에 마주 보고 앉았고 서너 명의 남자 손님들이 한쪽 테이블을 차지하고 앉았다.

벽에 붙어 있던 대형 모니터에서 아이돌 그룹이 나와 현란한 조명을 받으며 노래와 춤을 추기 시작했다. 비로소 가라앉아 있던 실내에 활기가 돌기 시작했다. 그러나 이삭의 얼굴은 괴로움의 빛이 역력했다. 잔을 비우고 술을 따르는 것이 이삭이 하는 일의 전부였다. 이삭의 얼굴은 점점 침울해졌다. 오직 술만이 이삭의 친구였고 말 상대였다.

전화벨이 울렸다. 이삭은 혹시 자신의 휴대폰이 아닌지 확인했다. 그러나 전화벨은 카운터 쪽에서 멈추었다.

"뭐라고. 결국 터진 거야. 알았어. 확인하고 다시 전화 걸게."

여자가 전화를 끊었다. 그리고 모니터에서 흘러나오고 있던 아이돌 그룹의 노래가 멈춰졌고 뉴스 속보가 그 자리를 메우며 쏟아져 나왔다.

– 뉴스 속보를 전해드리겠습니다.

이 시각 현재 원인을 알 수 없는 바이러스 환자가 급증하고 있습니다. 보건당국에서는 역학조사와 정밀검사에 나섰으며……

이삭이 고개를 들었다. 그리곤 대형 모니터를 주시했다. 이삭의 얼굴에서 웃음이 새어나오기 시작했다. 끝내 이삭이 소리 내어 웃었다. 그러자 손님들이 일제히 이삭을 쳐다보았다. 그래도 이삭은 아랑곳하지 않고 실성한 사람처럼 웃었다. 이삭이 술잔을 단숨에 들이 킨 것은 다음이었다. 술잔으로는 부족했던지 이삭은 글라스에 술을 가득 따랐다. 그것 역시 단숨에 마셔 버린 이삭은 빈 글라스를 내려놓았다.

이삭의 휴대전화가 울리기 시작했다. 벌써 오래전부터 울리고 있었지만 이삭은 받을 생각을 하지 않았다. 이삭은 한동안 울리다가 멈추었던 휴대폰이 다시 울리자 그만 전원 스위치를 눌러 휴대폰을 끄고 말았다. 출판사의 편집장이거나 아니면 이삭의 연락처를 알아낸 기자들의 전화일 것이 분명했다. 이삭은 전화를 받을 생각을 하지 않았다. 으레 있는 일이었다.

소설 재앙이 알려질 때도 이삭은 그들을 피해 다니느라 고생했던 적이 있었다. 오늘도 이삭은 그렇게 그들을 외면하고 있었다. 그 모든 것이 자신으로 인해 빚어진 것만 같아 이삭은 견딜 수가 없었다. 왜 하필 자신이 쓴 소설이 현실로 이루어지는 것인지 이삭은 막막하기 그지없었다.

이삭의 머릿속은 뒤죽박죽이었다. 취기가 많이 오른 것 같은데도 이삭은 계속해서 술을 마셨다. 금방이라도 속을 게워낼 것 같았지만 이삭은 꾸역꾸역 술을 삼켰다. 그 방법밖에는 없었다.

여주인이 손님들에게 맥주를 돌리기 시작했다. 그리고 이삭의 앞에 여자가 맥주를 놓아주었다.

"난 시킨 적 없는데."

이삭이 말했다. 이삭의 목소리는 술에 잔뜩 취해 있었다.

"제가 내기를 했거든요."

"……?"

"아까 뉴스 속보 보셨지요?"

"……."

이삭이 고개를 끄덕였다.

"친구하고 내기를 했는데 제가 이겼어요. 그래서 오늘 오신 손님들에게 맥주를 서비스로 드리는 거예요. 그런데 걱정이 에요. 세상이 너무 험악해지니 말이에요. 어쨌든 저야 내기에 서 이겨서 좋기는 하지만."

이삭이 별다른 반응을 보이지 않자 여자는 말끝을 흐리고 는 다른 테이블에 맥주를 나르기 시작했다. 이삭은 내기를 했 다는 여자의 말에 어이가 없었다. 이삭은 다시 술잔을 비우곤 테이블에 내려놓았다.

"어쩌면 좋아. 마스크라도 사서 써야하는 것 아냐? 바이러 스라잖아."

앞 테이블의 여자가 말했다.

"저주받은 소설가라는 최이삭."

남자가 여자의 말을 받아 주었다.

"으응. 나도 믿지 않았는데 정말 대단해. 나도 그런 재주라 도 있었으면……."

여자가 깍지를 낀 손위에 턱을 괴며 말했다. 이삭은 그들의 말을 무시해버렸다. 하지만 그 자리에 있는 것이 그리 편치는 않았다. 이삭의 얼굴은 점점 어두워졌다.

'불가능한 일이야. 아니, 있을 수 없는 일이야. 어떻게 저렇게 소설과 똑같은 일이 발생할 수 있을까. 아니야, 그럴 리 없어. 분명 이건 뭔가 잘못된 거야. 그렇지 않고서는……. 모르겠어. 다 잊고 싶어.'

지혜가 있었다면……. 이삭은 그녀가 몹시도 그리웠다. 그녀만 옆에 있어주었더라면 그렇게 힘들지 않았을 것이라고 이삭은 생각했다. 이삭은 남은 술을 글라스에 따라 단숨에 비워내었다. 벌써 3병 째였다. 그대로 더는 무리였다. 더 마셨다간 정신을 잃을 것만 같았다. 술을 마신다고 해서 떠나간 지혜가 다시 돌아오는 것도 아니었다. 이삭은 그 자리에서 일어섰다.

이삭은 술집 문을 열고 밖으로 나가려다가 그만 바닥에 쓰러지고 말았다. 종업원이 와서 부축했지만 이삭은 뿌리쳤다. 비틀거리며 밖으로 나가는 이삭의 뒷모습은 불안하기만 했다.

어둠뿐이었다. 그리고 보이는 것은 아무것도 없었다. 겨우 중심을 잡으며 이삭은 걷기 시작했다. 하지만 그리 오래가지 못하고 이삭은 바닥으로 쓰러지고 말았다.

"이래서는 안 돼."

할 수 없이 이삭은 택시를 잡아야 했다. 다행히 저편에서 달려오던 빛이 택시였던 탓에 이삭은 힘들이지 않고 택시에 올라탈 수 있었다.

아파트 입구가 보이자 이삭은 택시에서 내렸다. 자신의 아파트가 바로 앞이었지만 멀게만 느껴지는 거리였다. 이삭은 더 이상 걸을 수가 없어서 근처 벤치에 앉았다. 이삭의 입에서 술 냄새 섞인 한숨이 힘없이 쏟아져 나왔다.

"도대체 어디에 있는 거야."

이삭이 소리를 질렀다. 지나가던 사람이 그를 힐끔 돌아보고는 다시 걷기 시작했다.

"난 견딜 수가 없어. 이대로는 너무도 힘들어. 차라리……."

이삭은 먹먹해졌다. 차라리 죽고 싶은 심정이었다. 죽는다면 지금처럼 이렇게 힘이 들 것 같지 않았다. 모든 것을 그렇게 잊을 수만 있다면 그것으로 족하다고 이삭은 생각했다.

갑자기 슬퍼졌다. 그러나 눈물은 나오지 않았다. 아무리 힘들고 고통스럽더라도, 또 외롭더라도 이삭은 단 한 번도 눈물을 흘려 본 적이 없었다. 눈물이 무엇인지 흘려보지 않았기 때문에 이삭은 알 수가 없었다. 이삭은 자신의 존재가 원망스러웠다. 삶의 의미를, 존재의 의미를 이삭은 그 어디에서도 찾을 수가 없었다. 그저 자신이 외톨이라고, 저주받은 존재라고 이삭은 생각했다.

저주받은 걸까, 정말 난 저주받은 존재일까. 이삭은 죽고 싶은 심정일 뿐이었다. 이삭은 벼랑 아래로 한없이 떨어져 내렸다. 그래 이대로 가는 거야. 이삭은 결심했다. 더는 망설일 이유가 없었다. 살면서 불행하기만 할 바에 차라리 스스로 목숨을 끊는 것이 나을지도 모른다고 이삭은 생각했다.

이삭은 벤치에서 일어섰다. 그리고 자신의 아파트를 향해 걸었다. 발걸음은 무겁지도 그렇다고 가볍지도 않았다. 무의식적으로 무감각하게 이삭은 걸어갈 뿐이었다.

엘리베이터가 내려오자 이삭은 망설임 없이 올라탔다. 그리고 맨 꼭대기 층의 숫자를 손으로 눌렀다.

엘리베이터가 멈추었다. 이삭은 엘리베이터에서 내려 계단을 통해 위로 걸어올라 갔다. 다행히 아파트 옥상으로 향하는 문은 잠겨 있지 않았다. 이삭이 문을 열고 밖으로 나가자 조금은 후덥지근한 초여름의 열기가 느껴졌다. 그리고 어디에선가 아카시아 향기가 바람을 타고 흘러와 이삭의 코를 자극했다.

이삭은 더는 무엇에도 의지할 수 없었다. 더는 그 무엇도 중요하지 않았다. 하지만 왜지 이삭의 발걸음이 무거웠다.

끝도 시작도 없었다. 이삭에게는 끝도 시작도 필요치 않았다. 예전부터 자신은 이 세상에 존재하지 않았을지도 모른다고 생각했다. 존재했었다고 해도 자신은 외면된 불행한 존재에 지나지 않는 다고 이삭은 생각했다.

이삭은 아파트 옥상의 난간으로 걸어갔다. 이제 선택만이 남았다. 아니 선택은 이미 이삭에 의해 준비되어 있었다. 그렇게 떨어져 내리면 그만이었다. 미련도 망설임도 후회도 없었다. 이젠 돌이키고 싶지도 않았다. 이젠 돌이켜야 할 이유도 없었다. 외로움과 고통 속에서 살 바엔 차라리 그렇게 끝을 맺을 수 있다는 것이 좋았다. 내일은 이 시간 이후로 존재하지 않을 것이다. 내일은 괴로워하지도, 외로워하지 않아도 될 것이기에 이삭은 그 언제보다도 행복했다.

이삭은 숨을 가다듬었다. 무엇이 슬픔인지, 무엇이 괴로움인지, 무엇이 외로움인지, 무엇이 고통인지, 무엇이 행복이고 무엇이 즐거움인지, 세상의 모든 미련을 이삭은 훌훌 털어내고 있었다. 이삭은 취해 있었지만 정신은 말짱했다. 이삭은 지난날들을 차근차근 정리하고 있었다.

이삭은 난간에 기댄 채 아래를 내려다보았다. 그 순간 이삭은 아찔함을 느꼈다. 가슴이 뛰기 시작했다. 하지만 두려움은 없었다. 두려움보다도 알 수 없이 이삭은 포근함을 느꼈다. 한 발만 더 나서면 그만이었다. 한 발만 더 나서면 모든 것은 끝이 나고 마는 것이었다. 한 발만 더 나서면 세상에서 불행한 존재로, 버림받은 존재로 일컬어지던 자신은 이 세상에서 존재하지 않는 것이다.

'우린 만나지 말았어야 했을 사람들이에요. ……당신이 원치 않았다면 전 존재하지도 않았을 거예요. 차라리 그랬다면……. 곧 만나게 될 거예요. 당신이 만나고 싶지 않다고 해도 우린 어쩔 수 없이 만나게 될 거예요. 그것이 우리의 운명이니까. ……우린 서로 멀지 않은 곳에 있어요. 너무도 가까운 곳이죠. 하지만 당신은 우리의 만남을 후회하게 될 거예요. 당신이 후회하게 될 때에는 이미 돌이킬 수 없는…….'

이삭은 체념했다.
"어디에 있던 행복하길."
이삭이 혼잣말로 중얼거렸다. 이삭이 이를 지그시 깨물었다. 그리곤 하늘을 올려다보았다. 꼭 비가 올 것만 같은 날씨였다. 하늘에는 별도 달도 떠 있지 않았다. 검은 구름이 이삭의 슬픔을 대신하듯이 밤하늘을 흘러가고 있었다. 더 이상의 시간은 필요치 않았다. 이삭이 난간 아래로 몸을 날렸다. 자유로웠다. 그 어느 때보다도 자유로웠다. 이삭은 자유롭게 허공을 유영하고 있었다. 그리 길지도 짧지도 않은 유영이었다.
'이대로 끝인가?'
이삭은 한없이 떨어져 내렸다. 한없이…….

08
존재의 이유

어딘지 알 수 없었다.

계속해서 떨어져 내릴 뿐이었다. 떨어져 내리는 속도는 점차로 빨라졌다. 지푸라기 하나 잡을 것이 없었다. 어딘가에서 멈출 것 같기도 한데 그러나 멈추지 않았다. 마치 시간을 거슬러 내려가는 것 같기도 했고, 마치 무한한 공간에 빠져 허우적거리는 것 같기도 했다. 하지만 분명한 것은 혼자라는 것이었다. 그 누구도 곁에 있지 않았다. 또다시 외로움뿐이었다. 한 줄기의 빛도 존재하지 않는 어둠 속이었다. 아무것도 보이지 않았다. 얼마를 그 속에서 헤맸는지 모른다. 그러나 별 방도가 없었다. 그곳에서 헤어 나오려 하면 할수록 점점 그 공간에 갇혀버리는 느낌뿐이었다.

죽음인가? 알 수 없었다. 죽어가고 있는 것인지, 아니면 죽은 것인지. 살아 있는 것인지, 아니면 살아나고 있는 것인지. 도무지 분간하기 힘들었다. 도무지 무엇이 자신을 이끌고 있는 것인지 알 수 없었다. 포근하지도 그렇다고 춥지도 않았다. 온기도 추위도 느낄 수 없었다. 점점 산만하기만 할 뿐이었다.

누군가가 지켜보고 있는 것 같은데, 그녀가 곁에 있는 것 같은데, 그런데 주위를 아무리 둘러보아도 그 어디에도 그녀는 보이지 않았다.

사람들이 죽어가며 아우성치는 소리가 들려오는 것 같기도 했다. 총소리와 대중의 난동, 그리고 폭력의 환상들이 눈앞을 스치고 지나갔다. 그런데 막상 그 실체를 확인하고 싶어도 확인할 수가 없었다.

무언가 정신세계를 자극하고 있는 것이 있었다. 누군가가 들어와 있는 것 같았다. 그러나 그 존재를 파악할 수 없었다. 수많은 생각들이 머릿속을 지배하고 있었다. 믿음, 슬픔, 괴로움, 고통, 희망, 행복, 좌절, 기쁨, 외로움, 죽음, 삶, 욕정, 자책, 책망, 흐느낌, 아우성, 몸부림, 발버둥, 비명, 눈물, 두려움, 권유, 회유, 집착, 완전함, 불안, 영혼, 전율, 절규, 피, 혼란, 청순, 미련, 배고픔, 섬뜩함, 잔인함, 액체, 둔탁함, 여운, 술, 자극, 더러움, 역겨움, 피로, 순결. 그 모든 것이 한순간 다가오는가 싶더니 한순간 멀어져 갔다.

자욱한 안개가 깔리는 것 같았다. 어디에선가 진한 꽃향기가 풍겨오는 것 같기도 했다. 누군가가 손짓을 하는 것 같기도 했다. 누군가가 떠나가는 것 같기도 했다. 자세히 보니 자신이었다. 자세히 보니 분명 자신이었다. 그런데 어찌 된 일일까? 자신을 불러보아도 정작 자신은 그 소리를 듣지 못하고 있었다. 어디론가 향하고 있었다. 순식간에 눈앞에 푸르스름한 광채가 번져 나왔다. 그리고 노랫소리가 들렸다. 더없이 편안했고 더없이 포근했다. 마치 엄마의 품처럼 느껴지는 안락한 곳이었다. 어둠도 삭막함도 그곳에는 없었다. 형언할 수 없는 아름다움들이 잡아끌고 있었다. 처음으로 느껴보는 기분이었다. 처음으로 와 보는 그런 곳이었다. 그러나 그것도 잠시였다. 가까이 다가가려 하자 순식간에 어둠이 밀려 들어왔다. 다시금 한없이 아래로 떨어져 내렸다. 그러다가 멈춘 것 같은데, 암흑이었다. 서러움이 밀려왔다. 척박하기만 한 땅이었다. 그 어디에도 생명의 힘이란 느껴지지 않았다. 지옥인가? 그러나 지옥은 아닌 것 같았다. 발버둥 치기 시작했다. 더는 그 혼돈의 공간에 있을 수가 없었다. 존재에 대한 회의가 느껴지기 시작했다. 도대체 나는 누구란 말인가? 도대체 내가 있을 곳이 어디란 말인가?

잘못된 선택이었을까? 난감해졌다. 어떻게 해서든 그곳에서 벗어나고 싶었다. 하지만 존재의 상실에 대한 괴로움에서 벗어날 수 없었다. 끊임없이 밀려드는 혼돈을 뒤로하고 싶었다. 그러자 마음속에서 삶에 대한 미련이 살아나기 시작했다. 떨어져 내리며 손을 뻗었다.

제발, 제발, 제발……!

이삭이 눈을 떴다. 창문으로 빛이 새어 들어오고 있었다. 변한 것은 아무것도 없었다. 자신의 아파트였고 자신의 침실이었다. 그렇다면 아직 죽지 않았단 말인가? 죽었다면 분명 자신은 침대에 누워 이처럼 다시 눈을 뜨고 있지는 않을 것이다. 자신이 죽었다면 자신의 몸은 차가운 병원 영현실에 누워 있어야 할 것이다.

"하지만……. 분명……."

어떻게 된 일인지 이삭은 알 수가 없었다. 분명 자신은 지난밤 아파트 옥상에서 뛰어내리지 않았던가. 이삭은 자신의 몸을 살폈다. 하지만 몸에서 상처를 찾을 수는 없었다. 또한 아파트 옥상에서 떨어져 내렸다면 몸에 핏자국이라도 있어야 했지만 전혀 그런 것을 찾을 수 없었다. 옷은 어제 집을 나갈 때 입었던 그 차림 그대로였다. 이삭은 지난밤을 떠올렸다. 그러나 술을 마시고 자살하기 위해 아파트 옥상에 올라가 떨어진 것은 생각이 나는데 그 이후부터는 생각이 나지 않았다. 대신 머리만 아파올 뿐이었다. 이삭은 침대에서 일어나 욕실로 뛰어 들어갔다. 그리곤 금이 간 거울 앞에서 옷을 벗었다. 옷을 모두 벗고 자신의 몸 구석구석을 살폈지만 그 어디에도 상처를 찾을 수는 없었다.

"이럴 수가……. 아……아니야. 그럴 리가 없어."

지난밤 옥상에서 뛰어내릴 때를 이삭은 다시 생각했다. 분명 자신은 죽었어야 했다. 그런데 어찌 된 일일까? 혹시 내가 죽은 것을 못 느끼고 있는 것은 아닐까? 이삭은 자신의 뺨을 손으로 힘껏 꼬집었다. 통증이 느껴졌다. 그렇다면 분명 자신이 살아 있는 것만은 확실했다. 이삭은 넋이 나간 얼굴로 멍하니 거울 속 자신의 얼굴을 바라보았다.

영혼이 통증을 느낄 수 있을까? 이삭이 다시금 자신의 몸을 더듬었다. 감촉은 살아 있을 때와 똑같았다.

"그렇지만……."

이삭은 스스로 자신이 살아있는지 죽은 것인지 확인하기는 불가능하다고 판단했다. 그래서 욕실에서 나와 출판사에 전화를 걸었다. 곧 편집장의 목소리가 흘러나왔다.

"어제 일어났던 바이러스……."

"도대체 어떻게 된 거야?"

편집장이 이삭의 말을 끊으며 말했다. 이삭은 편집장이 왜 그렇게 놀라는지 알 수가 없었다. 이삭은 수화기를 손으로 바짝 움켜쥐었다. 자신이 전화를 걸 수 있다면, 그리고 편집장의 목소리를 들을 수 있다면, 그렇다면 자신이 죽지 않은 것만은 확실했다.

"어떻게 된 사람이 그렇게 무책임해?"

편집장이 화를 냈다. 하지만 편집장의 목소리에는 반가움도 섞여 있었다.

"그게 무슨 말……."

이삭은 영문을 알지 못했다.

"얼마나 걱정을 했는지 알아?"

"……."

편집장이 왜 그렇게 화를 내는 것인지 이삭은 이유를 알지 못했다. 아마 자신이 지난밤 핸드폰을 꺼 두어서 혹시 그것 때문에 화를 내는 것은 아닌가 하고 이삭은 생각했다.

"최 작가 할 말 있으면 해 보라고."

"죄송합니다. 어제는 혼자 있고 싶어서 핸드폰을 꺼 두었습니다."

지난밤을 떠올리며 이삭이 말했다.

"그게 무슨 소리야?"

"네……?"

이삭이 오히려 편집장에게 물었다.

"정말 몰라서 그러는 거야?"

"……."

편집장이 무슨 말을 하는지 이삭은 통 알아듣지 못했다.

"정말 이러기야."

"무슨 일인지 저는……?"

"3주 동안 행방불명됐던 사람이 누군데. 3주 동안 연락도 없고 통화도 할 수가 없었는데 오늘 불쑥 전화해서 아무것도 모른다고 시치미를 떼는 거야. 어떻게 사람이 그렇게 무책임해. 최 작가 그런 사람으로 보지 않았는데 정말 너무 하는 거 아니야. 난 그동안……."

"그게 무슨 말씀이세요. 3주 동안 연락이 없었다니요? 전 어제 그냥 혼자 있고 싶어서 핸드폰을 꺼두었던 것뿐인데……."

이삭이 편집장의 말을 끊으며 말했다. 정말 어처구니없는 노릇이었다.

"오늘이 며칠인 줄이나 알아. 어제라니? 정신을 도대체 어디에 두고 다니는 거야?"

"3주 전……? 혹시 오늘이 며칠이죠?"

머리가 또다시 아파 왔다.

"16일이야. 젊은 사람이 왜 그렇게 시간관념이 없어. 도대체 정신을 어디에 빼놓고 다니는 거야, 최 작가?"

"16일!"

알 수 없는 일이었다. 핸드폰을 들고 있던 이삭의 손에서 땀이 주르륵 흘러내렸다. 이삭은 혼란스러웠다.

"딴 소리하지 말고 출판사로 나와. 바이러스 때문에 최 작가를 취재하겠다는 기자들이 난리야. 내가 얼마나 애를 먹었는지 알아? 기자들이 최 작가를 만나게 해달라고 떼를 쓰는 바람에 혼이 났다고. 언제까지 피해 다닐 거야? 독자들 전화가 쇄도하는 바람에 출판사 업무도 제대로 볼 수가 없을 지경이야. 이쯤에서 얼굴을 내보여야 하는 것 아니야. 좌우지간 오늘 출판사로 나오라고. 그리고 나올 때 마스크 쓰는 것 잊지 말고. 혹시 바이러스에 전염되면 곤란하니까."

편집장은 복에 겨운 한탄을 하고 있었다.

"마스크라니요?"

"그동안 도대체 뭘 하고 있었던 거야?"

"네?"

"변종바이러스 때문에 세상이 발칵 뒤집혔어. 자네의 소설처럼 말이야."

"알았습니다."

이삭이 전화를 끊었다.

"무언가 잘못된 거야."

이삭은 믿을 수가 없었다. 하지만 편집장이 거짓말을 할 리도 없었다. 자신이 뭔가를 착각하고 있는 것이라고 이삭은 생각했다.

"오늘이 16일이라면 그동안 무슨 일이 있었던 걸까?"

아무리 기억을 되짚어 올라가도 그동안 무슨 일이 있었는지 이삭은 기억해 낼 수가 없었다. 기억하려 하면 할수록 머리만 아파올 뿐이었다. 이삭은 기억해 내는 것을 포기하고 욕실로 들어가 샤워를 했다. 샤워를 하자 찌뿌드드했던 몸이 점차 개운해졌다. 그리고 두통도 서서히 가라앉고 있었다. 샤워기에서 쏟아져 나온 물이 한결 개운함을 부추기고 있었다.

샤워를 끝내고 욕실에서 나온 이삭은 굳게 닫혀 있던 베란다 창문을 열었다. 그러자 밖에서 더운 기운이 실내로 밀려들어왔다. 완연한 여름이었다. 더위가 창문 앞에 선 그의 코끝으로 확 느껴져 왔다. 샤워를 금방 했는데도 땀이 줄줄 흘러내리는 것만 같았다. 이삭은 한동안 쓰지 않았던 에어컨을 전원을 켰다. 그러자 에어컨에서 바람이 시원하게 흘러나왔다.

허기를 느낀 이삭이 냉장고를 열었다. 먹을 만한 것이 없었다. 우유가 있었지만 너무 오래돼 부패한 상태라 먹을 수가 없었다. 또한 냉장고에 있던 것들 모두 말라비틀어졌거나 상해서 먹기에는 곤란한 상태였다.

이삭은 옷을 입고 아파트를 나서기 전 황사 마스크를 찾아 착용했다. 가까운 식당에 가서 밥을 사 먹을 작정이었다. 아파트는 한산했다. 나른한 오후였기 때문에 사람들이 그다지 눈에 뜨이지 않았다. 하지만 드문드문 보이는 사람들은 모두 마스크를 착용하고 있었다. 이삭이 생각했던 그대로였다. 이삭은 근처의 식당으로 들어가 식사를 했다. 식사를 끝내자 포만감이 느껴졌다.

이삭은 다시 자신의 아파트로 돌아가기 위해 식당을 나섰다. 몇 발짝 걷지 않았는데 벌써 이마와 등에서 땀이 흘러내렸다. 그도 그럴 것이 이삭은 아직도 긴소매의 옷과 두꺼운 바지를 입고 있었기 때문이었다. 이삭은 하늘을 올려다보았다. 햇살이 너무도 눈부셔 이삭은 그만 고개를 떨구고 말았다. 이삭이 실없이 피식 웃었다. 이삭의 웃음은 낯설었다.

3주 동안 무엇을 했을까? 이삭은 엘리베이터에 오르며 생각에 잠겼다. 곰곰이 생각해도 그동안 자신이 무엇을 했는지 통 생각나지 않았다.

이삭은 집으로 돌아와 반소매와 얇은 바지로 갈아입었다. 이삭은 문득 허전함을 느꼈다. 그녀, 지혜가 없기에 이삭은 허전했던 것이다. 하지만 기다림은 없었다. 지혜를 기다리면 기다릴수록 이삭은 가슴 아파해야 할 뿐이었다.

이제 지혜가 없는 빈자리의 허전함마저도 이삭은 잊어야 했다. 잊지 못한다면 그만큼 아플 것이기에 이삭은 잊기로 했다. 이제 혼자라는 것에 다시금 익숙해져야 할 시간이었다. 그렇지만 지혜가 언젠가 다시 되돌아 올 거라는 생각은 어쩔 수 없이 저버리지 못했다.

"당신에 의해서 제가 존재할 수 있었던 거예요."

지혜가 꿈속에서 했던 말이었다. 지혜의 말대로라면 언젠가는 꼭 돌아올 것이다. 이삭은 그대로 변함없이 그 자리에 있기로 했다.

이삭은 출판사로 향하기 위해 집을 나섰다. 차에 올라탄 이삭은 차창을 활짝 열고 세상의 공기를 한껏 들이마셨다. 삶의 소중함을 이삭은 그제야 깨달았다.

3주간의 지워진 기억들, 하지만 그것은 그리 중요하지 않았다. 중요한 것이 있다면 이 순간 자신이 살아 있다는 것이었고 느낄 수 있다는 것이었다.

출판사에 도착한 이삭은 편집장을 만나 그동안 전화하지 못한 것을 사과했다.

"아, 그리고 사장이 출판사를 내놓은 것 같아."

"그렇군요."

이삭은 편집장의 말이 건성으로 들렸다.

끝으로 편집장이 이제 미디어에 모습을 보일 때가 되지 않았냐고 물었지만 이삭은 거절했다. 이삭은 사람들의 시선을 감당할 수 없을 것만 같았다. 관심을 받아 좋을 것은 없었다.

사람들의 관심은 관심만으로 끝나지 않는다는 것을 이삭은 잘 알고 있었다. 관심의 선을 넘어 그들은 많은 것을 알고 싶어 할 것이다. 그렇게 되면 자신의 어린 시절까지 거슬러 내려가 생각하고 싶어 하지 않던 기억들을 끄집어낼 것이 분명했다. 네티즌의 선을 넘은 신상 털기와 음모론. 그리고 억측과 추측으로 난무한 가짜뉴스에 이삭은 시달리고 싶지 않았다. 앞으로도 그들에게 자신의 모습을 결코 드러내지 않겠다고 이삭은 생각했다.

편집장도 이삭의 마음을 이해했고 더 이상 인터뷰에 대해서는 거론하지 않았다. 이삭도 그런 그가 마음 써주는 것이 고마웠다.

돌아오는 길에 이삭은 아파트 앞 상가 통신회사 대리점에 들러 휴대전화의 전화번호를 바꾸어 버렸다. 늘상 있는 일이었다. 기자들의 등살에 툭하면 전화번호를 바꾸어야하는 수고를 부담하고 있었다. 지혜가 언제 전화를 해올지 모르는 일이었지만 언제까지 기다리고 있을 수는 없었다. 지혜가 전화를 해온다면……. 그렇다면 전화를 하기 전에 먼저 집으로 찾아올 것이라고 이삭은 생각했다.

집착은 괴로움만 동반할 뿐이었다. 이삭은 지혜의 생각을 그렇게 훌훌 털어 버리고 있었다. 그러자 한결 가슴이 탁 트였다.

아파트로 돌아온 이삭은 출판사에 전화를 걸어 바뀐 전화번호를 남겼다.

이삭은 지혜의 생각을, 지혜에 대한 집착을 떨쳐버리기 위해 침실에 있던 지혜의 잠옷을 상자에 담아 눈에 보이지 않는 곳에 놓아두었다. 그리고 집안에 있던 지혜의 물건들 또한 보이지 않는 곳으로 치웠다.

이삭은 왠지 따분함을 느꼈다. 하지만 작업실로 들어가지는 않았다. 글을 쓰고 싶지 않았다. 멀리 여행이라도 다녀오고 싶은 생각이 들었다. 별난 맛집과 최고의 맛집을 찾아 별미여행을 떠나 보는 것도 괜찮을 것 같았다. 여행에서 얻은 정보로 여행 지침서를 책으로 내는 것도 좋은 생각 같았다.

내친김에 여행을 떠날 생각이었다. 이삭은 책장에서 지도를 꺼내와 앞에 펴놓고 종이와 연필을 준비했다. 하지만 막상 어디부터 시작해야 할지 이삭은 망설이고 있었다. 그러다가 이삭은 포기하고 그냥 마음먹은 대로 떠나야겠다고 결심했다.

짜인 계획대로 여행을 떠난다는 것이 왠지 내키지 않았다. 많은 시간을 두고 발길 닿는 대로 떠나는 여행이 오히려 매력적일 것만 같았다. 시간에 얽매이기를 좋아하지 않는 이삭으로서는 그러는 편이 오히려 나을 것 같았다. 이삭은 내일 즈음 여행을 떠날 생각이었다. 이삭은 어린아이 마냥 기분에 들떠서 가방을 꾸리기 시작했다. 옷과 속옷, 그리고 세면도구와 수건을 가방에 집어넣는 데는 그다지 시간이 걸리지 않았다. 지도와 간단한 필기구를 넣고 디지털카메라를 빼먹지 않고 챙겼다. 그것으로 모든 준비가 끝났다. 그리고 마지막으로 지혜에게 메모를 남겼다. 자신의 전화번호와 함께.

아침 일찍 일어난 이삭은 토스트를 만들어 아침을 해결했다.

며칠이 걸릴지 모르는 여행이었다. 떠나는 김에 이삭은 그동안 가보지 못했던 곳을 빠짐없이 돌아볼 생각이었다. 이번 여행은 자동차로 전국을 일주하는 것이었다. 다음 여행 때는 섬을 중점 적으로 돌아볼 생각이었다. 이삭은 모자와 선글라스를 챙기고 가방을 어깨에 메었다.

이삭의 발걸음은 한결 가벼웠다. 엘리베이터에서 내린 이삭은 자신의 차에 망설임 없이 올라탔다. 그리곤 선글라스를 끼고 차창을 활짝 연 채 시동을 가볍게 걸었다. 바로 그때 휴대전화가 울렸다. 누굴까? 바꾼 전화번호를 아는 사람은 출판사의 편집장뿐이었다. 그렇다면 그가 전화를 걸었다는 얘기이기도 했다.

"여보세요?"

이삭이 할 수 없이 전화를 받았다.

"최이삭 선생님이세요?"

처음 듣는 여자의 목소리였다. 낯선 여자의 목소리에 이삭은 의아한 표정으로 바뀌었다.

"그런데 누구십니까?"

"네, 이번에 출판사를 인수한 이지숙입니다."

여자의 목소리는 30대 중반쯤으로 보였다.

"출판사를 인수하셨다니요?"

"편집장이 전화 드리지 않았나요?"

"네. 그렇군요. 그런데 무슨 일로……?"

"저희 회장님께서 최 작가님을 만나고 싶어 하시는데 시간이 될까 해서 이렇게 전화를 드리게 됐습니다."

"글쎄요. 전 지금 여행을 떠나는 중이거든요. 용건이 있으시면 다음에 다시 전화 통화를 하도록 하시죠."

그러자 여자가 다급하게 이삭을 잡아 세웠다.

"회장님께서 오늘 중으로 꼭 약속을 정하라고 하셨거든요. 전화를 끊으시면 제 입장이 좀…….."

저쪽 여자의 목소리에서 난처함이 흘러나왔다.

"사정은 이해하지만 이만 전화 끊겠습니다."

"자……잠깐만 기다려 주세요. 저 혹시 최 회장님이라고 기억하시는 지요?"

"최 회장……?"

이삭이 생각에 잠겼다.

"최 작가님 하고는 먼 친척 아저씨뻘 된다고 하시던데요."

"내 기억합니다."

"최 회장님은 저희 출판사 회장님이십니다."

"그런데 그분이 왜 저를……?"

"만나 뵙고 싶어 하십니다."

최 회장이라면 이삭이 고아원에 있을 때 딱 한번 만난 적이 있었다. 하지만 그 이후로 단 한 번도 이삭은 최 회장을 만난 적이 없었다. 최 회장은 또한 이삭의 후원자이기도 했다. 최 회장은 고아원에 찾아온 이후로 얼굴을 보이지는 않았지만 이삭에게 후원금을 꼬박꼬박 대주곤 했었다. 이삭이 고등학교를 졸업하고 대학 2학년이 될 때까지 최 회장의 후원은 계속되었다. 심지어 고등학교 때에는 이삭에게 자취방을 마련해 주기까지 했었다. 그러나 이삭은 최 회장의 연락처도 그렇다고 최 회장이 무슨 일을 하고 있는지 조차도 알 수 없었다. 최 회장은 그처럼 자신을 철저하게 숨기며 이삭을 도와준 고마운 후원자이며 유일한 친척이기도 했다. 이삭은 최 회장과의 만남을 뒤로할 수 없는 입장이었다.

"회장님께서 곧 출판사에 도착하실 겁니다. 저희도 급히 연락을 받았기 때문에 난처한 입장입니다. 바쁘시더라도 가능하시다면 저희 출판사로 나와 주셨으면 하는데요. 죄송합니다."

여자의 목소리는 조금 차분해져 있었다.

"알겠습니다."

이삭은 할 수 없이 여행을 잠시 뒤로 미루기로 했다.

오후에 출발한다고 해도 일정에 지장은 없을 것 같았다. 어차피 시간을 정해 놓은 것도 아니었기 때문에 이삭은 최 회장과의 만남에 응하기로 했다. 그리고 그동안 하지 못했던 고맙다는 인사도 할 참이었다. 이삭은 전화를 끊고 출판사를 향해 출발했다.

'도대체 그가 왜 이제 와서 나를 만나려고 하는 거지?'

이삭은 그동안 최 회장을 까맣게 잊고 지냈다. 그렇다고 최 회장을 찾아 보답을 해야겠다는 생각을 하지 않은 것은 아니었다. 이삭은 대학 졸업 이후 최 회장을 찾아 고맙다는 인사를 하고 싶었다. 그래서 최 회장을 찾기 위해 애를 썼지만 찾을 수가 없었다.

'지금은 말할 수 없구나. 하지만 언젠가는 알게 되겠지. 난여기에 다시는 오지 않을 거야. 때가 되면 네가 나를 찾아오거나 아니면 내가 너를 찾겠지. 준비가 되었을 때 말이야. 아직은 그 시간이 되지 않았어. ……잊지 않도록 해라. 네 곁에항상 내가 있다는 것을…….'

이삭은 그때 최 회장이 한 말을 자세히 기억할 수는 없었지만 대충 그렇게 말했을 것이라고 생각했다.

"그렇다면 때가 된 것인가. ……그때란 무엇을 말하는 것일까?"

지하 주차장에 차를 주차시킨 이삭은 곧바로 출판사로 향했다. 출판사로 들어가자 편집장이 반갑게 맞이해 주었다. 그리고는 새로 부임한 사장에게 안내했다.

"어서 오세요, 최 작가님. 이지숙입니다. 회장님이 기다리고 계십니다. 올라가시죠."

사장이 앞장서서 이삭을 안내했다.

"최 회장님께서는 무슨 일을 하시죠?"

"이번에 출판사를 인수하셨고 또 미술관을 운영하십니다. 그밖에 여러 일을 하고 계신 걸로 알고 있습니다. 이 건물 또한 회장님의 소유입니다."

돈 많은 사람쯤 된다고 생각했었지만 그 정도의 재벌 수준일지는 이삭도 생각지 못했다.

"그런데 그런 분이 왜 출판사를……?"

"글쎄요. 그건 저도 모르겠어요. ……사실 회장님의 인품은 온화하고 너그러우시거든요. 회장님은 부와 명예를 떠나서 순수한 마음으로 출판사를 인수하신 것 같아요. 역량 있는 작가들에게 지면을 열어주기 위해서 말이에요. 그리고 회장님은 어려운 사람들에게 베푸는 것을 좋아하신다고 들었어요."

"……."

이삭이 말없이 고개를 끄덕였다.

"선생님은 소설가 같지 않아요."

"그래요."

이삭이 피식 웃어넘겼다.

"재앙이란 소설도 그렇고……. 저 번에 출간된 신간도 그렇고 어떻게 그런 일들을 예측하고 글을 쓰셨는지 궁금해요. 저도 최 작가님 독자거든요. 이렇게 최 작가님을 만나게 되어서 영광이에요. 최 작가님이 우리 회장님과 먼 친척이라고 들었어요. 그게 사실인가요?"

"아마 그럴 겁니다. 저도 자세히는 알지 못합니다. 사실 회장님을 만난 것도 한 번 밖에 없거든요."

엘리베이터가 맨 위층에 다다르자 사장이 앞장섰다.

20여 년만의 만남이었다. 이삭은 최 회장을 어떻게 마주해야 할지 부담스러울 따름이었다. 그가 왜 이제 와서 자신을 찾는 것일까? 왜 그동안 아무런 연락도 없다가 이제 와서 불쑥 나타난 것일까? 이삭은 최 회장의 출현이 그다지 기쁘지도 그렇다고 싫지도 않았다. 이삭은 담담한 얼굴이었다.

"어서 오십시오."

비서가 상냥하게 인사를 해왔다.

"회장님, 최 작가님 오셨습니다."

여자가 인터폰을 누르고 말했다. 그러자 최 회장의 들여보내라는 목소리가 인터폰을 타고 흘러나왔다.

"들어가 보세요."

사장이 말했다.

비서가 회장실 문을 열어 주었고 이삭이 안으로 들어갔다. 발걸음이 카펫 바닥에 스치는 소리가 어색하게 이삭의 귀로 들려왔다. 이삭은 조금은 긴장한 상태였다. 최 회장으로 보이는 남자가 창밖을 내다보고 있었다.

"최 회장님?"

이삭이 먼저 말문을 열었다. 그러자 최 회장이 이삭을 향해 돌아섰다. 20년의 세월을 훌쩍 뛰어넘은 탓인지 최 회장은 많이 늙어 보였다. 고아원에 찾아왔을 때는 없던 흰머리가 최 회장의 머리를 새하얗게 덮고 있었다.

"이삭이구나. 정말 대견스럽구나. 혼자서 이렇게 훌륭하게 컸으니 말이야. 거리에서 보면 몰라보겠는 걸."

최 회장이 일어나 이삭의 앞으로 다가왔다. 다가온 최 회장이 대뜸 이삭을 끌어안았다. 그리고는 믿지 못하겠다는 듯이 훌쩍 자란 이삭의 등을 토닥여 주었다. 최 회장은 눈에는 기쁨이 가득 차 있었다.

"자, 이리 앉지."

최 회장이 소파를 가리켰다. 먼저 최 회장이 앉았고 뒤이어 이삭이 앉았다.

"차라도 한잔 마셔야지?"

"괜찮습니다."

먼 친척 아저씨뻘이라고는 하지만 남이나 다름없는 사이였다. 이삭은 최 회장이 그렇게 반겨 주리라고는 생각도 하지 못했다.

최 회장이 이삭의 아래위를 훑어보았다. 최 회장이 처음이자 마지막으로 고아원을 찾아와 이삭을 볼 때의 그 눈빛이었다. 달라진 것이 있다면 그것은 이삭이 이젠 어린아이가 아니라는 것과 최 회장이 그동안 많이 늙었다는 것뿐이었다.

"진즉에 찾아뵙고 인사를 드렸어야 했는데 죄송합니다."

이삭이 정중하게 인사를 했다.

"……."

"그동안 저를 후원해 주신 것에 대해 정말 감사드립니다. 회장님 때문에 제가 이렇게 건장한 청년으로 자랄 수 있었습니다."

"내가 해준 것이 뭐가 있다고."

최 회장이 말끝에 콜록콜록 기침을 해댔다.

"괜찮으십니까?"

"……."

이삭이 걱정스럽게 쳐다보았다. 최 회장이 별거 아니라는 듯이 이삭을 향해 묵묵히 웃음을 남겼다.

"자네는 엄마를 많이 닮았어."

최 회장이 포근한 눈빛으로 이삭을 바라보았다.

"저희 어머님을 아십니까?"

이삭이 물었다. 이삭은 자신을 낳아 준 어머니에 대한 기억이 전혀 없었다. 그래서 더더욱 궁금했다.

"……."

최 회장이 말없이 인자하게 고개를 끄덕였다.

"어머님은 어떤 분이셨습니까?"

이삭의 말에 최 회장이 지난 기억들을 되짚어 올라갔다. 최회장이 잠시 뜸을 들이다가 말하기 시작했다.

"보기만 해도 설레는 여자였어. 밝고 화사한 웃음이 인상적이었지. 언제 보아도 깨끗하고 순수해 보이는 그런 여자였지. 노래도 무척 잘 불렀어. 세상에서 그녀처럼 노래를 잘 부르는 사람은 아마 없을 거야. 청순하고 아름다운 목소리였지. 화낼 줄 모르는 착한 여자였어. 아픔을 감싸줄 수 있는 너그러운 여자였어. 그녀 앞에서는 그 무엇도 어두운 마음을 지닐 수가 없었어. ……너무 오래 전의 일이라 지금은 기억이 가물가물하구나. 더 말을 해주고 싶지만 지금은 기억나는 것이 그것밖에 없어."

최 회장의 눈에는 나이답지 않게 사랑에 대한 저버릴 수 없는 감정으로 가득했다. 아마도 에밀리아를 생각하고 있었던 것 같았다.

"그뿐입니까?"

이삭이 더 듣고 싶었던지 최 회장을 뚫어지게 쳐다보며 말했다.

"이제 자주 만날 텐데 그 얘기는 차차 하도록 하지."

최 회장이 다시금 이삭을 보며 웃어주었다.

"회장님도 이제 많이 쇠약해지셨군요. 건강 조심하십시오."

"여행을 떠나려고 했다지?"

"네, 바람을 좀 쐴까 해서요. 그동안 여행을 다녀오지 못해 몸이 근질근질했던 터였습니다."

"내가 방해를 했군."

"아닙니다."

"내가 자네를 만나자고 한 것은……."

최 회장이 뜸을 들였다.

"……?"

"부탁이 있어서야."

"부탁하실 일이?"

"자네라면 들어줄 수 있을 것 같아."

"……."

"들어준다고 약속해 주겠나?"

"제 힘으로 할 수 있는 일이라면 당연히 들어 드려야지요. 그동안 회장님이 저에게 신경을 써 주신 것에 대한 보답이 될 수 있다면……."

"고맙네. 그럼 본론으로 들어가지."

최 회장이 옆에 있던 인터폰을 눌렀다.

"이 사장 거기에 있나?"

-네 회장님.

"그럼 시놉시스를 가지고 들어오라고 해."

인터폰을 끄고서 최 회장이 자세를 바꿔 앉았다. 사장이 출판 시놉시스를 들고 안으로 들어왔다. 사장은 최 회장의 지시에 따라 이삭의 앞에 시놉시스를 놓아두고는 되돌아 밖으로 나갔다.

"읽어보게."

"……?"

이삭은 사장이 놓고 나간 시놉시스를 읽어 내려가기 시작했다. 내용은 세기의 대재앙에 관한 것이었다.

"이번에 우리가 준비하고 있는 작품이야."

이삭은 시놉시스를 묵묵히 읽어 내려가고 있었다. 시놉시스를 읽는 데는 그다지 많은 시간이 필요하지 않았다. 이삭이 시놉시스를 가지런히 정리해서 자신의 앞에 다시 올려놓았다.

"이건 좀 곤란합니다. 저도 회장님의 부탁을 거절하고 싶지는 않지만 전 당분간 글을 쓸 생각이 없습니다. 이유는 최 회장님께서 저보다 더 잘 알고 계실 겁니다. 죄송합니다."

"자네 마음 이해하네."

"……."

난감한 표정의 이삭은 그 자리를 빨리 피하고 싶은 심정뿐
이었다. 그러나 자신을 어렸을 때부터 후원해 준 최 회장을
외면하기란 힘들었다.

"이번 한 번 만이네."

최 회장이 간곡한 눈으로 말해 왔다.

"저 말고도 저보다 더 잘 쓰는 작가들은 얼마든지 있습니
다. 저에게 부탁을 하시는 것보다 다른 작가를 찾아보시는 것
이 나을 듯싶은데요."

이삭이 잘라 말했다. 더 이상 소설에 대해서 운운하고 싶지
않았다.

"찾아봤어. 하지만 자네만큼 글을 잘 쓰는 사람을 찾기란
힘들더군. 그래서 이렇게 부탁하는 걸세."

"안 되겠습니다. 제가 그 소설을 쓴다면 그와 똑같은 일들
이 벌어질 겁니다. 불행한 일을 반복하고 싶지는 않습니다.
회장님도 저의 마음을 이해해 주셨으면 합니다. 죄송합니다."

이삭의 마음은 흔들렸으나 겉모습은 전혀 그런 내색을 하지
않았다. 최 회장은 곰곰이 생각에 잠겼다. 그리고는 입을 굳
게 다물고 손끝에서 타 들어가고 있던 담배를 재떨이에 눌러

껐다.

"내가 어떻게 했으면 좋겠나. ……난 자네가 꼭 이 소설을 써주었으면 하는데."

"……."

"알아 자네의 마음. ……하지만 그것은 우연일 뿐이야. 누구나 불행한 일을 겪게 마련이지. 평생 불행함 속에서 살아가는 사람들도 있어. 단지 책을 냈는데 우연히 책과 비슷한 사건이 발생했다고 해서 그것을 진짜 믿는다는 것은 미련한 거야."

"……."

"우연 때문에 자네의 그 아까운 글 솜씨를 버릴 텐가? 우연은 우연일 뿐이야. 그것에 집착할 필요가 없는 걸세. 알아, 자네의 과거가 불행했다는 것을. 하지만 자네는 지난날에 대한 불행 때문에 자신이 지금도 불행을 이끌고 다니는 존재라고 생각하고 있어. 그것은 일종의 피해의식이야. 난 자네가 스스로 불행하다고 생각하지 말고 불행을 딛고 일어섰으면 하네. 언제까지 불행 속에서 허우적거리고 있을 텐가. 이젠 그 불행을 탈피할 때도 된 것 같은데. 모두가 자네를 위해서 하는 말이야. 남이었다면 이런 말은 하지 않았겠지. 늙은이가 하는 말이라고 그냥 흘려버리지 말게. 어쩌면 이 작품으로 인해 자네는 새로 태어나게 될지도 몰라. ……마지막으로 묻겠네. 이 소설을 자네가 써 주었으면 하는데?"

"……."

최 회장의 말을 듣고 있자니 그의 말이 맞는 것 같기도 했다. 이삭은 망설이기 시작했다. 힘겨운 선택의 시간이었다. 이삭은 이것도 저것도 할 수 없는 갈등에 휩싸여 있었다.

"내가 자네를 잘못 본 것 같군. 자네가 이렇게 나약한 사람인지 몰랐어. 할 수 없지 정 쓰지 못하겠다면……."

최 회장이 실망한 얼굴로 소파에서 일어섰다.

"회장님."

"……."

"쓰겠습니다."

"고맙네. 자네라면 내 부탁을 받아줄 거라고 생각했어."

최 회장이 다시 자리에 앉았다. 최 회장은 벌써 이삭이 자신의 부탁에 응할 것이라는 것을 알고 있었던 듯했다.

"……."

말을 하기는 했지만 이삭은 아직도 자신이 없었다.

"그 줄거리 내용대로 써주면 되는 걸세. 자네의 생각처럼 그런 일은 더는 벌어지지 않을 거야."

최 회장이 믿음직스러운 눈빛으로 이삭을 쳐다보며 말했다.

"그런데 왜 하필 이런 소설을 출간하려고 하십니까?"

"이 세상 사람들은 너무도 무지해. 내가 이 소설을 출간하려고 하는 것은 무지한 그들에게 경각심을 불러일으키기 위해서야. 이 소설을 읽고 많은 사람들은 깨우칠 거야. 그동안 얼마나 자신들이 무감각한 일상에 사로잡혀 다람쥐 쳇바퀴 돌듯이 살아왔는지 말이야. 사람들에게는 그렇게 가끔씩 암시를 주어야 하거든. 종말은 사람들에게 많은 것을 생각하게 하지. 자네가 쓴다면 사람들에게 많은 효과가 있을 거야. 그렇다고 걱정은 하지 말게. 자네는 정말로 종말이 올 거라고 생각하나?"

"종말은 오지 않습니다. 종말은 일부 사람들의 억측에 지나지 않을 뿐이죠. 나약한 사람들 말입니다."

"그렇다면 걱정할 이유가 없지 않은가. 지난날의 사건들은 그저 우연이라고 생각하게. 어쩌다가 맞아떨어졌을 뿐이니까. 종말은 없어. ……새로 시작하는 거야."

"……."

"언제면 소설을 끝마칠 수 있겠나?"

"그리 오래 걸리지는 않을 겁니다."

"고맙네. 자료가 필요하면 얼마든지 말하게. 또 작업에 필요한 비용은 출판사에서 부족함 없이 지원해 줄 거야."

"아닙니다, 회장님. 비용은 필요치 않습니다."

"알았네. 언제든 필요하면 말하게. ……벌써부터 기다려지는 걸."

작업이 시작되었다. 살과 뼈를 도려내는 자신과의 피나는 싸움이었다. 이삭은 작업을 하면서 내내 불행한 일이 다시 반복되지는 않을까, 하는 걱정에 휩싸여 있었다. 그렇다고 소설을 그즈음에서 쓰지 않겠다고 발뺌할 수도 없는 노릇이었다. 자신을 후원해 준 최 회장에 대한 도리가 아니었다.

그래, 우연일 거야. 이삭은 그렇게 단정해 버렸다. 그리고 우연이라도 그런 일이 반복되지 않기를 이삭은 바라고 있었다.

비가 내리고 있었다. 작업실 안은 습하기만 했다. 며칠 째 쉼 없이 비가 내리고 있었다. 장마였기 때문에 비는 쉽사리 그치지 않을 것 같았다.

이삭은 밤과 낮 구분 없이 작업에 열중했다. 원고지 천 매 분량의 소설을 이삭은 작업을 시작한 지 20일 만에 끝 낼 수 있었다. 그 사이 출판사 편집장이 안부를 물어왔다. 편집장은 이번 작품에 꽤 많은 기대를 걸고 있는 눈치였다.

출판사에 원고를 전자우편으로 보내는 것으로 탈고한 이삭은 곧바로 침대로 파고 들어갔다. 며칠째 잠을 자지 못했기 때문에 이삭은 침대에 파고들자마자 꿈속으로 빠져 들었다.

장마도 이젠 끝났다.

찌는 듯한 더위와 타는 듯한 햇살이 베란다에 찐득하게 묻어 있었다. 작업을 끝낸 이삭에게는 무료한 오후였다. 소설을 끝내고 나면 이삭은 으레 무기력함에 사로잡히곤 했다.

예정대로 책은 출간되었다.

출판기념회가 있는 날이었다. 그 준비는 모두 최 회장이 해주었다. 이삭은 오후 7시쯤 출판기념회 장소로 가기로 되어 있었다.

자신을 내보이고 싶지 않은 이삭이었지만 최 회장의 배려를 이삭은 성의 없이 묵살해 버릴 수가 없었다. 이삭은 왜 그런지 최 회장의 앞에만 서면 자신을 내세울 수가 없었다. 하기 싫은 것도 최 회장의 앞에 서면 싫다고 거절할 수 없었다. 최 회장에게는 알 수 없이 끌리는 무언가가 있었다.

오후 내내 빈둥대던 이삭은 5시 30분쯤 샤워를 끝내고 옷을 갈아입었다. 그리곤 곧바로 출판기념회가 열리기로 되어 있는 호텔로 향했다. 변종바이러스로 몸을 사리는 사람이 있는 반면 그 틈을 노려 휴가를 떠나는 사람들을 걱정하는 방송이 라디오에서 흘러나오고 있었다. 이삭은 마음에 걸려 남의 일로 접어둘 수가 없었다.

이삭이 출판기념회가 열리는 호텔에 도착한 것은 6시 50분이 거의 다 되었을 무렵이었다. 호텔 앞에는 출판사의 편집장이 나와 있었다. 편집장은 이삭이 도착하자 그제야 안심이 되는지 얼굴이 밝아졌다.

"오지 않는 줄 알았어."

"늦어서 죄송합니다."

이삭이 편집장을 향해 살며시 웃음을 남겼다. 편집장이 이삭을 출판기념회 장소로 안내했다. 출판기념회 장소에는 초대 인사들보다 기자들이 더 많이 몰려와 있었다. 사람들의 관심이 어느 정도라는 것을 이삭은 피부로 느낄 수 있었다.

이삭은 사진을 찍지 않는 조건으로 출판기념회에 응했다. 자신의 얼굴이 세상에 알려지면 좋을 것은 없었다. 물론 책에도 이삭의 얼굴은 실리지 않았다.

기자들이 와 있었지만 출판기념회장 앞에서 카메라와 휴대전화를 모두 반납해야 했다. 그렇지 않고서는 출판기념회장에 들어갈 수 없었다.

7시가 되어서 이삭이 사회자의 말에 따라 앞으로 나섰다. 이삭은 자신을 아껴준 독자들과 출판사 측에 감사한다는 말을 먼저 했다. 그리고 뒤이어 소설을 쓰게 된 계기를 얘기했다. 이삭에게 기자들이 질문을 하려 했지만 이삭은 질문과 인터뷰를 모두 거절했다. 뒤이어 남은 행사가 진행되었고 마무리 되었지만 최 회장의 모습은 보이지 않았다.

"고생 많으셨어요."

사장이 이삭에게로 다가와 말했다.

"고생은 사장님과 편집장님이 많이 하셨죠. 저는 그냥 시놉시스 대로 쓴 것밖에 없는데요."

이삭이 겸손하게 말했다. 이삭은 오늘의 주인공이었지만 사람들을 피해 구석진 곳에 자리를 잡았다. 이삭의 손에는 와인이 들려 있었다.

이삭은 사람이 많은 곳을 싫어하는 편이었다. 혼자라는 것에 익숙해 있었기 때문이었다. 오늘도 이삭은 사람들 사이에 있는 자신이 낯설게 느껴졌다. 그냥 아파트로 돌아갈까도 생각했지만 아직 최 회장이 오지 않은 터라 이삭은 자리를 비울 수가 없었다. 30분이 지나도록 최 회장은 나타날 생각을 하지 않았다. 이삭의 옆에 편집장이 자리하고 서서 말동무가 되어 주었다. 이삭은 편집장 때문에 지루함을 달랠 수 있었다.

최 회장이 모습을 나타낸 것은 그로부터 10분 뒤였다. 최 회장은 여자의 부축을 받으며 출판기념회장으로 들어오고 있었다. 그 모습을 지켜보고 있던 편집장과 사장이 달려가 최 회장을 맞이했다. 뒤이어 이삭도 최 회장을 알아보고는 그를 향해 걸어갔다. 하지만 이삭은 최 회장에게로 다가가다가 발걸음을 멈추었다.

그녀였다. 최 회장의 옆에 지혜가 서서 그를 부축하고 있었던 것이다. 이삭은 자신이 잘못 본 것은 아닌가? 해서 다시금 여자의 얼굴을 확인했다. 지혜가 분명했다. 이삭은 반가웠다. 당장이라도 달려가서 지혜를 끌어안고 싶은 심정이었다. 그렇게 지혜를 볼 수 있다니, 이삭은 꿈만 같았다. 이삭은 그 자리에 멈추어 선 채 꼼짝도 할 수가 없었다. 자신이 다가가면 지혜가 다시금 어디론가 사라져 버릴 것만 같았기 때문이었다.

이삭은 지혜가 자신을 기억하지 못할까 봐 그것이 두려웠다. 어쩌면 그녀는 자신의 기억을 되찾는 대신 자신과 함께했던 날들의 기억들을 까맣게 잊어버렸을지도 모른다고 이삭은 생각했다. 만약에 그렇다면, 이삭은 까마득하기만 했다. 이삭은 망설였고 지혜는 아직 그런 이삭을 알아차리지 못한 모양이었다.

어쩌면 좋을까?

최 회장이 이삭을 찾고 있었다. 이삭은 여전히 지혜만을 바라보고 있을 뿐이었다. 편집장이 다가와 최 회장이 찾는다고 말하자 이삭은 그제야 최 회장에게 다가갈 수 있었다. 이삭이 최 회장에게 인사를 했다. 그러자 최 회장의 얼굴이 한층 밝아졌다.

"내가 좀 늦었지. 미안하네. 그리고 그동안 수고 많았어."

"……."

그렇지만 이삭은 최 회장의 말이 귀에 들어오지 않았다. 지혜의 눈과 이삭의 눈이 마주쳤다. 하지만 잠시였다. 지혜가 먼저 이삭의 눈을 피하고 말았다.

"참, 인사 나누게. 이쪽은 지혜야. 내 딸과도 같은 아이지. 그리고 이쪽은 오늘의 주인공 최이삭 군이야."

최 회장이 두 사람 사이를 오가며 소개했다.

"만나서 반가워요, 최 선생님."

지혜가 먼저 인사를 했다.

"절 몰라보시겠습니까?"

이삭이 말했다.

"……."

처음 만나는 사이처럼 지혜는 이삭을 향해 어색하게 웃어 주었다. 더 이상 이삭은 지혜에게 물을 수가 없었다. 지혜는 딴 사람 같았다. 이삭의 기대는 그렇게 무너지고 말았다.

09

성례

침대에 누운 이삭은 잠을 이루지 못하고 뒤척였다. 지혜가 보고 싶었다. 당장이라도 지혜에게 달려가 정말 자신을, 자신과의 지난 기억들을 잊어버린 것인지 확인하고 싶었다. 하지만 늦은 시간이었다. 이삭은 시계를 보고 다시 침대에 힘없이 눕고 말았다.

지혜의 생각이 이삭의 머릿속을 복잡하게 굴러다니고 있었다. 답답하고 허전했다. 그녀가 그토록 가까이에 있다는 것을 알면서도 함께 있을 수 없다는 것이 이삭을 더더욱 힘겹게 만들었다. 입에서는 한숨만 새어 나왔다. 이삭은 출판기념회장에서 지혜를 뒤따라 나가지 않은 것을 후회하고 있었다. 밤이 깊어 갈수록 이삭은 지혜에 대한 생각을 떨쳐 버릴 수가 없었다.

이삭은 잠이 오지 않아 주방으로 가서 맥주를 꺼내 거실에 앉았다. 불을 켜지 않았기 때문에 집안은 어두웠다. 맥주는 지혜에 대한 생각을 새록새록 이끌어 낼 뿐이었다.

"그래 이럴 것이 아니라 내일 미술관으로 찾아가자. 직접 만나서 확인하는 방법 밖에는 없어."

열어 놓은 베란다 안으로 빗방울이 쏟아져 들어오고 있었다. 하지만 이삭은 베란다 문을 닫지 않았다. 왠지 그 비바람이 좋았고 답답하기만 했던 가슴이 일순간에 풀리는 것 같았다. 한밤의 무더위를 식히기에 그야말로 안성맞춤인 비였다. 이삭의 사막같이 타들어 가고 있던 가슴은 비로 인하여 차츰 식어가고 있었다. 비는 천둥과 번개를 동반했다.

얼마 동안 그렇게 앉아 있었는지 모른다. 얼마를 지혜의 생각에 잠겨 있었는지 모른다. 잠은 멀리 달아나 버렸다. 이삭이 캔맥주를 만지작거리며 한숨을 내뱉었다. 그런데 한숨과 함께 기다렸다는 듯이 초인종이 울렸다.

잘못 들었나? 이삭은 귀를 쫑긋 세웠다. 이 시간에 초인종을 누를 사람은 없었다. 그리고 자신의 집에 찾아올 사람도 없었다. 다시 초인종이 울렸다. 동시에 천둥번개가 초인종 사이를 가르고 지나갔다. 시계를 보니 새벽 2시를 지나고 있었다. 이삭이 현관으로 걸어갔다. 이삭은 혹시 지혜일지도 모른다고 생각했다.

"누구?"

대답이 없었다. 초인종이 다시 울리자 이삭이 문을 열었다. 그런데 바로 앞에 지혜가 서 있었다. 이삭은 자신의 눈을 의심하지 않을 수 없었다. 지혜가 이삭을 올려다보았다. 지혜는 비에 흠뻑 젖어 있었다. 보기에도 안쓰러울 정도였다. 지혜는 몸을 가늘게 떨고 있었고 금방이라도 그 자리에 쓰러 질 것만 같았다. 천둥번개가 다시 그들 사이를 비집고 들어왔다. 그러자 지혜가 이삭에게 혼이 빠진 상태로 안겼다.

"괜찮아요, 괜찮아."

이삭이 지혜를 힘껏 끌어안았다. 그리고 지혜의 등을 토닥여 주었다. 그렇게 어느 정도 지혜를 진정시킨 뒤에 이삭은 현관문을 닫을 수 있었다.

이삭이 지혜에게 녹차를 끓여주었다. 그때까지도 둘 사이에는 이렇다 할 대화가 이루어지지 않았다. 지혜는 잠시도 이삭의 곁에서 떨어지려 하지 않았다. 지혜는 여전히 떨고 있었다.

"뜨거운 물에 샤워라도 하면 괜찮아질 거예요."

"……."

이삭이 말하자 지혜가 고개를 끄덕였다.

지혜가 욕실에서 샤워를 하는 사이 이삭이 지혜의 잠옷을 찾아다가 욕실에 넣어 주었다. 지혜가 욕실에 있던 시간은 그리 길지 않았다.

천둥번개는 쉽사리 그치지 않았다. 지혜는 아직도 겁에 질린 표정이었다. 천둥과 번개는 지혜를 더욱 불안에 떨게 했다. 이삭은 지혜를 침대에 눕혔다.

"가지 말아요. 함께 있어줘요, 이삭 씨."

지혜가 이삭을 잡아 세웠다. 지혜는 이삭과의 지난날에 대한 기억을 잃어버린 것이 아니었다. 무슨 연유에서인지는 몰라도 지혜는 출판기념회장에서 이삭을 모른 척 했을 뿐이었다. 이삭이 지혜를 힘껏 끌어안았다.

"얼마나 기다렸는지 몰라."

이삭이 지혜의 귀에 대고 속삭였다. 그러자 지혜가 이삭의 등을 손으로 포근하게 감쌌다. 이삭은 비로소 지혜를 확인할 수 있었다. 지혜의 사랑을 이삭은 가늠할 수 있었다. 이삭은 지혜를 결코 돌려보내지 않겠다고 다짐했다.

이삭은 지혜와 함께 침대에 누웠다. 이젠 천둥번개도 치지 않았다. 비도 더 이상 내리지 않는 것 같았다. 지혜의 새근새근 한 숨소리가 적막을 대신했다. 이삭은 지혜의 숨소리를 들으며 행복의 언저리를 거닐고 있었다.

"보고 싶었어요."

지혜가 말했다.

"……."

"미안해요."

"……."

이삭은 말하지 않았다. 그 무슨 말도 필요치 않았다.

"돌아오기가 겁이 났어요."

"……."

"왠지 이삭 씨가 저를 받아들이지 않을지도 모른다는 생각이 들었어요. 그래서 더더욱 올 수가 없었던 거예요."

"……."

"오늘 출판기념회장에서 이삭 씨를 만났을 때도 역시 그랬어요. 내가 돌아오면 이삭 씨가 불행해 질지도 모른다는 생각이 들었어요. 왜 그런 생각이 들었는지 몰라요. ……모르겠어요. 견딜 수가 없었어요. 오늘은 더더욱 참기 힘들었어요. 그래서 참지 않기로 했어요. 이삭 씨의 옆으로 돌아와야 한다는 생각을 했어요. 비가 내리고 있었고 천둥번개 때문에 무섭기도 했어요. 이제부터는 이삭 씨를 떠나지 않을 거예요."

"……."

"화 많이 났어요?"

지혜가 눈을 뜨고 이삭의 표정을 살폈다.

"아니요."

"……."

"돌아와 줘서 고마워요."

이삭이 지혜의 얼굴로 다가갔다. 그리곤 지혜의 입술에 자신의 입술을 맞추었다. 그동안 간절하기만 했던 그녀와의 만남이었다. 촉촉한 입맞춤이었다. 뜨거운 입맞춤이었다. 그 입맞춤으로 둘은 하나인 것을 확인할 수 있었다.

"다시는 나를 외롭게 만들지 말아요. 사랑해!"

이삭이 들릴 듯 말 듯 소곤거렸다. 이삭은 지혜를 간절하게 원하고 있었다. 지혜의 존재를 다시금 확인하고 싶었다.

지혜의 입술을, 지혜의 귀를, 지혜의 가냘픈 목선을 타고 이삭이 내려가고 있었다. 지혜의 얼굴은 점차 발갛게 달아오르고 있었다. 기쁨이 있었다. 형언할 수 없는 기쁨이었다. 지혜도 이삭을 외면하지 않고 받아들이고 있었다. 이삭을 받아들이면 들일수록 지혜의 가슴 또한 걷잡을 수 없이 부풀어 오르기 시작했다. 이삭은 망설임이 없었다. 그러나 이삭을 잡아세운 것은 지혜였다.

"그만, 그만해요."

달아오르는 숨을 가다듬으며 지혜가 말했다.

"……."

이삭이 멈추었다. 이삭은 지혜의 말에 나무토막처럼 뻣뻣하게 굳어 버렸다.

"놀라지 말아요."

"……?"

"저 임신했어요."

들릴 듯 말 듯한 목소리로 지혜가 말했다.

"임신……?"

"…….."

지혜는 대답 대신 이삭의 가슴으로 더 깊게 파고들어 왔다.

"그게 정말이야?"

"네!"

"내 아이를 지혜 씨가?"

"네!"

"……!"

지혜의 몸속에 한 생명이 자라고 있다니, 자신의 아이가 자라고 있다니, 이삭은 한동안 아무 말도 할 수가 없었다. 이삭은 무슨 말을 해야 할지 떠오르지 않았다. 무슨 말인가를 지혜에게 해주어야 하는데, 이삭은 벙어리가 되고 말았다. 그 순간은 벙어리일 수밖에 없었다.

"난……, 난……."

"…….."

지혜가 이삭을 바라보았다. 지혜의 눈은 맑고 투명했다. 이삭은 그 속으로 한없이 빨려 들어가고 있었다. 이삭은 비로소 지혜에게 자신이 어떤 존재인지 알 수 있을 것 같았다. 지혜가 자신에게 그 얼마나 소중한 존재인지 깨달을 수 있었다.

지혜이기 이전에 지혜는 이삭이었고, 이삭이기 이전에 이삭은 지혜였다. 그렇게 그들은 하나의 존재다.

"사랑해요."

너무도 빈약한 말이었다. 그러나 그 말 밖에는 생각나지 않았다.

그 무엇도 이젠 그 두 사람을 갈라놓지 못할 것만 같았다. 하나 됨의 소중함을 그들은 그렇게 찾았고 발견할 수 있었다.

이제 결코 허물 수 없는 그들만의 보금자리를 만들어야 했다. 그리고 그 보금자리의 울타리가 되어야 한다고 이삭은 다짐했다. 그 어떠한 힘든 일과 불행이 닥치더라도 그들은 아기를 위해 부끄러움 없는 부모가 될 거라고 서로에게 약속했다. 이제 서로는 떨어지려야 떨어질 수 없는 의미를 지니게 되었다.

"이제 돌려받을 때가 된 것 같군."

최 회장이 회심의 미소를 지었다. 최 회장은 사방이 어둠인 어둠의 결계 안에 있었다. 그 어떤 빛이라도 얼마든지 빨아들일 수 있을 것 같은 어둠 속이었다. 빛이란 전혀 존재하지 않는 곳이었다. 그 어둠의 결계 안에서 최 회장은 점차 변하여 가고 있었다. 어둠은 그에게 힘을 제공하고 있는 것 같았다. 어둠은 그에겐 생명과도 같은 것이었다. 최 회장의 쭈글쭈글한 피부가 20대의 팽팽한 피부로 변하였다. 머리도 백발에서 검은 머리로 점차 변하기 시작했다.

"성궤(聖櫃)는 이곳에 있다. 다름 아닌 한반도에⋯⋯."

그가 웃음을 머금은 눈으로 말했다. 그러자 어둠의 폭풍이 일기 시작했다. 어둠의 폭풍은 그의 몸을 감싼 채 순식간에 어둠의 결계 밖으로 번져갔다. 하늘에 먹구름이 덮이기 시작했다. 그러더니 천둥과 벼락이 내리쳤다. 곳곳으로 음산한 기운이 번져가기 시작했다. 바람이 일었고 공포가 엄습해 들어오고 있었다.

한 곳에 성당이 있었다. 그리 크지 않은 성당이었고 겉도 허름하기 짝이 없었다. 성당 안에 한 남자가 앉아 있었다. 그는 신부였고 기도를 올리고 있는 것 같았다. 신부의 이마에는 땀이 맺혀 있었다. 신부는 무언가 알고 있는 것 같았다. 신부는 움직이지 않고 앉아 기도에 혼신을 다하고 있었다. 음산한 바람이 불었지만 성당 안으로 범접해 들어오지 못했다.

"이 하찮은 결계로 나를 막을 수 있다고 생각하다니."

최 회장이 혀를 걷어 찼다.

"어둠의 힘이여 주저하지 마라."

최 회장이 어둠의 바람을 거세게 일으켰다. 그러자 한순간 성당 지붕의 피뢰침으로 벼락이 내리쳤다. 성당의 지붕에 불이 붙었다. 그것은 결계가 부서졌다는 말이기도 했다.

최 회장이 성당으로 향하기 시작했다. 그가 성당 가까이 다가가자 한쪽에 서 있던 성모 마리아상의 눈에서 피눈물이 흘러내렸다. 최 회장이 성모 마리아상을 쏘아보았다. 그러자 성모 마리아상이 반으로 동강 나며 쓰러지고 말았다. 순식간의 일이었다. 최 회장이 소리 내어 웃었다. 그 웃음소리에 천둥과 번개도 하늘이 무너질 것처럼 더 강하게 내리쳤다. 사악함은 점점 더 커져만 갔다. 최 회장은 아무 거리낌 없이 성당의 문을 두드렸다. 하지만 안에서는 아무런 반응이 없었다. 예견하고 있던 일이었다. 그를 반갑게 받아들여줄 리 없었다. 그는 문을 열지 않고 그대로 문을 통과해 안으로 들어섰다.

성당 안에 있던 신부는 여전히 기도를 올리고 있었다. 최 회장의 발걸음이 뚜벅뚜벅 다가갔다. 그리고 어느 지점에선가 멈추었다. 최 회장은 신부의 뒷모습을 바라보고 있었다.

성단을 밝히고 있던 초가 하나씩, 하나씩 꺼져가기 시작했다. 그 초가 모두 꺼지기까지를 최 회장은 기다림의 시간으로 신부를 배려하고 있는 중이었다. 신부도 그것을 아는 듯 여전히 기도에 혼신의 정성을 다하고 있었다. 마지막 초가 남았다. 이젠 맞서야 할 때였다. 이젠 피할 수 없는 싸움의 시간이 다가온 것이었다.

마지막 초가 꺼졌다. 성당은 어둠으로 가득했다. 그러나 얼마 지나지 않아 신부의 몸에서 신성한 푸른빛의 오오라가 뿜어져 나와 성당 안을 밝혔다. 너무도 온화하고 성스러운 빛이었다. 그 빛에는 평온함이 가득 깃들었다. 신부는 여전히 기도를 하던 그 자세 그대로였다. 최 회장이 묵묵히 신부의 뒷모습을 바라보고 있었다.

신부의 몸에선 또다시 다른 변화가 일기 시작했다. 신부의 몸은 그대로였고 오오라가 움직이기 시작한 것이다. 오오라와 함께 신부의 영혼이 빛을 발하며 몸에서 떨어져 나왔다.

"성인이라 다르군. 하지만 부질없는 짓일 뿐이다."

최 회장이 사악하게 웃었다.

신부는 자신의 몸에서 빠져나와 최 회장을 마주 보고 섰다. 오오라의 빛은 놀라울 정도로 강했다. 아마도 영혼의 힘까지 오오라에 결합됐기 때문인 것 같았다.

"기다리고 있었다."

"성궤를 찾으러 왔다."

"여기에는 성궤가 없다. 성궤는 솔로몬 시대 이래로 성전에서 사라져 두 번 다시 모습을 보이지 않고 있다. 성궤가 있는 곳은 아무도 모른다. 하물며 사탄인 주제에 성궤를 찾다니 건방지기 짝이 없구나."

"성궤가 있는 곳을 말하라."

"난 모른다. 알고 있다고 해도 말할 수 없다. 언약궤는 놀라운 힘이 숨겨진 권능의 상자다. 욕되게 하지 마라. 사탄이여."

"할 수 없구나."

최 회장은 더 이상 기다리지 않았다. 그가 가만히 선 채 신부를 쏘아보았다. 그러자 그의 뒤에서 어둠의 연기가 솟아오르기 시작했다. 동시에 어둠의 연기가 신부를 향해 쏜살 같이 달려가 신부의 오오라를 감싸기 시작했다. 하지만 그 어둠의 연기는 그다지 위력적인 것이 아니었다.

최 회장은 신부에게 일종의 시험을 하고 있는 중이었다. 신부가 기도문을 외우기 시작했다. 그러자 오오라의 힘이 강해졌고 한줄기 어둠의 연기는 신부의 푸른빛 오오라에 의해 힘없이 녹아버리고 말았다.

"나를 시험하지 마라. 사탄인 주제에 누구를 시험하겠다는 말이야."

"그렇다면 네가 나를 시험해 보시지?"

"난 누구도 시험하지 않는다. 하느님을 따를 뿐이다."

"흥, 또 그 잘난 엘로힘이군."

"하느님을 욕되게 하지 마라."

"그렇다면 할 수 없지. 너의 영혼을 빨아들여 고통 속에서 괴로워하게 해주마. 후회해도 소용없을 것이다."

그의 뒤에서 어둠의 연기가, 수십 개의 연기가 뻗어 나왔다. 그리곤 곧 신부를 향해 으르렁거리기 시작했다. 그러자 이번에는 신부가 힘을 발휘했다. 신부가 손을 뻗자 신부의 손에 성단에 모셔져 있던 십자가가 날아와 쥐어졌다.

"해보겠다는 건가. 그렇다면 원하는 데로……."

최 회장의 얼굴엔 여전히 웃음이 사라지지 않았다. 최 회장이 어둠의 연기를 신부를 향해 내뿜었다. 어둠의 연기는 으르렁거리며 성당 안을 휘돌아 다녔다. 어둠의 연기가 지나가는 곳은 폐허로 변했다.

최 회장과 신부의 앞을 가로막고 있는 것은 십자가였다. 신부의 손에 들려져 있던 십자가가 어느 순간 커지더니 어둠의 연기를 가로막기 시작했다. 그에 뒤질세라 어둠의 연기는 검은 용으로 변하기 시작했다. 용은 십자가의 빛을 집어삼키기 시작했다. 십자가의 푸른빛을 삼키는 사이 용의 덩치는 더더욱 커졌다. 그리곤 순식간에 십자가를 삼켜버렸다. 뒤이어 신부를 향해 돌진해 들어갔다. 일순간이었다. 신부가 용에 의해 휘감겼다.

신부는 고통스러워했다. 하지만 신부는 결코 비명을 지른다거나 신음을 쏟아내지 않았다. 단지 얼굴만 고통스럽게 일그러질 뿐이었다. 신부에게서 쏟아져 나오던 푸른빛의 오오라가 서서히 어둠으로 물들기 시작했다. 결국 어둠이 오오라를 집어삼키고 말았다.

용이 다시 한 번 포효했다. 그 어디에도 빛은 없었다. 그 어디에도 푸른 광채를 찾아볼 수 없었다. 빛이 사라지는 것과 동시에 모든 것은 어둠으로 일관되었다. 그것이 전부였다. 정적만이 폐허가 된 성당 안에 남아 있었다. 숨 막히는 정적만 남아 있었다. 천둥도 번개도 더 이상 내리치지 않았다. 신부의 혼이 빠져나간 차가운 육체만이 성단 앞에 앉아 있었다.

"어디 한번 신부의 영혼을 들여다볼까."

최 회장이 손을 폈다. 최 회장의 손 안에서 작은 어둠의 공간이 만들어졌다. 그 속에는 신부의 영혼이 들어 있었다. 신부의 영혼은 울부짖고 있었다. 최 회장은 신부의 영혼을 마음대로 읽어 내려갈 수 있었다. 신부의 영혼은 이제 신부의 것이 아니었다. 신부의 영혼은 최 회장의 소유였다. 신부는 최 회장의 지배를 받아들여야 했다. 저항하면 할수록 고통만 가중될 뿐이었다.

"그랬군. 이건 뜻밖인 걸."

최 회장이 사악하고 야비하게 웃었다.

최 회장은 성당에서 나왔다. 그곳에 지체하고 있을 필요가 없었다. 성궤의 위치를 신부의 영혼을 통해 알아낸 최 회장은 서둘러야 했다. 최 회장이 성당에서 나오자 성당은 불길에 휩싸였다. 불길은 걷잡을 수가 없었다. 최 회장은 다시 어둠 속으로 사라졌다. 어둠은 그의 일부였다. 어둠에 의해, 어둠인 상태로 그는 무한한 힘을 발휘할 수 있는 것이다. 어둠의 지배가 끝나는 시간이 되기까지, 아침이 오기까지 그는 성궤를 찾아야 했다. 오늘 성궤를 찾지 못한다면 일에 차질이 생길 것이기에 최 회장은 어둠을 거슬러 올라가기 시작했다.

그가 도착한 곳은 산사였다. 어디에선가 목탁소리가 들려오고 있었다. 바로 그곳이 최 회장이 찾아가려는 곳이었다. 목탁소리는 더욱더 커졌다. 술법이었다. 최 회장은 절의 정확한 위치를 가늠할 수 없었다. 목탁소리가 그의 정신을 뒤흔들어 놓았다. 한동안 목탁소리를 더듬던 최 회장은 위치를 힘겹게 알아차릴 수 있었다.

새벽이 다가오고 있었다. 서둘러야 했다. 그는 목탁소리의 혼란을 뒤엎고 이제는 목탁소리를 따라 거슬러 올라가고 있었다. 목탁소리는 이제 그를 혼란하게 만드는 것이 아니라 이끌고 있었다.

절의 입구에 최 회장이 도착했다.

절 전체가 푸르스름한 광채를 띄기 시작했다. 결계였다. 결계의 중심은 대웅전에 있었다. 그 결계는 성당에서처럼 쉽게 풀 수 있는 결계였다. 결계를 풀고 안으로 들어서자 사천왕문이 보였다. 최 회장은 사천왕문을 향해 유유히 걸어 들어갔다. 그때 우렁찬 사천왕의 목소리가 들려왔다.

사천왕문 좌우에 서 있던 사천왕들이 제각각 눈을 떴다. 불법의 수호신인 동쪽의 지국천왕, 제석(帝釋)의 외장(外將)인 서쪽의 광목천왕, 자타(自他)의 덕행을 증장 시킨다는 남쪽의 증장천왕, 항상 여래의 설법을 많이 듣는다는 데서 이르는 사천왕인 북쪽의 다문천왕. 그들 사천왕이 최 회장의 앞에 우락부락한 얼굴을 내밀었다. 그들은 모두가 엄청난 거구였다. 그에 비하면 최 회장은 어린 아이나 다름없었다.

"사천왕들이군."

최 회장이 대수롭지 않게 사천왕을 쳐다보았다.

"기다리고 있었다."

"어림없는 소리 너희들은 그저 허깨비에 지나지 않아. ……생각했던 것보다는 술법을 사용할 줄 아는 땡중이군."

최 회장의 웃음소리가 사방천지로 울려 퍼졌다.

"네 입을 막아주겠다."

사천왕이 최 회장의 주위를 둘러쌌다. 광목천왕이 먼저 최 회장에게 창을 휘둘렀다. 그러나 최 회장은 힘들이지 않고 창을 눈짓 하나만으로 막아냈다. 광목천왕이 비지땀을 흘리기 시작했다. 이번에는 다문천왕이 뒤에서 최 회장을 뼈가 으스러질 정도로 끌어안았다. 그러나 최 회장은 별다른 표정을 짓지 않았다. 다시금 다문천왕이 있는 힘껏 최 회장을 끌어안았다. 그러나 역시 소용이 없었다. 아무리 애를 써도 최 회장을 무너뜨리기란 역부족인 듯했다.

"또 무엇을 해보겠느냐?"

그의 말에 다문천왕이 내던지려 했으나 최 회장은 그 자리에서 꼼짝도 하지 않았다. 오히려 얼굴에 웃음만 가득했다. 불법의 수호신인 지국천왕이 나섰다. 지국천왕이 최 회장에게 불을 내뿜었다. 최 회장의 몸은 삽시간에 불덩이로 변했다.

"그 정도면 혼쭐났겠지."

지국천왕이 웃어댔다. 그러나 웃음은 그리 오래가지 않았다. 최 회장은 불덩이 속에서도 상처 입은 곳이 없었다. 최 회장은 천하무적인 것 같았다. 그 어떤 힘으로도 그를 무너뜨릴 수 없을 것만 같았다. 증장천왕 역시 역부족이었다. 증장천왕은 최 회장을 향해 철퇴를 가했지만 철퇴가 오히려 찌그러지고 말았다.

"이제 끝난 건가?"

"……."

"그럼 모두 함께 대항해 보시지."

"이놈!"

사천왕들이 소리를 질렀고 다 함께 달려들었다. 그러나 그들의 저항은 최 회장의 일격에 무릎을 꿇고 말았다. 최 회장의 몸에서 흩어져 나온 검은 용들이 사천왕들의 몸을 휘감고 순식간에 집어삼켰다

"땡중만 남았군!"

그는 사천왕문을 폐허로 만들고 대웅전 앞에 이르렀다. 대

웅전 앞에 이르자 오오라의 광채가 더욱 밝게 빛나기 시작했다. 대웅전의 문이 열린 것은 다음이었다.

"이제야 오셨군."

장삼 위에 왼쪽 어깨에서 오른쪽 겨드랑이 밑으로 걸쳐 입은 가사 차림의 스님이 가부좌를 틀고 앉아 목탁을 두드리기 시작했다.

"그까짓 잡기로 나를 상대하겠다고……?"

"……."

스님은 불경을 외우기 시작했다.

"순순히 성궤를 내놓아라. 그러면 너의 목숨만은 살려 주겠다."

하지만 그 말이 스님에게 통할 리 없었다. 스님은 그의 말은 들은 척도 하지 않고 불경 외우는 것을 계속했다.

"더는 기다리지 못하겠군. 너의 육신을 갈기갈기 찢어 주마. 그리고 너의 영혼은 나의 지배를 받아 사악함으로 다시 태어나게 되리라. ……아니지 그것으로는 부족할 것 같군. 그래 너의 영혼을 그 잘난 목탁 속에 가두어 영원히 빛을 보지 못하도록 만들어 줄 것이다."

스님의 주위는 오오라의 푸른 광채로 눈이 부실 정도였다. 그러나 최 회장은 그에 아랑곳하지 않았다. 최 회장은 스님을 빨리 없애고 성궤를 두 눈으로 확인하고 싶은 욕심뿐이었다.

또다시 최 회장의 몸에서 검은 용이 수 갈래로 뻗어 나왔다. 그리곤 가부좌를 틀고 불경을 외고 있는 스님을 향해 달려들었다. 그러나 어찌 된 일인지 용이 스님의 주위에서 빛을 발하고 있는 오오라를 삼키지 못했다.

"법력이 생각보다는 강하군."

스님은 법문을 계속해서 외고 있었다. 법력에 의해 오오라는 갈수록 밝아져만 갔다. 최 회장은 주위의 어둠의 힘을 끌어 모으기 시작했다.

"자 이번이 마지막이다. 너의 영혼은 나의 것이 되리라."

그가 힘을 끌어 모으자 검은 용이 커지기 시작했다. 검은 용은 사찰의 여러 곳을 헤집고 다녔다. 검은 용이 지나쳐 가는 자리 곳곳마다 사악함으로 모든 것이 일그러지고 말았다. 검은 용의 힘은 날로 거세졌다.

스님은 법문을 연신 외워댔다. 스님의 몸에서 흘러나오던 오오라의 빛도 점점 밝아졌다. 그러더니 스님의 몸에서 유체이탈이 이어졌다.

스님의 영혼이 빠져나왔다. 영혼은 곧 큰 징을 만들었다. 그중에도 영혼이 빠져나간 스님의 몸은 여전히 목탁을 두드리며 법문을 외고 있었다. 상당한 법력이었다.

인간으로서 그런 힘을 발휘할 수 있다니, 최 회장은 다시 한 번 스님을 쳐다보았다. 최 회장의 입가에 사악함이 짙게 배어 나왔다. 마치 맛있는 먹잇감을 보듯 최 회장은 입맛을 다시고 있었다.

최 회장에 의해 사악함을 얻은 검은 용이 스님을 향해 내달렸다. 그러자 스님의 영혼이 거대한 징을 치기 시작했다. 너무도 큰 징 소리였다. 그 소리에 최 회장이 움찔했다. 뒤이어 검은 용도 잠시 흔들렸다. 그렇지만 사악함의 힘은 여전히 혈기왕성했다. 검은 용은 곧 스님을 휘감았다. 한바탕 폭풍이 일었다. 밀고 밀리는 싸움이었다. 징 소리는 날로 커졌고 또한 오오라도 더 밝아졌다. 그 오오라를 집어삼키기 위해 용이 안간힘을 쓰고 있었다.

최 회장이 미간을 찌푸렸다.

"제법이군. 하지만 어림없어."

최 회장이 스님을 향해 손을 뻗었다. 그러자 어둠이 쏟아져 나왔다. 짙은 어둠이 곧바로 스님을 향해 살기를 가득 담은 채로 돌진해 들어가기 시작했다. 검은 용과 최 회장의 손에서 쏟아져 나온 살기 가득한 어둠의 그물이 스님을 감싸기 시작했다. 급기야 어둠이 오오라를 장악해 들어가기 시작했다.

스님의 몸에서 흘러나오던 오오라도, 징을 치고 있던 스님의 영혼도, 징 소리도 점점 약해지기 시작했다. 그러더니 어느 순간엔가 목탁 소리가 멈추었다. 그리고 동시에 오오라의 밝은 빛은 기력 없이 목탁 속으로 빨려 들어가고 말았다. 또

다시 어둠의 승리였다. 영혼이 빠져나간 스님의 육체에 목탁이 싸늘하게 들려져 있었다. 최 회장은 스님의 육체에 불을 내뿜었다. 그러자 스님의 몸이 불길에 휩싸였다.

최 회장이 불타고 있는 스님의 앞으로 다가갔다. 스님의 손에 들려져 있던 목탁을 최 회장이 눈짓만으로 자신의 앞으로 끌어 왔다. 목탁은 그의 손에 들려졌다. 그러자 목탁은 검게 변하였다.

"너의 영혼까지 없애주마. 그 어디에도 존재하지 못하도록 말이야. 목탁 속에 가두어 목탁소리를 고통스럽게 듣게도 할 수 있지만 나를 즐겁게 해 준 덕에 너에게 조금이나마 배려를 해주마."

최 회장이 목탁을 손에 쥐고 반으로 쪼개기 시작했다. 그러자 스님의 영혼이 괴로워하는 소리가 들려왔다. 최 회장은 스님의 영혼을 읽어 내려갔다. 그리고 스님의 영혼에서 성궤의 위치를 알아낼 수 있었다.

대웅전 안에는 금 불상이 있었다. 스님의 영혼을 읽었던 최 회장은 바로 그 불상 밑에 성궤가 있다는 것을 이미 알고 있었다. 최 회장이 팔을 치켜들었다. 그러자 대웅전 전체가 흔들리기 시작하더니 점점 공중으로 떠올랐고 다시 반으로 갈라졌다. 그 아래로 통로가 나타났다. 통로는 암반으로 되어 있었다.

"이런 곳에 성궤를 위장해 놓다니, 하마터면 찾지 못할 뻔했군."

사실 그는 성궤를 찾기 위해 다니지 않은 곳이 없었다. 솔로몬 성전, 프랑스와 스페인 국경의 피레네 산맥, 느보 산, 뉴욕 마천루의 최상단, 에티오피아의 성 마리아 교회, 황금을 낳는 나라 오빌, 이집트의 피라미드. 하지만 그 어디에서도 성궤를 찾을 수는 없었다. 그런데 그 성궤가 한반도에 있었다니, 그것도 사찰에, 최 회장은 의외였다. 놀라운 것은 대웅전 밑에 솔로몬의 지하 성전이 원형 그대로 만들어져 있었다는 것이었다.

최 회장은 안으로 깊숙이 들어갔다. 하지만 그의 앞에 암반이 가로막혀 있었다. 최 회장은 바로 건너편에 성궤가 있다는 것을 느낄 수 있었다. 최 회장은 암반을 제약 없이 통과할 수 있었다. 그의 생각 대로였다. 바로 그 앞에 성궤가 놓여 있었다.

세로 110cm, 가로와 폭이 약 67cm인 성궤였다. 황금 상자가 그의 앞에 비로소 얼굴을 내보인 것이다. 그 안에는 모세의 십계를 새긴 점토판과 만나를 담은 항아리, 그리고 아론의 지팡이가 있을 것이다. 그것은 고대 이스라엘 왕국의 세 가지 신기(神器)였다. 성궤의 가치는 황금 때문이 아니라 고대 이스라엘의 마음을 상징하는 세 종류의 신기가 들어 있기 때문

이었다. 성궤는 권능의 상자인 것이다. 그만큼 성궤는 무한한
힘을 지니고 있었다.

10

어둠의 세기

　－일본 열도 규모 9.5의 지진 발생.

　일본 북서해안에서 규모 10.5의 최악의 강진이 발생했다. 이 여파로 발생한 대규모 쓰나미가 동해안까지 영향을 미쳐 원자력발전소 가동에 차질이 빚어질 것으로 예상된다. 현재 동해안에는 울진, 고리, 월성 등 3개 원전 단지와 임해공단, 항만시설 등이 밀집해 해일이 내습하면 막대한 피해가 예상된다.

　지진해일의 도달 시간은 울릉도 70분, 포항 90~130분, 부산 180~280분 등 한 시간에서 네 시간에 불과해 더욱 피해가 클 것으로 예상된다.

　일본 북서해안에서 발생한 매그니튜드 9.5의 지진은 오전 4시 2분에 발생 수많은 인명피해가 예상된다. 적어도 사망자가 수십만 명에 이를 것이며 부상자 수는 수백만에 달할 것으로 예상된다.

"이럴 수가……."

이삭은 말문이 막혔다. 그 내용은 자신이 쓴 소설 대재앙이라는 책에 그대로 나와 있었다. 소설과 실제 일어난 일본 열도의 지진 피해가 일치했다.

뉴스특보를 보던 이삭의 얼굴이 창백해졌다.

"우리 아기가 발로 차는 것 같아요."

"설마? 어디 정말 그런가 볼까."

이삭이 지혜를 소파에 앉혔다. 그러곤 지혜의 불룩 튀어나온 배에 자신의 귀와 손을 대고 가만히 소리를 들었다.

"그런 것 같기도 한데."

이삭의 얼굴엔 웃음이 가득했다. 역시 지혜의 얼굴에도 웃음꽃이 피어올랐다.

"우리 아기 태명은 어떻게 지을까요?"

"글쎄. 생각해 봐야겠는데."

이삭이 골몰히 생각에 잠겼다.

"딸일까요? 아니면 아들일까요? 난 딸이었으면 좋겠는데."

"나도 딸이었으면 좋겠어요. 참 오늘 병원에 가는 날 아니야?"

"같이 가 줄래요?"

"당연히 가야지. 그래 오늘 병원에 갔다가 들어오는 길에 백화점에 들려 우리 아기 옷이나 사 오자구요."

이삭은 그 말을 하고서 지혜보다 먼저 서두르기 시작했다. 지혜도 외출 준비를 서둘렀다.

이삭이 쓴 대재앙은 서점가에서 불티나게 팔리고 있었다. 출간되면서 줄곧 대재앙은 서점 베스트셀러 집계 종합 1위를 달리고 있었다. 일부의 사람들은 이삭의 소설을 대재앙에 이르는 시나리오라고 말하기도 했다.

변종바이러스의 파장으로 전 세계는 팬데믹에 빠졌으며 헤아릴 수 없는 사상자가 발생하고 있었다. 화산이 폭발하는가 하면 핵미사일이 기계고장으로 발사되는 사건까지 벌어졌다. 그러나 핵미사일은 다행히 회수할 수 있어서 더 큰 인명 피해는 막을 수 있었다. 이삭의 대재앙에서 예시한 대로 세상은 혼돈 속에 휘말리고 있었다. 말 그대로 대재앙이 시작되고 있었던 것이다.

"아니야, 재앙은 일어나지 않아."

잠들었던 이삭이 가위에 눌렸다. 이삭의 온몸은 식은땀으로 흠뻑 젖어 있었다. 무언가 잘못되어가고 있는 것이 확실했다. 무언가 알 수 없는 힘에 의하여 이끌려 가고 있는 것이다.

도로는 한산한 편이었다. 이제 곧 봄이 올 것이다. 그리고 대재앙에서 예견했던 바로 그 날이 다가올 것이다. 이삭의 얼굴은 수심으로 가득했다.

"만약에 그 일이 벌어진다면……."

이삭은 아득해졌다. 차를 몰고 가는 이삭의 눈앞에 술에 취에 길거리에 쓰러져 잠들어 있는 사람이 보였다. 그 사람의 얼굴에서는 희망이란 전혀 찾아볼 수 없었다. 무기력한 삶의 고단함만이 가득했다.

"도대체 내가 무슨 짓을 한 거지."

처음부터 쓰지 말았어야 했을 소설이었다. 이삭이 할 수 있는 일이란 자신을 비난하는 것뿐이었다. 이삭은 지하주차장에 차를 주차시키고 엘리베이터에 올라탔다. 엘리베이터에서 내린 이삭이 회장실을 향해 빠른 걸음으로 걸어갔다.

"회장님 계십니까?"

이삭이 비서에게 물었다. 그리곤 비서가 대답도 하기 전에 회장실 문을 박차고 안으로 들어갔다.

"찾아올 줄 알았다."

최 회장은 태연했다. 벌써 이삭이 올 것이라는 것을 최 회장은 알고 있었던 것 같았다.

"어떻게 된 일입니까?"

"……."

최 회장은 대답이 없었다. 최 회장은 묵묵히 앉아 창밖만을 주시하고 있을 뿐이었다. 이삭은　최 회장의 그런 모습에 화가 났다.

　"어떻게 된 일입니까?"

　이삭이 상기된 목소리로 다시 물었다.

　"……."

　최 회장은 대답 대신 자리에서 일어섰다. 여전히 최 회장은 이삭을 향해 단 한 번의 시선도 주지 않았다.

　"사람 말이 말 같지 않습니까?"

　"……."

　"대답해 보십시오."

　화가 머리끝까지 치솟았다. 이삭은 당장이라도 달려가 최 회장의 멱살을 잡고 싶었지만 꾹꾹 참고 있었다. 화를 낸다고 해서 해결될 일이 아니었다.

　최 회장은 창가를 거닐고 있었다. 무슨 말인가를 하려 하는 눈치였지만 최 회장은 망설이고 있었다. 최 회장의 얼굴에는 별다른 표정의 변화가 없었다.

　"많이 기다렸어."

　"뭘 기다렸다는 겁니까?"

　"……."

　최 회장이 다시 입을 다물었다.

"당신은 뭔가를 알고 있죠?"

"⋯⋯."

"말해 보세요?"

한동안 말없이 최 회장은 그 자리에 서서 창밖을 내려다보고 있었다. 그리고는 이삭을 향해 돌아섰다. 이삭의 시선과 최 회장의 시선이 마주쳤다. 이삭은 최 회장의 시선을 피하지 않았다. 이삭은 최 회장에게서 뭔지 모를 알 수 없는 정을 느끼고 있었다. 최 회장의 눈을 보고 있자니 따뜻하다는 기분이 들었다.

"아들아⋯⋯."

"아들⋯⋯?"

이삭은 믿을 수 없었다. 이삭은 한순간 멍해졌다. 둔탁한 것으로 뒤통수를 된통 얻어맞은 기분이었다. 뭔지 모를 불안감이 이삭의 주위를 감싸기 시작했다.

"내가 바로 너의 아버지야."

"어떻게⋯⋯."

이삭은 넋이 빠져나간 채 우두커니 서 있었다. 여전히 이삭은 믿지 못하겠다는 표정이었다.

최 회장은 다시 말을 아꼈다. 이삭을 위한 배려였다. 이삭이 자신을 받아들이길 최 회장은 기다리고 있는 중이었다.

"당신이 나의 아버지라는 것을 어떻게 증명할 수 있지요?"

"너의 그 능력······."

"능력?"

"그래. 넌 바로 나의 아들이다. 나의 아들이기 때문에 너에겐 그런 능력이 있을 수 있는 거야. 그렇지 않고선 불가능하지. 너의 어렸을 때를 생각해 봐. 비행기 추락 사고에서 살아남을 수 있었던 것은 네가 바로 불멸의 존재라는 증거야. 또 입양되었을 때 양부모에게 일어났던 일들, ······고아원에서 있었던 사고······. 그리고 네 스스로 목숨을 끊으려 했지만 넌 다시 살아났어."

"그런 걸 어떻게 알았습니까?"

이삭은 당황했다.

"난 너에 대한 모든 것을 알고 있어."

"난 믿지 못하겠습니다. 당신이 나의 아버지라는 것을······."

"믿어야 한다. 부정할 수 없는 진실이니까. 넌 불멸의 존재야. 너에겐 무한한 힘이 잠재해 있다. 단지 넌 너 자신의 힘을 믿지 못하고 있을 뿐이야. 너의 소설 속의 내용이 현실로 나타나는 것을 넌 어떻게 설명할 수 있겠느냐?"

"그건······."

"그 힘은 너의 존재에 대한 의미이기도 하지. 그 힘은 나와 너의 어머니에 의해서 너에게 주어진 거야."

"불멸의 존재란 뭐고 또 그 힘이란 대체 무엇입니까?"

"넌 어둠의 사자인 나와 정령의 사자의 사랑으로 일구어낸 결실이다. 우린 이 인간의 세계, 즉 미계를 사랑의 도피처로 삼았지. 하지만 우린 끝내 그것을 이루지 못했어. 엘로힘에게 우리의 사랑이 발각되었고 너의 엄마 에밀리아는 천상의 도피처로 그리고 난 그에 의해 어둠의 철창에 봉인되었다. 에밀리아는 너를 이곳 미계로 빼돌렸어. 너의 존재를 아는 사람은 아무도 없다. 단지 에밀리아와 나를 제외하고는……."

"……."

이삭은 어이가 없었다.

"넌 불멸의 존재다. 단지 인간의 몸속에 위치하고 있을 뿐이야."

"그럴 리가 없어."

"……."

"그렇다면 당신은 사탄이란 말이군. ……어떻게 내가 그 말을 믿을 수 있겠어. 상상도 할 수 없는 일이지. 내가 바보인 줄 알아. 뭔가 잘못됐어. 어림도 없는 소리하지 마."

"믿을 수 없겠지. 하지만 믿어야 할 거야. 네가 아무리 부정을 해봤자 소용이 없어."

"말도 안 되는 소리하지 마. 당신은 평범한 인간이야. 나이가 드니까 이제 노망이 들었군."

"그렇다면 할 수 없지. 증명해 보이는 수밖에……. 나의 눈을 똑바로 들여다 보거라. 알 수 있을 거야."

최 회장이 그 자리에 서서 이삭을 쳐다보았다. 이삭도 별 수 없이 최 회장의 눈을 들여다보았다.

이삭은 그의 공간 속으로 빨려 들어갔다. 그 속에는 가아프가 있었고 에밀리아가 있었다. 그리고 그들은 진실한 사랑을 꽃피우고 있었다.

이삭은 그들을 지켜보았고 자신의 존재에 대해서도 알 수 있었다. 그들은 엄연한 자신의 부모들이었다. 이삭은 그만 그 자리에 주저앉고 말았다.

"아들아!"

"……."

"널 혼자 내버려둬서 미안하구나."

"가까이 오지 마. 아니야, 아니야! ……그럴 리가 없어. 아니야, 난 사탄의 아들이 아니야. 그렇지 않아……."

이삭이 자신의 머리를 잡고 뒤흔들었다. 자신의 존재에 대해서 이삭은 회의를 느끼고 있었다. 차라리 죽고 싶은 심정이었다. 이삭은 자신이 죽을 수 없는 존재라는 것이 더더욱 원망스러웠다. 모든 것이 싫었다. 모든 것이 무의미할 뿐이었다. 도망치고 싶었다. 그대로 도망쳐서 영영 돌아오지 않고 싶었다.

"이런 걸 바랐던 게 아니야. 난 원하지 않았어. 난 인간이야. 평범한 인간일 뿐이야. 그 이상은 바라지 않아."

이삭의 가슴이 먹먹했다. 울고 싶은 심정이었다. 그러나 이삭에겐 눈물이 없었다. 눈물을 흘릴 수도 없는 존재라니. 그는 까마득해졌다.

이삭은 회피하고 있을 일이 아니라고 생각했다. 그렇게 된 이상 자신을 인정해야 했다. 자신이 사탄의 아들이라고 해서 달라질 것은 없었다. 이삭은 자신이 천사의 아들이기도 하다는 것으로 위안을 삼았다. 그렇게 생각하니 가슴이 한결 편안해졌다. 이삭은 자리에서 일어섰다. 그리고 당당하게 최 회장의 앞에 섰다.

"나한테 바라는 것이 무엇입니까?"

"……."

"왜 이제야 나타난 겁니까?"

"우리의 세상을 만들기 위해서……."

"우리의 세상이라니 그게 무슨 말입니까?"

"이제 인간 세상은 그리 오래가지 않을 거야. 인간들이 말하는 종말이 다가오는 거지. 종말은 새로운 시작을 의미하기도 해."

최 회장이 창밖을 향해 돌아섰다. 그리고는 창가로 다가섰다. 최 회장은 부푼 가슴으로 세상을 내려다보고 있었다.

"나에게 그런 글을 쓰도록 한 이유가 거기에 있었군요. 그리고 그 소설은 종말의 시나리오인 셈이었고. 하지만 종말은 없을 겁니다."

이삭이 당당하게 말했다. 그러나 최 회장은 조금도 동요하지 않는 것 같았다. 최 회장의 입가엔 오히려 웃음이 배어 나오고 있었다.

"과연 그럴까?"

"당신은 인간 세상을 폐허로 만들 자격이 없습니다. 그리고 나 또한 그럴 자격이 없는 것은 분명합니다."

"……."

"이 세상은 인간들의 세상입니다. 당신에게 호락호락 내주지 않을 겁니다. 인간들이 용납하지 않을 겁니다."

"인간은 나약하다. 힘없고 부패한 자들일 뿐이야. 더 이상 인간 세상이 존재할 이유가 없어. 난 이 인간 세상을 휩쓸어버리고 새로운 세상을 만들려는 것뿐이다. 엘로힘도 이젠 나를 당할 수가 없어. 엘로힘이 만든 이 세상을 난 처참하게 짓밟아 우리의 사랑을 갈취해간, 우리의 사랑을 한낱 쓰레기쯤으로 취급한 그 잘나 빠진 엘로힘에게 복수를 하고야 말 것이다."

"당신은 결코 그럴 수 없을 겁니다."

"난 강하다. 그 누구보다도 강해. 새로운 세상만이 존재할 뿐이다."

최 회장의 몸에서 실체를 밝히려는 듯 가아프가 빠져나왔다. 최 회장의 몸은 나무토막처럼 뻣뻣하게 굳어 있었다. 생명의 기운이란 전혀 없었다.

"아들아!"

"……."

가아프가 이삭을 불렀지만 이삭은 그를 외면해 버렸다.

"나와 함께 우리들의 세상을 건설하자. 나와 함께 우리들의 세상을 지배하자. 넌 그럴 자격이 있어."

가아프가 이삭을 향해 손을 내밀었다. 그러나 이삭은 그에게서 돌아섰다. 이삭은 그를 받아들이지 않았다.

"그럴 수는 없어요. 당신이 아무리 나의 아버지라고 해도……. 이 세상은 존재할 가치가 있습니다. 나는 절대 이 세상을 포기하지 않을 겁니다. 어머니도 그러길 바라고 있을 겁니다."

이삭은 확고했다. 가아프의 얼굴이 어둡게 변했다. 하지만 가아프는 포기하지 않았다.

"하지만 늦었다. 어둠이 세계를 지배하게 될 날이 멀지 않았어. 가까이 다가오고 있는 것을 너는 느끼지 못하느냐?"

"어둠의 세계는 존재하지 않을 겁니다. 이 세계는 인간들의 세계입니다. 그 누구도 지배할 수 없으며 간섭하지도 못할 겁니다."

"이미 늦었어. 돌이킬 수 없을 거다. 난 인간들의 사악한 힘으로 이렇게 강해졌어. 그들이 아니었다면 내가 존재할 수도 없었겠지. 그들은 나의 부활을, 어둠이 지배하는 세상을 기다리고 있다. ……어둠의 시대는 열리고 말 것이다. 선은 존재하지 않아. 선은 있을 수 없는 거야. 오직 악만이 존재할 가치가 있다. 선은 이제 파괴되어야 한다. 너무도 많은 시간 동안 선이 지배하면서 인간 세계는 황폐해졌어. 선택의 여지가 없다."

"그럴 수는 없습니다. 난 당신이 그 어떤 말로 현혹하더라도 넘어가지 않을 겁니다. 더 이상 나를 가슴 아프게 만들지 마십시오."

"결국엔 너도 나를 따르게 될 거야. 나를 따르지 않고서는 견딜 수 없을 거야. 너의 속에는 악이 존재하니까."

"마음대로 생각하십시오. 난 응하지 않을 겁니다. 아무리 설득을 해도 이 세계를 저버릴 수 없습니다. 난 당신이 어떻게 생각하든 간에 인간입니다. 난 인간으로 존재할 겁니다. 나에게 너무 많은 것을 바라지 마십시오. 그리고 이 세계를 파괴할 생각은 하지 마십시오. 나를 당신의 아들로 생각한다면 내 부탁을 저버리지 마십시오. 난 인간으로 살고 싶습니다."

가아프에게 그 말이 통할 리 없었다. 가아프는 사탄이었고 그의 가슴에는 어두움과 사악함, 그리고 매정함만이 있을 뿐이었다.

"어둠의 세계에서도 얼마든지 행복할 수 있단다. 모든 것은 어둠 속에서 비롯되는 거야. 행복도, 사랑도, 기쁨도, 즐거움도, 괴로움도, 슬픔도 모두가 어둠 속에서 비롯된 것이니까. 그리고 그 어둠은 늘 새로운 것을 잉태해 내지. 어둠 뒤에 아침이 오듯이 말이야. 어둠은 모든 것의 근원이란다."

"그렇지 않습니다."

"그렇다면 할 수 없군. ……지혜가……."

"지혜는 나의 아내입니다. 그런 지혜를 다치게 하지 마십시오. 난 여태껏 불행하기만 했습니다. 당신에 의해서 태어났고 당신에 의해서 불행한 삶을 살아왔습니다. 나의 작은 행복마저 빼앗아 가시지는 않겠지요?"

"그 아이는 결코 너를 따르지 않을 거야. 지혜는 인간 세계의 마지막 남은 마녀다."

"그……그럴 리가……."

뜻밖의 소리에 이삭의 얼굴이 상기되었다.

"믿기지 않겠지만 사실이다. 그런 지혜가 나 아닌 너를 따른다고……. 지혜는 내가 더 잘 알아."

"그렇지 않습니다."

"그렇다면 네 마음대로 하거라. 만약에 생각이 바뀐다면 언

제든지 찾아오너라. 넌 내 아들이니까……. 난 너를 포기하고
싶지 않구나."

가아프도 이젠 이삭을 설득하지 않았다. 설득하려 해봤자
이삭은 그와 더 엇갈려 나갈 뿐이었다.

"다시는 당신을 찾지 않을 겁니다."

이삭이 돌아섰다. 그리곤 회장실 문을 열고 밖으로 나왔다.
이삭의 발걸음은 왠지 무거웠다. 가아프와 맞설 수 있을지,
이삭은 용기가 나지 않았다. 하지만 어떻게 해서든 그를 막아
야 했다. 무슨 방법이 있을 거라고 이삭은 생각했다.

"마녀라고……."

이삭이 차에 올라 시동을 걸며 중얼거렸다. 하지만 지혜가
마녀라고 해서 달라질 것은 없었다. 사랑의 힘으로 모든 것을
극복해 나갈 수 있을 거라고 이삭은 생각했다.

"당신도 알고 있었던 거예요?"

아파트로 돌아오자마자 이삭이 지혜에게 물었다.

"……."

지혜가 고개를 떨구었다.

"그런데 왜 말을 하지 않았어요?"

"……."

지혜는 벙어리가 되었다. 지혜는 어떻게 말해야 할지 난감

한 표정이 되었다.

"왜 말을 하지 못하는 거야? 당신이 마녀라니 난 믿을 수가 없어요."

"사실이에요."

"……."

이삭은 맥이 풀렸다.

"속이고 싶은 마음은 없었어요. ……난 이삭 씨를 사랑해요. 그래서 더더욱 말할 수 없었던 거예요."

"역시 최 회장의 말대로군. 당신은 모든 것을 알고 있었던 거야. 당신은 최 회장과 같은 편이야. 그렇지?"

"그렇지 않아요. 난 이삭 씨를 사랑해요. 난 언제나 당신 곁에 있을 거예요."

지혜가 이삭에게로 안겨왔다. 지혜의 눈에서 구슬 같은 눈물이 흘러내려 이삭의 가슴을 물들였다.

"의심해서 미안해요."

"미안해요."

"아니야, 당신만 나의 곁에 있어 준다면 난 큰 힘을 얻을 거예요. 그리고 당신이 곁에 있으니까 난 용기가 생겨. 아버지와 맞서 싸울 수 있을 것 같아요. 난 결코 그가 바라는 세상을 만들도록 내버려두지 않을 거예요."

"아니요. 당신은 그분을 알지 못해요."

"……."

"그분은 강해요. 그 누구도 그 분과 맞서 싸울 수는 없어요. 이삭 씨도 그분과 맞서 싸우면 크게 다칠 거예요. 난 두려워요. 우리 어디론가 떠나요. 그분의 힘이 닿지 않는 곳으로 말이에요. 분명 그런 곳이 있을 거예요."

이삭은 그럴 수 없었다. 그와 맞서 싸워야 했다. 어디로 도망치든 그의 힘이 세상을 지배한다면 결코 행복할 수 없을 것이다.

"그럴 수는 없어요."

이삭의 생각은 굳건했다. 지혜는 이삭에게 힘을 실어 주기로 했다. 그것이 자기가 할 몫이라고 생각했다. 이삭의 옆에서 그가 흔들리지 않도록 바라보고 있어야 한다고 지혜는 생각했다.

이삭은 아버지 가아프를 쓰러뜨릴 방법을 찾고 있었다. 그러나 방법이 쉽게 떠오르지 않았다. 그러던 이삭이 생각해 낸 것은 바로 소설이었다.

자신이 쓴 소설대로 세상에 불행이 닥치고 있다면 자신이 쓰는 소설대로 또 세상을 구할 수 있을 거라고 이삭은 믿었다. 이삭은 지체하지 않고 작업실로 들어가 작업을 시작했다. 시간이 없었다. 소설을 빨리 완성해야만 했다. 그러나 생각대로 소설이 써지지 않았다.

11

파멸

전 세계가 죽음의 바이러스로 발칵 뒤집혔다. 별다른 치료
방법이 없는 것으로 알려진 변종바이러스는 치사율이 상당히
높은 것으로 알려졌다. 그 어떤 처방도 변종바이러스를 막을
수는 없었다. 일단 바이러스가 진행되면 12시간 안에 사망하
는 무서운 바이러스였다. 에볼라바이러스 이후로 최악의 바
이러스였다 병원은 인산인해를 이루었고 의료체계 자체가 마
비상태였다.

작업은 밤낮을 가리지 않고 계속되었다. 지혜는 더 이상 미
술관에 나가지 않았다. 이삭의 곁에서 작업을 돕기 시작했다.
그러나 지혜가 해줄 것이란 아무것도 없었다. 이삭을 위해서
지혜가 해줄 수 있는 것이라고는 차와 식사를 차려 주는 것뿐
이었다. 그 작은 보살핌이 이삭에게는 큰 힘이 되었다.

결국 이삭은 해냈다. 책이 출간되었다. 최 회장이 출판을 막을 수도 있었지만 어찌된 일인지 책을 쉽게 출간할 수 있었다.

이삭이 할 수 있는 일은 그렇게 끝을 맺고 있었다. 책이 출간되자 이삭에겐 한순간 피로가 몰려왔다. 이삭은 몇 날 며칠을 잠에 취해 지냈다. 마치 죽은 사람처럼.

일주일 만에 이삭은 잠에서 깨어났다. 이삭의 얼굴은 초췌해 보였다. 잠에서 깨어난 이삭은 그동안 먹지 못한 것을 한꺼번에 먹어 치울 정도로 놀라운 식성을 발휘했다. 보고 있던 지혜는 입을 벌린 채 다물 줄을 몰랐다.

이삭의 생각대로라면 세상은 많이 변해 있어야 했다. 그러나 이삭의 생각은 어긋나고 말았다. 세상은 그대로였다. 이삭의 대재앙대로 세상은 흘러가고 있었다. 감염 공포가 커져갈수록 사람들은 자신의 이익과 사재기만을 생각했다. 세상은 걷잡을 수 없이 뒤틀리고 있었다.

이삭이 펴낸 소설은 서점가에서 그다지 반응을 보이지 않았다. 죽음의 바이러스 탓도 있었다. 바이러스 때문에 사람들은 책을 읽을 만한 여유가 없었다.

이미 늦은 것일까? 그대로 받아들여야 하는 걸까. 이삭은 답답하기만 했다. 이삭은 시들어 가고 있었다.

도대체 어찌 된 일일까? 그랬다. 많은 사람들이 읽지 않고 있기 때문이었다. 사람들이 읽지 않기에 이삭의 소설 내용대로 세상이 이끌려가지 않고 있는 것이다. 사람들의 마음을 끌어 모아야만 이삭의 소설이 능력을 발휘할 수 있었던 것이다.

이제는 마지막 희망마저도 꺾이고 말았다. 이삭은 자포자기의 심정이었다. 이삭의 가슴은 한없이 무너져 내렸다. 이삭은 의욕의 상실에 빠지고 말았다.

"우리 어디로든 도망가요. 그곳에서 다시 시작해요. 그분의 곁에서 멀리 도망쳐요."

"그래, 떠나요. 어디든 떠날 수 있을 때 떠나야 해."

이삭은 항공사에 전화를 걸어 티켓을 알아봤지만 소용이 없었다. 그 어디로 갈 곳도 도망칠 곳도 없었다.

바람도 매서웠고 사상 유래 없는 한파가 몰아닥쳤다. 그 한파로 얼어 죽는 사람들이 곳곳에서 발견되었다.

소설 대재앙에서 말하는 그날은 아직 한 달 정도 남아 있었다. 그날이 오기 전에 되도록 멀리 떠나야했다.

아침부터 이삭은 분주했다.

"패배자야."

이삭이 자신을 책망했다. 이삭의 가슴은 처참하게 일그러졌다. 도망치는 자신이 원망스러웠다.

"준비 다 됐어요?"

"우리 아기가 나를 원망할 거야."

"그렇지 않아요. 우리 아가는 아빠를 원망하지 않을 거예요. 이삭 씨는 할 만큼 다 한 거예요. 노력도 하지 않고 피하는 것이 아니잖아요. 이삭 씨가 부끄러워해야 할 이유는 없어요. 이삭 씨는 자랑스러운 아빠예요. 우리 아가도 그렇게 생각할 거예요. 너무 상심하지 말아요."

"정말 그럴까요?"

"그럼요. 우리 아가가 그렇대요."

지혜의 눈이 촉촉하게 젖어들었다. 지혜는 애써 참아내고 있었다. 자신이 눈물을 흘린다면 이삭이 더 가슴 아파할 것이기에 지혜는 안정을 찾으려 하고 있었다.

"이제 떠나야 할 시간이에요."

이삭의 기분을 지혜는 어느 정도 가늠하고 있었다. 이삭은 그대로 모든 것을 훌훌 털어 버려야 했다. 이제 미련 같은 것을 남길 때는 아니었다. 이삭의 얼굴은 한결 밝아져 있었다. 이삭은 짐 가방을 들고 먼저 아파트를 나섰다. 그 뒤를 지혜가 따랐다.

"괜찮아요?"

"난 아무렇지도 않아요. 당신 얼굴이 왜 그래요? 누가 죽기라도 한 거야?"

이삭이 말하며 지혜를 향해 밝게 웃어 주었다. 그러자 지혜도 마음을 놓을 수가 있었다.

지하 주차장으로 내려온 이삭이 차에 짐 가방을 실었다. 뒤이어 조수석 문을 열어 지혜를 차에 태웠다.

"이제 출발해 볼까."

이삭이 시동을 걸고 액셀러레이터를 살며시 밟았다. 뒤이어 차는 주차장을 소리 없이 빠져나갔다.

하늘은 먹구름으로 가득했다. 금방이라도 눈이 내릴 것만 같았다.

"아무도 없는 곳."

이삭의 얼굴에 걱정이 서렸다. 지혜도 덩달아 차창 밖을 내다보며 걱정스러워하고 있었다.

도로를 달리던 도중 앰뷸런스가 지나쳐 가는 것이 보였다. 밤낮없이, 시도 때도 가리지 않고 울려대는 앰뷸런스의 사이렌이었다. 저편으로 검은 연기가 치솟고 있었다. 어디에선가 화재가 난 모양이었다. 단 하루도 조용한 날이 없었다.

세상은 혼돈으로 가득했다. 이제 그날이 다가온다는, 종말이 다가온다는 불안함이 사회에 만연해 있었다. 자포자기와 체념 속에서 인간들은 스스로 멍들어 갔다. 하지만 아직도 많은 사람들은 희망을 잃지 않고 자기 생활에 몰두했다.

아직 오후 2시 30분밖에 되지 않았는데도 마치 한밤을 연상케 할 정도였다. 이삭은 불길함을 느꼈다.

"시작되고 있구나."

검은 우박이 쏟아져 내리고 있었다. 사람들은 공포와 두려움으로 아우성쳤다.

어디든 떠나야 했으나 가는 곳마다 사람들로 인산인해였다.

어디를 향해 그리들 가려하는지 알 수 없었으나 그들도 자신과 같은 생각일 거라고 이삭은 짐작했다. 밖에서는 검은 함박눈이 내리고 있었다. 1m 앞도 분간할 수 없는 어둠 속에서 이삭은 발을 동동 굴렀다. 너무 빨리 시작되고 있었다. 이삭은 어찌해야 할지 난감할 뿐이었다. 어쩌면 도망치려 했던 것이 무리였을지도 모른다고 이삭은 생각했다. 그 상황은 비단 한반도만이 아닐 것이다. 인간 세상이라면 세계 곳곳에서 그런 일이 벌어지고 있을 것이다. 도망친다고 해도 가아프의 힘이 닿지 않는 곳은 없을지도 모른다.

그대로는 무리였다. 이삭은 차를 버리고 쉴 수 있는 근처 건물로 지혜를 이끌었다. 지혜의 옆에 이삭이 앉았다. 그러자 지혜가 이삭의 어깨에 기대었다. 지혜는 이삭의 체온을 느끼며 차분하게 숨을 가다듬었다.

"사랑해요, 이삭 씨!"

"걱정하지 말아요."

"후회하세요?"

"아니, 난 후회하지 않아요. 단지……."

"아무 말도 하지 말아요. 다 알아요. 이삭 씨의 마음."

얼마 동안 그곳에 앉아 있었는지 모른다. 사람들의 발걸음이 빨라지기 시작했다. 어수선하고 혼란스럽기까지 했다.

이삭이 앉아 있는 곳은 혼돈 속이었다. 벌써 오래전부터 이삭은 그곳에 위치하고 있었다. 이삭은 자신이 태어나는 그 순간부터 여태껏 혼돈 속에서 방황하고 있었는지도 모른다.

어둠은 점점 짙어졌다. 그 어둠 때문에 지혜의 모습도 볼 수 없을 정도였다. 그런데 그때였다. 사람들의 모습이 희미해지기 시작했다.

"어떻게 된 거지?"

지혜는 이삭의 옆에 변함없이 앉아 있었다. 지혜의 목에 걸고 있던 목걸이에서 검은 연기가 흘러나오기 시작했다.

"지혜 씨, 지혜 씨?"

이삭이 소리쳤다. 그리고 지혜를 흔들었다. 그러나 지혜의 몸이 이삭의 손에 느껴지지 않았다. 지혜를 만지려 하면 할수록 지혜의 모습은 점차로 목걸이에서 흩어져 나오는 검은 연기에 의해 희미해지고 있었다.

"어떻게 된 거야? 지혜 씨?"

마치 꿈속에서처럼 지혜는 이삭에게 거리를 두고 있었다. 이삭은 필사적으로 지혜를 잡아 세웠다. 그러나 이삭의 힘으로는 역부족이었다. 결국에 지혜의 모습은 완전히 사라지고 말았다. 그 어디에도 지혜는 없었다. 지혜를 찾으려 하면 할수록 이삭은 어둠 속에 갇혀갔다.

시간의 굴레였다. 이삭은 그 속에 혼자 철저하게 갇혀버린 것이다. 그로부터 한참 후 이삭은 시간의 굴레에서 다시금 현실로 돌아올 수 있었다.

지혜를 찾아 헤매던 이삭은 그만 그 자리에 주저앉고 말았다. 그러다가 이삭은 오늘이 대재앙에서 예견했던 그날이라는 것을 시계를 보고서 알았다. 시계는 빠른 속도로 흘러가고 있었다.

이삭의 손목시계 또한 보통의 시간보다 빠르게 흐르고 있었다. 더 불길한 것은 사람들이 빠르게 진행되어 가는 시간을 미처 눈치 채지 못하고 있다는 것이었다.

가아프가 어둠의 세계를 이끌고 있는 것이다. 그로 인하여 사람들의 모습이 시간이 흐르면서 점차로 사라져 가고 있는 것이다.

그대로 방관만 하고 있을 수는 없었다. 자신에게서 지혜를 빼앗아간 아버지 가아프에게서 지혜를 되찾아 와야만 했다. 그리고 이 세계를 다시 제자리로 돌려놓아야만 했다. 그것이 이삭이 할 일이었다.

그대로 시간이 흘러가는 것을, 그대로 어둠의 세계가 다가오는 것을 보고 있을 수는 없었다. 서둘러야 했다.

시간이 얼마 남지 않았다. 그것은 세상과 사람들을 보면 알
수 있었다. 인간 세상의 건물들과 사람들이 희미해져 가고 있
었다. 어둠의 세계가 열린다는 징조였다.

이삭은 도로를 빠른 속도로 달릴 수 있었다. 도로를 달려가
고 있는 차들은 희미해져 존재를 상실해 가고 있었다. 그렇기
때문에 체증되어 있는 도로를 이삭은 마음껏 달릴 수 있었다.

내리고 있던 검은 함박눈이 서서히 멎고 있었다. 대지는 온
통 어둠으로 물들어 가고 있었다.

차 안의 디지털시계는 9시를 향해 달려가고 있었다. 앞으로
3시간밖에 남지 않았다는 말이기도 했다. 3시간 후에는 어둠
의 세상만이 존재할 뿐이다. 그렇게 된다면 돌이키려 해도 더
이상은 돌이킬 수 없는 일이 되어버리고 말 것이다.

이삭은 그동안 도망치려고만 생각했던 자신을 원망했다. 이
젠 물러설 곳도 없었다. 도망칠 곳도 없었다. 남은 것은 아버
지 가아프와의 싸움뿐이었다.

도로에는, 거리에는, 도심에는 아무도 없었다. 인간들의 형
상이란 전혀 찾아볼 수 없었다. 그 어느 곳에서도 찾을 수 없
었으며 어둠과 삭막함만이 온 천지를 휩쓸고 지나갈 뿐이었
다.

이삭은 가아프가 있을 출판사 건물을 찾기 시작했다. 그런
데 어디에도 그런 건물은 없었다. 대신 그 건물이 있던 자리

에는 거대한 탑이 놓여 있었다. 탑은 하늘을 찌를 것처럼 높았다. 어쩌면 하늘에 닿아 있을지도 모를 일이었다. 탑 기둥에는 바벨탑이라는 글씨가 쓰여 있었다.

"그렇다면……."

이삭은 놀라지 않을 수 없었다. 그리고 두려웠다.

바벨은 아카드어로는 신의 문이라는 뜻을. 그리고 헤브루어로 혼란이라는 의미를 지니고 있다. 바벨탑은 고대 바빌로니아의 수도 바빌론에 있었던 고탑 신전 지구라트를 지칭하는 것이다. 지구라트란 피라미드 형태의 계단식 신전을 말하는 것이다.

창세기에 의하면 대홍수 이후의 사람들은 한 곳에 모여 살게 되었는데 시간이 지나면서 교만해져서 신이 살고 있는 하늘에 닿는 높은 탑을 쌓기로 했다고 한다. 그러자 신은 사람들의 이러한 행동을 막기 위해 마음과 언어를 혼동시켜 의사를 교환할 수 없도록 하였다. 그리하여 사람들은 같은 말을 사용하는 무리끼리 흩어져 살게 되었다. 그렇게 건축되다가 만 그 탑이 바로 바벨탑이었다.

바벨탑이 있어야 할 곳은 이곳이 아니었다. 가아프가 이곳으로 옮겨온 것이 확실했다. 그렇다면 가아프는 바로 바벨탑 위에 있을 것이 분명했다.

이삭은 서둘러 탑을 오르기 시작했다.

바벨탑 주위로 벼락이 내리꽂았다. 곳곳은 불길로 휩싸여 있었다.

바벨탑 위에서 빛이 번쩍거리고 있었다. 그리고 반대쪽으로 어둠이, 사악한 기운이 퍼져 나오고 있었다. 빛은 일부에 지나지 않았다. 빛은 점점 어둠에 휩싸이고 있었다. 이삭은 자신 말고도 누군가가 아버지 가아프와 대적하고 있다는 것을 직감할 수 있었다.

이삭은 바벨탑의 꼭대기에 올랐을 때 비로소 가아프와 싸우고 있는 것이 누구인지 알 수 있을 것 같았다. 천상에서 엘로힘의 총애를 받고 있는, 엘로힘 다음으로 가장 강력한 존재. 엘로힘에 의해 부여된 강한 힘의 소유자이며 압도적인 힘을 얻은 가브리엘 바로 그였다.

"받아라 가브리엘!"

가아프가 하늘을 위협할 정도의 사악한 음성으로 가브리엘을 향해 소리쳤다.

"가아프, 너의 그 교만함과 자만심을, 그리고 사할 수 없는 그 사악함의 죄를 용서치 않겠다."

가브리엘은 당당했다.

가아프는 어둠의 검을 손에 들고 있었다. 어둠의 검에서는 사악한 기운이 철철 흘러넘치고 있었다. 반면 용사 가브리엘은 백합 문양의 방패와 장검을 들고 있었다. 방패와 장검에서 강력한 빛이 흘러나오고 있었다. 그 빛은 보기만 해도 눈이 부신 거대한 힘을 내뿜고 있었다. 그러나 그 빛은 가아프의 어둠의 검에서 흘러나오고 있는 어둠 앞에서는 너무도 빈약해 보였다.

가아프와 가브리엘은 벌써부터 싸우고 있었던 모양이었다. 가브리엘은 상당히 지쳐 있었다. 반면 가아프는 별로 힘을 들이지 않은 모습이었다.

가아프가 민첩하게 가브리엘의 주위를 어둠으로 빙빙 휘감아 가브리엘을 혼돈 속으로 이끌고 있었다. 가브리엘은 의연한 표정이었다. 어둠의 혼돈에 빠져들지 않기 위해 스스로 감정을 조절하고 있는 중이었다.

일순간이었다. 가아프의 어둠의 검이 가브리엘을 향해 날아들었다. 어둠의 검은 베지 못할 것이 없을 정도로 날카로웠다. 가아프의 어둠의 검은 가브리엘의 칼에서 쏟아져 나오고 있던 빛을 삽시간에 삼켜버릴 것 같았다. 가브리엘의 힘은 가아프를 능가할 수 없었다. 가브리엘은 마지막 안간힘을 쓰고 있었다.

"가브리엘 너를 어둠으로 벌하리라!"

가아프의 어둠의 검을 막고 있던 가브리엘의 백합 문양의 방패에서는 더 이상의 빛이 새어나오지 않았다. 오히려 가아프의 어둠의 검이 그 빛을 모조리 삼켜버리고 말았다. 가브리

엘은 비지땀을 흘리고 있었다. 그리고 다음이었다. 한순간 가
아프의 어둠의 검이 가브리엘의 방패를 반으로 쪼개며 가브리
엘의 몸통을 반으로 갈랐다.

가브리엘의 비명이 어둠 속으로 휘말려 들어갔다. 가브리엘
은 어둠 속으로 빨려 들어가며 패배자의 처절한 고통을 삼켜
야 했다.

가브리엘의 성스러운 검이 바닥에 떨어졌다. 남은 것은 가
브리엘의 성스러운 검뿐이었다. 이삭이 그 모습을 지켜보고
있다가 뛰어가 가브리엘의 성스런 검을 손으로 잡았다. 가브
리엘의 성스런 검을 드는 순간 이삭은 마음이 따뜻해지는 것
을 느낄 수 있었다. 그리고 한쪽에 쌓여 있던 어두운 마음마
저 순식간에 사라지는 것 같았다.

가아프가 포효했다. 가아프의 그 포효가 온 세상천지를 뒤
흔들며 울려 퍼졌다.

이제 남은 것은 이삭과 가아프뿐이었다.

결판의 시간이 다가온 것이다. 아버지와 아들로서가 아니라
어둠의 아들과 빛의 아들로서 그들은 서 있었다.

"돌아왔구나."

"아니 난 당신에게 돌아가지 않습니다. 난 지혜 씨와 우리
의 아기, 그리고 인간 세상의 부활을 위해 이 자리에 서 있는
겁니다. 당신의 적으로 말입니다."

"나에게 대적하겠다는 말이냐. 이 아버지에게⋯⋯. 아들아 나와 함께 어둠의 세계를 맞이하고 그 어둠의 세계를 지배하 자꾸나."

"전 싫습니다. 그럴 수는 없습니다."

이삭이 성스러운 검을 치켜들었다.

"넌 나를 감당할 수가 없어. 넌 어둠의 아들이기 때문이야."

"그렇지 않습니다. 난 어둠의 아들이기 전에 빛의 아들입니 다. 내 속에는 천사와 사탄의 피가 자리하고 있습니다. 하지 만 사탄의 피는 이제 없애 버리려고 합니다. 난 이 순간부터 천사의 피만을 간직할 겁니다."

"이제 얼마 남지 않았다. 오늘이 바로 그날이다. 자 세상을 보거라!"

가아프의 말에 이삭이 주위를 둘러보았다. 온통 어둠뿐인 세상이었다. 세상은 혼돈으로 가득했다.

어느 사이엔가 내려다보이던 도시가 거대한 시계의 형태로 변해 있었다. 그리고 이삭이 서 있는 바벨탑은 그 중심에 놓 여 있었다.

"어떻게⋯⋯."

"보이는 그대로다. 이젠 돌이킬 수 없어. 이제 곧 파멸의 신 이 탄생하게 될 것이다. 그 파멸의 신은 곧 우리의 자식이다. 인간 세계를 철저하게 짓밟고 소멸시킬 바로 그 파멸의 신의 탄생을 나는 기다리고 있는 것이다. 아직도 존재하는 인간 세계의 형상들을 그 파멸의 신이 대신 존재할 수 없도록 만들어 줄 것이다. 파멸의 신은 곧 엘로힘마저도 비참하게 짓밟을 것이리라."

"아직도 늦지 않았습니다. 이 세계를 그대로 존재하도록 해주십시오. 부탁입니다. 그리고 저에게 지혜와 아기를 돌려주십시오. 아들의 행복을 위해서……. 저를 아들로 생각하신다면……."

"그럴 수는 없다. 이 길만이 엘로힘에게 복수하는 길이니까. 난 철저하게 엘로힘을 짓밟아야 한다. 그리고 그에게 비굴함과 비참함을 맛보게 해줄 것이다. 내가 당했던 그 수모를 엘로힘에게도 느끼게 해줄 것이다."

가아프는 자신의 생각을 굽히지 않았다.

"그렇다면 엘로힘과 직접 싸우지 왜 저까지 괴롭히시는 겁니까."

"알고 싶다면 말해주지. 어둠의 사자는 인간사에 관여할 수 없다. 인간 세상은 인간들에 의해서 결정되어지기 때문이다. 그렇기 때문에 나는 파멸의 신이 절실하게 필요했던 거야."

"……."

"나의 아들이여. 넌 나에게 많은 힘이 되었다. 그리고 너는 어느 정도 인간사의 흐름을 유동시킬 수 있었다. 하지만 너

역시 불완전한 존재일 수밖에 없다. 정령의 사자와 나 어둠의 사자에 의해 이루어진 존재이니까. 그래서 너의 아기가 필요했던 거야. 너와 인간 세상의 마지막 마녀 사이에서 태어난 진정한 인간, 바로 너의 아기지. 난 오랫동안 오늘의 이 순간을 기다려 왔다. 그리고 준비해 왔지. 나는 어둠의 세계를 이끌어갈 어둠의 왕국을 이곳에 세우기로 결심했지. 이제 더는 기다릴 수 없어. 모든 것이 준비되었다. 너를 불행으로 이끈 그 엘로힘에게 복수하지 않겠느냐. 복수가 끝난 후에 우리 다시 새로운 출발을 하자구나. 어둠의 세계에서 말이야."

가아프가 이삭을 향해 손을 뻗었다. 그러나 이삭은 가아프의 제안을 받아들이지 않았다.

"그렇다면 할 수 없구나. 나 혼자라도 파멸의 신을 탄생시키는 수밖에……."

"난 당신과 싸우고 싶지 않습니다. 하지만 그렇지 않을 수도 있습니다. 나에게 그런 짓을 하지 않도록 해주십시오."

"마음대로 하거라."

가아프가 말하며 손을 치켜들었다. 그러자 바벨탑의 중앙에서 지혜가 나타났다. 그리고 바로 옆에는 성궤가 놓여 있었다. 지혜는 출산의 고통에 힘겨워하고 있었다.

"지혜 씨!"

하지만 지혜는 이삭의 목소리를 듣지 못했다. 그곳에 이삭이 와 있는지 조차도 지혜는 알지 못했다.

"이제 시간이 다 되어 가는군. 엘로힘이여 기다려라!"

이삭으로서는 조급할 따름이었다. 이삭은 입이 마르고 숨이 막힐 지경이었다.

아기의 탄생이 막바지에 이르고 있었다. 이삭은 더 이상 지켜보고 있을 수만은 없었다. 이삭이 호흡을 가다듬었다.

"안 돼!"

동시에 이삭이 가아프를 향해 성스러운 검을 휘둘렀다. 그러나 위력은 없었다. 이삭에게는 나약한 몸부림에 지나지 않았다. 성스러운 검을 일으켜 세울 강력한 힘이 이삭에겐 필요했다.

"그러지 마세요."

"……."

가아프는 이삭에게는 관심이 없었다. 가아프의 관심은 온통 아기의 탄생 순간뿐이었다.

세상 밖으로 나온 아기는 곧 파멸의 신이 될 터였다. 이삭은 자신의 아기를 파멸의 신으로, 괴물로 만들 수는 없었다.

"그러지 마세요, 제발."

"……."

"아버지!"

이삭의 몸에서 잠재되어 있던 힘의 근원이 깨어나고 있는 중이었다. 이삭의 눈에서 빛이 새어 나오기 시작했다. 영롱한 빛이었다. 그것은 정령의 힘이었다. 몸에서 또한 빛이 일어나기 시작했다. 너무도 밝은 빛이었다. 형언할 수 없는 눈부신 빛이었다. 이삭이 들고 있던 성스러운 검에서도 빛이 일어서고 있었다. 이삭은 진정한 성스러운 검의 주인이 되어 있었다. 그렇게 이삭은 힘을 부여받은 것이다.

"네가 그렇다면 어쩔 수 없구나."

가아프가 버럭 화를 냈다. 가아프는 화를 참지 못하고 자신의 손에 어둠의 검을 불러내었다. 어둠의 검은 무한한 힘을 지니고 있었다. 그에 비하면 이삭의 성스러운 검은 빈약하기만 했다. 그렇지만 이삭은 물러서지 않았다. 결코 물러 설 수 없었다.

이기리라, 결코 지지 않으리라. 이삭은 결심했다. 이삭이 호흡을 가다듬으며 다시금 가아프의 앞으로 나섰다. 숨 막히는 순간이었다.

이삭은 아직 자신의 힘을 조절할 능력이 없었다. 아직은 자신의 힘을 적절하게 사용할 줄 모르고 있었다. 성스러운 검을 휘두르는 법도 알지 못했다. 그리고 무엇보다도 아버지 가아프를 제압할 자신이 없었다.

이삭은 닥치는 대로 성스러운 검을 휘둘렀다. 그 위력은 너무도 미비했고 가아프에게 전혀 타격을 주지 못했다. 그저 힘만 넘쳐날 뿐 무딘 도끼를 휘두르는 것 같았다.

가아프의 일격이었다. 어둠의 검은 이삭이 들고 서 있던 성스러운 검의 빛을, 이삭의 능력을 남김없이 송두리째 집어삼켰다.

어둠의 검은 채 이삭의 몸에 닿지도 않았다. 그랬음에도 이삭은 어둠 속으로 한없이 떨어져 내렸다.

"아!"

이삭은 더 이상 그 어떤 말도 할 수가 없었다. 그것이 전부였다. 그렇게 모든 것은 끝이 나고 있었다. 그렇게 이삭은 지혜와 아기를 지켜주지 못하고 벼랑 아래로 한없이 끝없이 떨어져 내렸다.

이삭은 눈을 감고 말았다.

얼마나 떨어져 내렸는지 모른다. 얼마나 곤두박질쳤는지 이삭은 모른다. 자신의 존재가 어둠 속으로 빨려 들어가고 있다는 것을 느낄 뿐이었다. 미련이 남았다. 슬펐다. 그대로 어디까지 갈 수 있단 말인가.

'이대로 마지막이란 말인가……'

이삭은 자신의 존재가 쓸모없이 무능력하게 어둠 속에 갇히는 것을 원하지 않았다.

'제발, 제발, 제발!'

그대로 포기할 수는 없었다.

그때 어디에선가 밝은 빛이 쏟아져 나오기 시작했다. 그리고 그 빛은 이삭에게로 다가오고 있었다. 이삭 앞에서 그 빛이 멈추었다.

"아들아!"

누군가가 이삭을 불렀다. 목소리를 따라 이삭이 눈을 떴다.

"어머니?"

"가여운 나의 아들아. 다시 깨어나야 한다. 그리고 너의 사랑을 지켜야 한다. 그것이 너의 운명이란다."

에밀리아가 이삭을 사랑스럽게 바라보며 말했다.

"하지만……. 하지만, 난 아버지를 이길 힘이 없어요. 난 아버지를 이길 만한 능력이 없어요. 난 도저히……. 할 수 없어요."

이삭이 고개를 떨구었다.

"넌 할 수 있단다."

"어떻게요?"

"넌 할 수 있단다."

"도대체 어떻게 해야 하지요. 어떻게 할 수 있다는 말입니까? 어머니? 말씀해 주세요. 제발!"

"너 자신을 믿어라, 그리고 너의 아버지를 믿어라. 아버지 가아프도 너를 사랑하고 있단다."

에밀리아는 점점 멀어져 가고 있었다. 그리고 어느 순간 에밀리아의 모습은 흔적 없이 사라지고 말았다.

한없이 나락으로 떨어져 내리던 이삭이 눈을 떴다.

"그러지 말아요."

아기의 울음소리가 들려왔다. 아기가 세상에 얼굴을 내민 것이었다. 바로 옆에 지혜가 있었지만 지혜는 죽은 듯 꼼짝도 하지 않은 채 누워 있었다.

"넌 나를 막을 수 없어."

가아프의 품에 아기가 안겨 있었다. 가아프는 망설임 없이 성궤의 봉인을 풀었다. 성궤에서 성스러운 빛이 쏟아져 나오기 시작했다.

모세의 십계를 새긴 점토판과 아론의 지팡이, 그리고 만나를 담은 항아리가 영롱한 빛을 발하며 성궤 속에서 모습을 나타냈다.

가아프는 잠시 눈살을 찌푸렸지만 이내 회심의 미소로 성궤를 바라보았다.

"신기들은 이제 파멸의 신을 탄생시킬 것이다."

가아프의 품에 안겨 있던 아기가 어둠의 힘으로 인해 둥둥 떠올랐다. 아기는 곧 성궤의 신기들에 의해 이끌리기 시작했다.

신기와 아기는 제자리에서 빙빙 돌기 시작했다. 신성함의 신기들은 아기와 함께 합일을 이루기 시작했다. 성궤에서 흘러나오던 신성한 빛은 이내 어둠으로 서서히 변하기 시작했다. 어둠은 형언할 수 없는 커다란 형체를 이루고 있었다.

가아프는 아기를 성궤의 성스러운 힘을 통하여 파멸의 신으로 재탄생시키고 있는 중이었다.

이삭은 마지막 사력을 다하고 있었다. 기필코 막아야 했다. 실패한다면 영영 돌이킬 수 없는 일이 되고 마는 것이다.

이삭의 몸에서 빛이 일어나기 시작했다. 그리고 이삭의 손에 성스러운 검이 쥐어졌다. 이삭은 성스러운 검을 이끌 수 있는 힘을 불사르고 있었다. 엄청난 빛이 이삭의 몸을 휘감기 시작했다. 준비가 되자 이삭은 아버지 가아프를 향해 당당히 나섰다.

"할 수 없구나."

가아프가 어둠의 검에 힘을 불어넣었다. 이삭도 성스러운 검을 두 손으로 받쳐 들었다. 그리곤 가아프를 올려다보았다.

가아프의 어둠의 검이 이삭을 향해 으르렁대며 서슬 퍼런 눈으로 달려들었다. 이삭은 자신의 몸에 잠재해 있던 모든 힘을 발휘했다. 그러자 이삭의 몸에서 새어 나오던 빛과 불길이 더더욱 강렬해졌다.

가아프의 어둠의 검이 날아오는 순간이었다. 그 순간 이삭은 성스러운 검을 반사적으로 거두어들였다. 그러자 이삭의 몸에서 번져 나오던 빛이 순식간에 사라지고 말았다.

가아프의 얼굴이 상기되면서 굳어졌다. 이삭의 모습에서 에밀리아의 모습이 언뜻 보였기에 그 순간 당황한 가아프가 이삭에게 향하던 검을 서둘러 거두어들인 것이다. 동시에 가아프의 입에서 비명이 쏟아져 나왔다.

너무도 급작스런 상황 때문에 가아프는 어둠의 검을 제어할 수 없었다. 가아프는 자신의 어둠의 검을 거두어들이려다가 그만 어둠의 검에 깊은 상처를 입고 말았다. 가아프가 그 자리에 주저앉고 말았다. 그러자 이삭이 가아프에게 달려갔다.

"아버지!"

"나를 용서해 다오."

가아프는 고통을 힘겹게 감내하고 있었다. 가아프는 서서히 소멸되고 있는 중이었다.

그들 뒤에서 짐승의 울음소리가 들렸다. 성궤가 있는 쪽이었다. 아기는 벌써 파멸의 신으로 변해 버렸다.

뿔이 열이었다. 그리고 머리가 일곱이었다. 뿔에는 면류관이 있고 짐승은 표범과 비슷했다. 발은 곰의 발이었고 입은 사자의 입이었다. 추악하기 그지없는 형상이었다. 그것이 바로 파멸의 신이었다. 이삭은 참담해졌다.

"어떻게 하면 되돌릴 수 있습니까?"

"……."

가아프는 고개만 저을 뿐이었다.

파멸의 신이 탄생한 이상 가아프로서도 이젠 돌이킬 수 없었다. 파멸의 신이 미계를 파괴하지 않는 한 가아프도 파멸의 신을 제어할 수는 없었다. 파멸의 신이 미계를 파괴했을 때 비로소 그 모든 힘은 파멸의 신을 이끌어 낸 가아프의 소유가 되는 것이다. 그래서 가아프는 파멸의 신이 절실하게 필요했던 것이다.

"방법이 있을 것 아닙니까?"

"……."

가아프가 다시금 고개를 저었다. 가아프는 마지막으로 이삭의 손을 힘껏 잡았다. 이삭은 아버지 가아프에게서 알 수 없는 따듯함을 느낄 수 있었다. 가아프의 모습이 서서히 사라지는가 싶더니 완전히 소멸되고 말았다.

그것이 끝이었다. 가아프의 흔적은 그 어디에서도 더는 찾아볼 수가 없었다. 그렇게 가아프는 최후를 맞이한 것이다.

"아!"

이제 돌이킬 수 없는 일이라니, 이삭은 어찌해야 할지 몰랐다. 이삭은 속절없음을 안타까워했다. 이삭은 무작정 파멸의 신 앞을 가로막았다. 파멸의 신은 모든 사악함을 지니고 있었다. 아무리 이삭의 아기라고 하지만 파멸의 신은 잔혹한 존재일 뿐이었다.

"다시 우리의 아기로 돌아오너라!"

이삭이 간절하게 소리쳤다. 그러나 소용이 없었다. 파멸의 신의 울부짖음이 미계를 사악하게 뒤흔들었다. 파멸의 신은 난동을 부리기 시작했다. 파멸의 신의 눈에 이삭은 거추장스러운 방해꾼에 지나지 않았다. 파멸의 신이 이삭을 노려보았다. 금방이라도 달려들어 곰의 발톱과 사자의 입으로 이삭을 갈기갈기 찢어 버리고 말 것 같았다. 그러나 이삭은 물러서지 않았다. 그렇다고 파멸의 신에게 대항할 생각은 전혀 없었다. 파멸의 신이 울부짖으며 이삭에게로 달려들었다. 이삭은 슬펐다.

차라리 자신의 몸을 불사르리라. 이삭은 그렇게 마음먹었다. 아기를 지켜주지 못한 아빠이기에 이삭은 부끄러울 따름이었다. 그랬기에 파멸의 신과의 싸움을 이삭은 원치 않았다. 이삭은 아무것도 할 수 없는 자신을 체념할 수밖에 없었다.

파멸의 신의 발톱이 날아왔다. 이삭은 꼼짝도 하지 않았다. 이삭의 눈에서 왠지 모를 눈물이 쏟아져 내렸다. 난생처음으로 흘려보는 눈물이었다. 그 눈물은 아기에 대한 아버지의 사랑이기도 했다.

파멸의 신의 발톱이 이삭의 머리를 짓눌렀다. 그 순간 모든 것이 정지되는 것만 같았다. 이삭은 고통도 슬픔도 더는 느낄 수 없었다.

"안 돼!"

뒤늦게 지혜가 파멸의 신을 가로막았다. 하지만 파멸의 신의 발톱은 이미 이삭의 머리를 짓누른 채 머뭇거리지 않았다. 파멸의 신은 급기야 이삭을 집어삼키고 말았다.

지혜는 그만 그 자리에 주저앉고 말았다. 지혜의 눈에서 서글픔이 속절없이 흘러내렸다. 모든 것이 그렇게 끝나고 마는 것 같았다. 지혜는 한 가닥 희망마저도 놓쳐 버린 채 망연자실 파멸의 신을 바라보았다.

파멸의 신이 한동안 지혜를 바라보다가 뒤돌아섰다.

파멸의 신이 한 걸음 한 걸음 내디딜 때마다 미계의 흔적들은 하나 둘 씩 사라지기 시작했다. 동시에 파멸의 신은 형언할 수 없는 형체를 이루기 시작했다.

파멸의 신은 미계 전체를 집어삼킬 작정인 것 같았다. 누군가가 막아야 했다. 지혜는 언제까지 슬픔에 잠겨 있을 수는 없었다.

"아가야!"

지혜가 눈물을 닦고 일어섰다. 그러자 파멸의 신이 멈칫 뒤돌아보았다.

파멸의 신의 형체를 보고 있던 지혜의 눈에서 다시금 눈물이 쏟아져 내렸다. 파멸의 신이 자신의 아기라니 지혜는 믿을 수가 없었다. 하지만 자신의 아기이기에 지혜는 험악한 형체의 파멸의 신을 보듬어 줄 수 있을 것 같았다.

"더는 안 돼!"

지혜가 파멸의 신을 가로막았다. 하지만 파멸의 신은 아랑 곳하지 않았다. 오히려 앞을 가로막는 지혜를 향해 분노를 퍼 붓듯 울부짖었다.

지혜는 자신의 아기를 그렇게 영영 잃어버리고 싶지 않았 다. 그래서 한 발 더 앞으로 다가섰다. 그 와중에도 미계의 실 체는 점점 사라지고 있었다. 온 세상이 파멸로 물들고 있었 다.

"……"

지혜가 파멸의 신을 바라보며 고개를 저었다. 그러자 파멸 의 신의 눈에 눈물이 고이기 시작했다. 파멸의 신은 스스로도 자신을 제어할 수 없는 것 같았다. 파멸의 신은 본능적으로 행동하고 있는 것 같았다.

파멸의 신의 눈에 고인 눈물은 울부짖음과 함께 사라지고 말았다. 파멸의 신은 자신을 가로막는 지혜를 용납하지 않으 려는 듯 노려보고 있었다. 하지만 정작 파멸의 신은 지혜를 직접적으로 공격하지 않았다. 파멸의 신의 울부짖음이 이어 지면 질수록 파멸의 신은 거대한 형태의 어둠의 해일을 만들 어 냈다. 그 해일은 급기야 미계를 단 번에 휩쓸어 버리려는 듯 거세지고 있었다. 해일은 짙은 암흑을 동반했다.

엄청난 어둠의 해일에 겁을 먹을 만도 했지만 지혜는 오히려 담담한 얼굴이었다. 지혜는 주춤거리거나 도망칠 생각을 하지 않았다. 지혜는 오직 파멸의 신이 되어버린 아기에 대한 걱정뿐이었다.

파멸의 신에 의해 형성된 엄청난 해일은 순식간에 미계를 휩쓸고 지혜마저도 삼켜버리기 위해 치닫고 있었다. 지혜는 이삭과 아기가 없는 세상에 살고 싶지 않았다. 차라리 그 어둠의 해일에 삼켜지는 것이 낫다고 생각했다.

눈 깜짝할 사이에 어둠의 해일과 파멸의 신이 지혜를 덮쳤다. 하지만 지혜는 그 순간에도 눈을 감지 않았다. 미계의 마지막 마녀의 혈통이기 때문이었을까. 지혜는 왠지 그것이 두렵지 않았다. 어둠의 해일이 덮쳐 올수록 지혜는 알 수 없는 힘에 이끌리고 있었다.

지혜는 어둠의 해일 속으로 서서히 사라지기 시작했다. 그러다가 어느 순간 지혜는 마지막 숨을 내쉬었다. 그와 동시에 지혜의 검은 목걸이에서 어둠이 흩어져 나오기 시작했다.

지혜의 검은 목걸이에서 흩어져 나오던 어둠은 어느새 어둠의 해일과 하나를 이루기 시작했다. 그리고 파멸의 신과도 교감을 이루기 시작했다.

파멸의 신은 괴로워하기 시작했다. 그러면서도 채 집어삼키지 못한 지혜를 향해 날카로운 발톱을 치켜세웠다. 지혜는 그것에 굴하지 않았다.

지혜의 목걸이에서 흩어져 나오던 어둠은 어느 순간부터 영롱한 빛을 발하기 시작했다. 아주 미비하기는 했지만 어둠의 일부를 물들이기에는 충분했다. 그러면서도 그 영롱함은 파멸의 신을 밀어내기보다는 감싸 안으려 하고 있었다.

파멸의 신의 괴로움은 극에 달하고 있었다. 영롱함은 급기야 찬란한 빛을 동반하기 시작했다. 파멸의 신이 물들였던 어둠의 해일은 어느새 서서히 약해지기 시작했다.

모정의 무조건적인 사랑에서 영롱함과 찬란함이 비롯되고 있었다. 파멸의 신의 울부짖음은 어느새 지혜에게는 아기의 울음소리처럼 아련하게 들려왔다.

영롱함과 찬란함은 파멸의 신에게 한 가닥 희망을 부여하는 것만 같았다. 그 찬란함 속에서 파멸의 신과 지혜가 교차하기 시작한 것은 다음이었다. 그리고 거대한 어둠의 해일은 점점 사그라들었다.

어느 순간 파멸의 신은 허물을 벗기 시작했다. 동시에 파멸의 신의 모습이 찬란함 속에 더더욱 선명해졌다. 급기야 그 찬란함 속에서 지혜와 파멸의 신의 형체는 선명해지다 못해 점점 투명해졌다. 그리고 미계의 시간은 일순간 정지되고 말았다.

'어찌 된 일일까?'

시간의 흐름이 느껴졌다. 하지만 시간의 흐름을 이삭은 파악할 수 없었다. 무의식적으로 시간의 흐름을 느낄 뿐이었다. 이삭은 마냥 시간의 흐름을 따라 움직였다.

형언할 수 없는 감정들이 가슴에서 솟아나기 시작했다. 그 어떤 두려움도 이제는 남아 있지 않았다.

어디쯤인지 모른다. 시간의 흐름을 느끼면 느낄수록 포근해졌다. 시간은 과거와 현재, 그리고 미래를 넘나들었다. 시간의 흐름이 서서히 느려지고 있었다.

-으아아아앙!

아기의 울음소리가 어디에선가 들려오고 있었다.

"우리 아기는……?"

이삭은 가까스로 정신을 가다듬었다. 하지만 여전히 몽롱한 기운에서 벗어날 수는 없었다.

어떻게 된 영문인지 알 수 없었던 이삭은 주위를 둘러보았다. 이삭은 뒤늦게 자신이 집으로 돌아와 있다는 것을 알 수 있었다.

날이 밝아오고 있었다. 그 어디에서도 어둠은 존재하지 않았다. 그리고 그 어디에도 파멸의 신은 찾아볼 수 없었다.

평온함이 느껴졌다. 아기의 울음소리가 계속해서 들려왔다. 어찌 된 일일까?

아기의 울음소리는 침실에서 들려오고 있었다. 이삭은 서둘러 침실로 뛰어갔다. 그러나 막상 문을 열지는 못했다. 문을 열면 그곳에 파멸의 신이 발톱과 뿔을 세운 채 노려보고 있을 것만 같았기 때문이었다.

이삭이 조심스럽게 문을 열었다. 문을 열자 곧 이삭의 입에서 안도의 한숨이 새어나왔다. 침실에는 지혜와 아기가 있었다. 지혜가 이삭을 향해 살포시 웃어 주었다. 그 해맑음이 이삭의 가슴을 포근하게 녹여 주었다.

"우리 아기예요!"

지혜가 이삭에게 아기를 안겨 주었다. 이삭의 가슴이 설레기 시작했다. 지혜의 눈에서 감격의 눈물이 주르륵 흘러내렸다. 이삭이 그런 지혜를 넓은 가슴으로 안아 주었다. 아기의 숨소리가 새근거렸다. 아기의 숨소리는 너무도 평화로워 보였다.

"너무도 사랑스러워요."

"사랑스러워요. 지혜 씨를 닮아서…… 하지만……."

이삭은 아직도 혼란스럽고 두려웠다. 이삭은 아기를 안은 채 조심스럽게 창가로 다가갔다.

커튼을 걷자 눈이 부셨다. 찬란한 태양이 떠오르고 있었다. 찬란한 태양에 이삭의 가슴이 한결 가벼워졌다. 그리고 형언할 수 없는 감동이 밀려왔다.

찬란한 태양은 어둠의 흔적을 지우고 있었다. 폐허가 되었던 곳은 찬란한 태양으로 인해 다시금 본래대로 되돌아오고 있었다.

지혜의 목에 걸려 있던 검은 목걸이도 찬란한 태양의 빛을 받아 스르르 사라졌다. 모든 것이 제자리를 찾아가고 있었다.

어둠의 세계는 존재하지 않았다. 사랑이 충만한 세상만이 존재했다. 태양이 그들 세 식구를 포근하게 감싸고 있었다.

텅 빈 거리에서 건물들의 형체와 사람들의 형체가 서서히 나타나기 시작했다. 그들은 아침을 맞이하고 있었다.

세상의 끝은 없었다.

아기가 생글생글 웃고 있었다. 이삭과 지혜의 얼굴도 기쁨으로 가득 찼다.

"우리 아기가 살아갈 세상이에요!"